CUORE

Châteauroux. — Typographie et Stéréotypie A. MAJESTÉ.

ED. DE AMICIS

CUORE

TRADUCTION FRANÇAISE

Par A. PIAZZI

LIVRE DE LECTURE POUR TOUTES LES ÉCOLES

PARIS
LIBRAIRIE CH. DELAGRAVE

15, RUE SOUFFLOT, 15

1892

CUORE

OCTOBRE

LA RENTRÉE

C'est aujourd'hui la rentrée ! Nos trois mois de campagne ont passé comme un rêve ! Ma mère m'a conduit
ce matin à la section Baretti pour me faire inscrire au
cours de *troisième* élémentaire. Quant à moi, je pensais à la campagne et allais à l'école à contre-cœur.
Toutes les rues fourmillaient d'enfants. Les deux boutiques de librairie étaient envahies par les parents qui
achetaient des cahiers, des buvards, des serviettes de
cuir... Devant l'école, il y avait tant de monde que le
portier et le sergent de ville avaient peine à maintenir
libre l'accès de la porte.

Comme nous allions la franchir, je me sentis toucher
à l'épaule. C'était mon maître de *seconde*, avec ses
cheveux roux ébouriffés et son inaltérable bonne humeur.

— Nous sommes donc séparés pour toujours, Henri ?
me dit-il.

Je le savais, et cependant ces paroles me firent de la

peine. Nous entrâmes, non sans efforts. Des messieurs, des dames, des femmes du peuple, des ouvriers, des officiers, des grand'mères et des domestiques. tous tenant un enfant d'une main et des paquets de l'autre, emplissaient la salle d'attente et les escaliers d'une rumeur toute semblable à celle d'une salle de théâtre.

Je la revis avec plaisir, cette grande pièce du rez-de-chaussée où s'ouvrent sept classes, et que j'ai traversée presque tous les jours pendant trois ans! Il y avait foule. Les maîtresses allaient et venaient. Une institutrice de la *première* me salua du seuil de sa classe en me disant:

— Henri, tu vas au premier étage, cette année; je ne te verrai même plus passer!

Et elle me regarda avec tristesse. Entouré de dames fort troublées parce qu'on n'avait plus de place pour leurs enfants, je vis le directeur dont la barbe m'a paru un peu plus blanche que l'année dernière. Je trouvai mes camarades grandis, engraissés. Au rez-de-chaussée où les répartitions étaient terminées, on voyait des enfants des classes élémentaires qui ne voulaient pas entrer et se buttaient comme des ânons: il fallait les faire entrer par force; quelques-uns se sauvaient des bancs, et d'autres se mettaient à pleurer en voyant leurs parents s'éloigner. Ceux-ci revenaient sur leurs pas pour les exhorter ou les consoler, et les maîtresses se désespéraient.

Mon petit frère fut mis dans la classe de mademoiselle Delcati, moi dans celle de M. Perboni, au premier étage. A dix heures nous étions tous en classe: cinquante-quatre élèves. Parmi eux, je reconnus à peine quinze ou seize de mes camarades de *seconde*; il y avait entre autres Derossi, celui qui a toujours le premier prix. Comme l'école me parut petite et triste en comparaison des bois et des montagnes où j'avais passé l'été! Je regrettais aussi mon maître de *seconde*, si bon, et qui riait toujours avec moi! Sa taille est si petite que l'homme nous faisait l'effet d'un camarade. Je regrettais de ne plus le voir là, avec ses cheveux roux ébouriffés...

Notre professeur actuel est grand, sans barbe, avec des cheveux longs, tout gris, une ride au milieu du front, une grosse voix, et nous regarde fixement l'un après l'autre comme pour lire au dedans de nos cœurs. Il ne rit jamais. Je me disais en moi-même : — Voilà le premier jour! Encore neuf mois avant les vacances! que de travail, d'examens et de fatigues devant nous! J'avais vraiment besoin de retrouver ma mère à la sortie et je courus l'embrasser. Elle me dit : — Courage, mon Henri! nous étudierons ensemble! — Et je m'en retournai content à la maison. C'est égal! Je n'ai plus mon maître si souriant, si gai et si bon; l'école ne me paraît pas aussi agréable que l'année dernière...

LE NOUVEAU MAITRE

Mardi 18.

Mon nouveau maître a su nous plaire à tous, depuis ce matin.

Pendant l'entrée, tandis qu'il était déjà assis à sa place, nous voyions apparaître de temps à autre à la porte de la classe quelques-uns de ses élèves de l'an-

née dernière qui venaient le saluer, en passant : Bonjour,
maître ! — Bonjour, monsieur Perboni ! Certains d'entre
eux venaient lui serrer la main et s'en retournaient en
courant. On voyait que les anciens l'aimaient et auraient voulu l'avoir encore pour professeur. Lui, leur
répondait : Bonjour, serrait les mains qu'on lui tendait ;
mais ne regardait personne. A chaque salut il s'incli-
nait avec son air sérieux, le front tourné vers la fenêtre, regardant le toit de la maison d'en face. Au lieu de
le réjouir, ces marques de sympathie paraissaient le
faire souffrir. Il nous regardait à notre tour, nous, les
nouveaux, l'un après l'autre, avec attention. En dictant,
il descendit de sa place et se mit à se promener entre
nos bancs. S'apercevant qu'un enfant avait le visage
tout rouge et couvert de petites boursouflures, il interrompit la dictée, prit la tête de l'enfant entre ses mains,
lui demanda ce qu'il avait et lui tâta le front pour en
sentir la chaleur. Pendant ce temps, derrière lui, un
élève se leva sur le banc et se mit à faire le pantin.

Le maître s'étant retourné vivement, l'enfant, surpris, s'assit en toute hâte et resta la tête basse, s'attendant à une réprimande. M. Perboni posa sa main
sur l'épaule de l'étourdi et murmura : « Ne le faites
plus. » Ce fut tout. Il retourna à sa place et acheva
la dictée.

La dictée finie, le maître nous regarda un moment en
silence, puis nous dit avec sa grosse voix, mais d'un ton
plein de bonté : — Ecoutez, mes enfants, nous avons un
an à passer ensemble : faisons de notre mieux pour le
bien passer ! Etudiez et soyez sages. Je n'ai pas de famille. C'est vous qui la remplacez. J'avais encore ma
mère l'année dernière, elle est morte. Je suis resté seul,
je n'ai plus que vous au monde, je n'ai plus d'autre pen-

séc, d'autre affection que vous. Vous devez être mes enfants. Je vous aimerai, il faut que vous m'aimiez à votre tour. Je ne veux avoir à punir personne. Montrez-moi que vous êtes des garçons de cœur. Notre école sera une famille et vous serez ma consolation et ma fierté. Je ne vous demande point de me répondre, car je suis sûr que dans votre cœur vous m'avez tous dit *oui* et je vous en remercie !

En ce moment le portier entra pour annoncer la fin de la classe. Nous sortîmes tous de nos places en silence. L'élève qui s'était levé sur son banc s'approcha du maître et lui demanda d'une voix tremblante : — Me pardonnez-vous, monsieur? Le professeur l'embrassa sur le front : — Allez, mon enfant, lui dit-il. »

UN MALHEUR

Vendredi 21.

L'année a commencé par un malheur. En allant à l'école, ce matin, tandis que je répétais à mon père les bonnes paroles que M. Perboni nous avait dites, nous vîmes tout à coup la rue pleine de monde. On s'arrêtait devant la porte de l'école municipale. — Mon Dieu ! il est arrivé un malheur, s'écria mon père, l'année commence mal !

Nous entrâmes avec beaucoup de difficulté. La grande salle était remplie de parents et d'élèves que les maîtres ne parvenaient pas à faire entrer en classe. Tout le monde était tourné vers la porte du directeur et l'on entendait dire : — Pauvre enfant ! Pauvre Robetti !

1.

Au-dessus des têtes, au fond de la grande pièce pleine de gens, on voyait le casque d'un garde municipal et la tête chauve du directeur. Un monsieur à chapeau haute forme venait d'entrer et on murmura : — Voilà le docteur. Mon père demanda à un professeur : — Qu'est il donc arrivé? — La roue a passé sur son pied, répondit-il. — Et elle lui a écrasé le pied, dit un autre.

La victime était un élève de seconde qui, en arrivant à l'école par la rue Dora Grossa, avait vu un enfant de la classe élémentaire s'échapper des mains de sa mère et tomber au milieu de la rue, à quelques pas d'un omnibus en marche. Aussitôt il s'était élancé hardiment au secours de l'enfant et l'avait enlevé dans ses bras. Malheureusement la roue de l'omnibus avait passé sur le pied du courageux enfant. C'était le fils d'un capitaine d'artillerie.

Pendant qu'on nous racontait cela, une femme entra comme une folle dans la grande salle, perçant la foule : c'était la mère de Robetti qu'on avait prévenue. Une autre femme, la mère de l'enfant sauvé, se jeta à son cou en sanglotant et l'entraîna dans la chambre du directeur. Nous entendîmes les cris désespérés de Mme Robetti : — Oh! mon Giulio! mon enfant chéri! Nous étions tous navrés de cette scène. Un moment après une voiture s'arrêta devant la grille, et le directeur sortit de chez lui portant le blessé dans ses bras. Le pauvre enfant était tout pâle, et appuyait sa tête sur l'épaule du directeur, ses yeux demi-fermés. A sa vue, tout le monde se tut. On n'entendait que les sanglots étouffés de Mme Robetti. Le directeur s'arrêta un instant dans la salle et souleva l'enfant comme pour **le montrer à tous.**

Alors maîtres, maîtresses, parents et élèves s'écrièrent: Brave Robetti! brave et pauvre enfant! On lui envoyait des baisers, les maîtresses et les enfants qui étaient près du blessé baisaient ses petites mains inertes. Il ouvrit ses yeux et murmura: — Où est mon portefeuille? La mère du petit garçon qu'il avait sauvé le lui montra en pleurant:

— Je l'ai, mon enfant chéri, dit-elle, c'est moi qui vous le porterai!

Mme Robetti eut un sourire lorsqu'elle entendit parler son fils. Ils sortirent. Le blessé fut déposé dans la voiture avec précaution, on fouetta les chevaux. Et nous entrâmes tous dans nos classes, émus et silencieux.

LE PETIT CALABRAIS

Samedi 22.

Hier soir, pendant que le professeur nous donnait des nouvelles du pauvre Robetti qui devra marcher pendant quelque temps avec des béquilles, le directeur entra suivi d'un nouvel élève. Un garçon au visage brun, aux cheveux noirs, aux grands yeux expressifs, dont les sourcils épais se rejoignaient presque ; ses vêtements, de couleur sombre, étaient serrés d'une ceinture de cuir noir. Après avoir parlé tout bas à M. Perboni, le directeur laissa l'enfant près de lui et sortit. Le nouveau venu nous regardait de ses grands yeux, avec une expression presque épouvantée. Le maître le prit par la main comme pour le présenter et nous dit:

— Vous devez être contents, mes enfants, il entre aujourd'hui à l'école un élève né à Reggio de Calabre,
bien loin d'ici, à l'autre extrémité du royaume. Accueillez-le bien, ce nouveau camarade. Il est fils d'une
terre glorieuse qui a donné à l'Italie des hommes
illustres et lui donne encore de bons travailleurs et
de braves soldats. Son pays est l'un des plus beaux de
notre belle patrie, il y a de grandes forêts et de grandes montagnes et les habitants sont pleins d'intelligence et de courage. Aimez-le, mes amis, de façon à
ce qu'il ne s'aperçoive pas qu'il est bien loin de
son pays natal; montrez-lui qu'un enfant italien
trouve des frères, des amis en toute école italienne où
il entre.

Cela dit, M. Perboni se leva et désigna sur la carte
d'Italie dessinée au mur le point où se trouve Reggio
de Calabre. — Ernest Derossi! appela-t-il de sa voix
forte. Derossi (celui qui a toujours le premier prix) se
leva. — Venez ici, dit le maître. Derossi sortit de son
banc et s'approcha de la table du professeur, à deux
pas du petit Calabrais. — Vous êtes le premier de la
classe, lui dit M. Perboni, et comme tel donnez l'accolade au nouveau venu, au nom de tous vos camarades: l'accolade des fils du Piémont au fils de la Calabre. Derossi s'approcha du Calabrais, et lui dit : *Sois
le bienvenu!* de sa voix fraîche et claire ; puis il l'embrassa bien fort sur les deux joues. Nous battîmes tous
des mains. — Silence! cria le maître, on n'applaudit
pas en classe. Malgré cette défense on voyait qu'il était
content de notre élan. Le petit Calabrais, lui aussi, paraissait content. M. Perboni lui montra une place, l'y
conduisit et nous dit encore:

— Pour arriver au résultat que vous voyez, c'està-dire pour qu'un enfant de Calabre soit chez lui à Turin, tout comme un enfant de Turin a le droit de se croire chez lui à Reggio de Calabre, notre pays a lutté cinquante ans, et trente mille Italiens sont morts pour la liberté. Aimez-vous donc tous comme des frères, car celui qui offenserait ce nouveau camarade parce qu'il n'est pas Piémontais, serait indigne de lever les yeux quand passe le drapeau tricolore !

A peine le petit Calabrais fut-il installé à sa place que ses voisins lui donnèrent immédiatement des plumes, des crayons, des images, et un autre élève, du dernier banc, lui envoya, comme témoignage d'amitié, un timbre-poste suédois.

MES CAMARADES

Mardi 28.

L'élève qui a envoyé un timbre-poste au petit Calabrais est celui qui me plaît le plus de la classe. Il s'appelle Garrone, c'est le plus grand de nous tous ; il a presque quatorze ans, la tête grosse, les épaules larges. Il est bon, cela se voit à son sourire. On dirait qu'il est toujours à penser, comme un homme. Je connais maintenant beaucoup de mes camarades. Un autre qui me plaît aussi, parce qu'il a l'air toujours content, se nomme Coretti. Il porte un jersey loutre et un béret en peau de chat. C'est le fils d'un marchand de bois, ancien soldat pendant la guerre de 66, dans le corps d'armée du prince Humbert. On dit qu'il a trois mé-

dailles. Il y a encore le petit Nelli, un pauvre bossu, qui
paraît bien frêle et délicat.

Il y en a un, très bien mis, qui enlève constamment
les peluches qui s'attachent à ses habits, et s'appelle
Votini. Sur le banc qui est devant moi se trouve un
garçon qu'on appelle le « petit maçon » à cause de la
profession de son père ; sa figure est ronde comme
une pomme et son nez épaté.

Il possède un talent particulier pour faire le *museau
de lièvre*, tous les élèves le lui font faire pour s'amuser. Il porte un petit chapeau mou qu'il tient pelo-
tonné dans sa poche comme un mouchoir.

Près du petit maçon se trouve Garoffi, un grand
maigre avec un nez en bec de corbin et des yeux tout
petits. Il fait un trafic perpétuel de plumes, de boîtes
d'allumettes, et il écrit la leçon sur ses ongles pour la
lire en cachette à la récitation. Il y a encore un petit
garçon à l'air dédaigneux : Carlo Nobis. Il est placé
entre deux élèves qui me sont très sympathiques : le
fils d'un serrurier, fagoté d'une jaquette qui lui arrive aux genoux, et si pâle qu'on le dirait malade,
avec son air toujours effrayé et son sourire navré ; l'autre, roux de cheveux, porte en écharpe un bras paralysé. Son père est en Amérique et sa mère est une
fruitière ambulante. — Mon voisin de gauche est encore un type curieux, Stardi, petit et ramassé, le
cou dans les épaules, grognant sans cesse, ne parlant
à personne, sans grande intelligence, je crois, mais
très attentif à ce que dit le professeur ; il l'écoute sans
broncher, les yeux fixes, le front plissé, les dents ser-
rées. Si on a le malheur de lui parler quand le professeur explique la leçon, il ne vous répond pas ; si on
insiste, il vous lance un coup de pied... toujours sans

dire mot. A côté de lui est une figure dure et répugnante, répondant au nom de Franti ; il a, paraît il, été déjà expulsé d'une autre école communale. Il y a encore deux frères habillés de la même façon avec un chapeau orné d'une plume de faisan et qui se ressemblent trait pour trait.

Le plus gentil de tous, le plus intelligent, celui qui aura certainement le premier prix cette année, c'est Derossi. Le professeur, qui l'a deviné, l'interroge toujours. — Décidément j'aime bien Precossi, le fils du serrurier, celui qui a une jaquette trop longue et qui paraît souffrant. On dit que son père le bat, le pauvre petit ! Il est timide ; chaque fois qu'il interroge ou qu'il effleure quelqu'un il dit : *Pardon* — en vous regardant de ses bons yeux tristes. Mais le grand Garrone est encore le meilleur de tous, je crois bien !

UN TRAIT DE GÉNÉROSITÉ

Mercredi 26.

Justement, ce matin, nous avons pu juger Garrone.

Lorsque j'entrai en classe (un peu en retard, car j'avais été retenu en bas par la maîtresse de la petite classe qui m'avait demandé à quelle heure elle pourrait venir à la maison), M. Perboni n'était pas encore là, et trois ou quatre garçons tourmentaient le pauvre Crossi — l'enfant aux cheveux roux qui a le bras paralysé et dont la mère est fruitière. — On le frappait avec les règles, on lui

jetait à la tête des écorces de châtaignes, on l'appelait
monstre estropié et on le contrefaisait. Tout seul, au
fond de son banc, il restait atterré, écoutant, regardant,
tantôt l'un tantôt l'autre, avec des yeux suppliants,
afin qu'on le laissât tranquille. Mais les écoliers le
tourmentaient toujours de plus en plus, si bien qu'il
commença à trembler et à devenir rouge de colère.
Tout à coup, Franti — celui qui a une si mauvaise figure,
— monta sur un banc et, faisant semblant de porter un
panier sur chaque bras, singea la mère de Crossi, quand
elle vient attendre son fils à la porte. (Depuis quelques
jours on ne la voit plus parce qu'elle est malade.) En
voyant cette pantomime, les élèves se mirent à rire. A
ce moment Crossi, perdant la tête, saisit l'encrier qui
était devant lui et le jeta de toutes ses forces à Franti.
Mais Franti para le coup et l'encrier alla frapper en
pleine poitrine M. Perboni, qui entrait.

Tous les élèves se sauvèrent effrayés à leur place,
et se turent comme par enchantement.

Le professeur, très pâle, monta à son bureau et
demanda d'une voix altérée.

— Qui a lancé l'encrier?

Personne ne répondit.

— Qui? répéta M. Perboni d'une voix plus forte.

Alors Garrone, ému de pitié pour le pauvre Crossi,
se leva et dit résolument: — C'est moi. Le maître le
regarda, regarda les écoliers surpris:

— Ce n'est pas vous, dit-il d'une voix tranquille.

Puis, après un moment :

— Le coupable ne sera pas puni, dit-il, qu'il se lève!

Crossi se leva et dit en pleurant:

— On me taquinait, on m'insultait, j'ai perdu la tête...
J'ai lancé...

— Asseyez-vous, dit le maître ; que ceux qui l'ont provoqué se lèvent .., ajouta-t-il.

Quatre d'entre les provocateurs se levèrent, la tête basse.

— Vous avez insulté un camarade qui ne vous avait pas provoqués, dit M. Perboni, vous vous êtes moqués d'un infirme, vous avez attaqué un faible enfant qui ne peut se défendre. Vous avez commis l'action la plus basse et la plus honteuse qui puisse ternir l'âme humaine, vous êtes des lâches !

Cela dit, le professeur descendit au milieu de nous et se dirigea vers Garrone, qui baissa la tête à son approche. M. Perboni lui passa la main sous le menton pour lui relever la tête, et le regardant dans les yeux :

— Tu es un noble cœur, dit-il.

Garrone, profitant de l'occasion, se pencha à l'oreille du professeur et murmura deux mots. Celui-ci aussitôt, se tournant vers les quatre coupables, leur dit brusquement :

— Je vous pardonne.

MA MAITRESSE DE Ire SUPÉRIEURE

Jeudi 27.

Ma maîtresse a tenu sa promesse, elle est venue nous voir aujourd'hui, juste au moment où j'allais sortir avec ma mère pour porter du linge à une pauvre femme recommandée par la Gazette. Il y avait un an qu'elle n'était venue et nous lui avons tous fait fête. C'est bien toujours la même petite femme, coiffée d'un chapeau bordé de velours vert qui lui va mal, habillée sans aucune recherche, car elle a à peine le temps de lisser ses cheveux qui ont blanchi depuis l'année dernière. Elle a pâli aussi, et tousse toujours.

— Et la santé? lui a demandé maman, vous n'y faites pas assez attention.

— Qu'est-ce que cela fait! a-t-elle répondu avec son sourire à la fois gai et mélancolique.

— Vous parlez trop fort, ajouta maman, vous vous fatiguez avec vos élèves !

Cela est vrai, on entend toujours sa voix qui domine toute la classe, je ne l'ai pas oublié, du temps que j'étais son élève. Elle parle sans cesse pour que les enfants ne soient pas distraits, et ne s'assied pas une minute.

J'étais bien sûr qu'elle viendrait ; car elle n'oublie jamais ses anciens élèves, elle se rappelle leur nom, et les jours d'examen court chez le directeur pour savoir combien de points ils ont obtenu ; elle les attend à la sortie, et se fait montrer les compositions pour voir s'ils ont fait des progrès. Beaucoup de ses anciens élèves qui portent des pantalons longs et ont une montre d'or — de grands élèves enfin — viennent encore la trouver du lycée. Aujourd'hui elle revenait tout essoufflée du musée de peinture, où elle avait conduit ses écoliers: car chaque jeudi elle les mène à quelque musée, leur expliquant tout ce qui s'y trouve.

Pauvre maîtresse! elle a encore maigri. Mais elle est toujours vive et s'anime quand elle parle de sa classe. Elle a voulu revoir le lit dans lequel elle me vit quand je fus très malade il y a deux ans, lit qui est devenu celui de mon petit frère: elle l'a regardé un instant sans pouvoir parler. Puis elle s'en est allée, étant très pressée;

elle va voir un enfant de sa classe, le fils d'un sellier, qui a la rougeole. — Elle avait encore tout un paquet de devoirs à corriger, du travail pour toute sa soirée, et une leçon d'arithmétique à donner, avant le dîner, à une boutiquière.

— Eh bien, Henri, m'a-t-elle dit en s'en allant, aimes-tu encore la maîtresse maintenant que tu résous des problèmes difficiles et que tu fais de grandes compositions? Elle m'a embrassé et m'a crié du bas de l'escalier:

— Ne m'oublie pas, Henri!

O ma bonne maîtresse, non, jamais, jamais je ne vous oublierai! quand je serai grand je me souviendrai encore de vous, et j'irai vous trouver au milieu de vos petits élèves. Chaque fois que je passerai près d'une école et que j'entendrai la voix d'une institutrice, il me semblera entendre la vôtre, je me rappellerai les deux années passées dans votre classe où j'appris tant de choses, où je vous vis tant de fois fatiguée et souffrante, mais toujours attentionnée, toujours indulgente; désespérée quand un élève tenait mal sa plume et ne pouvait perdre cette mauvaise habitude; tremblante quand les inspecteurs nous interrogeaient, heureuse quand nous avions des succès, toujours bonne et tendre comme une mère. Jamais, non, jamais je ne vous oublierai, ma chère maîtresse!

DANS UNE MANSARDE

Hier soir, je suis allé avec maman et ma sœur Silvia porter le linge à la pauvre femme recommandée par le journal. Je portais le paquet, Silvia avait la feuille indiquant l'adresse et l'initiale de la malheureuse. Nous montâmes au dernier étage d'une maison très élevée, dans un corridor où il y avait toute une rangée de portes. Ma mère frappa à la dernière. Une femme encore jeune, blonde, maigre, vint nous ouvrir. Il me sembla l'avoir déjà vue avec son fichu bleu sur la tête.

— Est-ce vous que l'on a recommandée dans le journal? demanda maman.

— Oui, madame, c'est moi.

— Eh bien, nous vous avons apporté un peu de linge.

La pauvre femme nous fit des remerciements sans fin. Pendant ce temps je vis, dans un des coins de la pièce nue et obscure, un enfant qui nous tournait le dos; agenouillé devant une chaise, il semblait écrire avec application. Son papier était posé sur la chaise et l'encrier sur le plancher. Comment faisait-il pour écrire ainsi dans l'obscurité? Tandis que je m'adressais cette question, voilà que tout à coup je reconnus les cheveux roux et la jaquette usée de Crossi, le fils de la fruitière, celui qui a le bras inerte. Je le dis tout bas à maman, tandis que la pauvre femme dépliait le paquet que nous lui avions apporté.

— Silence! fit maman, peut-être serait-il humilié de te voir faire la charité à sa mère; ne l'appelle pas.

Mais à ce moment même Crossi se retourna : je demeurai embarrassé, lui me sourit, et maman me poussa vers lui pour l'embrasser. Je l'embrassai de bon cœur tandis qu'il me prenait la main en se relevant.

— Voyez, disait sa mère à ma mère, je suis seule avec mon enfant, mon mari est en Amérique depuis six ans, et pour comble de malheur je suis tombée malade, je ne puis plus aller par la ville vendre quelques légumes et gagner quelques sous. Nous avons vendu peu à peu tout ce que nous avions, il ne nous est même pas resté une table sur laquelle mon pauvre Louis puisse écrire ses devoirs ! Quand j'avais un banc sous la porte en bas, au moins il pouvait écrire dessus, mais je ne l'ai plus... Nous n'avons point de lumière et le pauvre enfant abîme ses yeux à étudier ainsi dans l'obscurité. C'est encore un bonheur que je puisse l'envoyer à l'école municipale où on donne des livres et des cahiers. Pauvre Louis ! il étudierait si volontiers, ah ! je suis bien malheureuse !

Ma mère glissa dans la main de la pauvre femme tout ce qu'elle avait dans sa bourse, embrassa Crossi et sortit de la mansarde les yeux pleins de larmes.

Elle eut bien raison de me dire :

— Regarde ce pauvre enfant qui est obligé de travailler dans de si tristes conditions ! Toi qui as tout ce qu'il faut pour étudier, tu trouves parfois l'étude pénible... Ah ! mon cher Henri, il y a plus de mérite dans une journée de travail du pauvre Crossi que dans ton travail d'une année entière, c'est à ceux-là qu'on devrait donner les premiers prix !

Mon père avait entendu ces derniers mots prononcés par ma mère, et le même jour je trouvais cette lettre sur ma table de travail :

L'ÉCOLE

Vendredi 28.

Oui, mon cher Henri, *l'étude est dure* pour toi,
comme te le disait ta mère ; je ne te vois pas encore
aller à l'école avec l'allure résolue et le visage souriant
que je voudrais te voir. Mais pense un peu de quelle
inutilité et quelle chose vide serait ta journée si tu n'allais
pas à l'école ! au bout d'une semaine tu demanderais
à mains jointes d'y retourner ! Tous les enfants étudient
maintenant, mon cher Henri. Pense aux ouvriers qui
vont à l'école le soir après avoir travaillé toute la
journée ! aux filles du peuple qui vont à l'école le dimanche après avoir été toute la semaine occupées dans
les ateliers ; aux soldats qui se mettent à écrire et à
étudier quand ils reviennent de l'exercice. Pense aux
enfants muets et aveugles qui étudient aussi, et jusqu'aux
prisonniers, qui doivent apprendre à lire et à écrire !
Songe, le matin, lorsque tu sors, qu'à la même heure,
dans la même ville, trente mille enfants vont comme
toi s'enfermer trois heures dans une classe pour étudier.
Pense encore à tous les enfants qui presqu'en même
temps, dans tous les pays du monde, vont à l'école.
Évoque-les dans ton imagination, s'en allant par les
sentiers des villages paisibles, par les rues, les cités
animées, le long des rives, des mers et des lacs, sous
un ciel ardent ou à travers la neige ; en barque dans
les pays traversés de canaux ; à cheval par les grandes
plaines ; en traîneau sur la glace ; par les vallées et par
les collines, à travers les bois et les torrents, sur les

sentiers solitaires tracés dans les montagnes, seuls, à deux ou par groupes, en longue file, tous avec leurs livres sous le bras, vêtus de mille manières, parlant des langues diverses, depuis la dernière école de Russie perdue sous les neiges jusqu'à la dernière école de l'Arabie ombragée de palmiers... Millions et millions d'enfants apprenant tous la même chose sous des formes diverses.

Imagine-toi cette fourmilière d'écoliers de cent peuples différents, l'immense mouvement dont ils font partie, et dis-toi : — Si ce mouvement cessait, l'humanité retomberait dans la barbarie ; ce mouvement est le *progrès*, l'espérance, la gloire du monde !

Courage donc, petit soldat de l'armée immense, tes livres sont tes armes, ta classe est ton escadron, le champ de bataille est la terre entière, et la victoire la civilisation humaine ! Oh ! ne sois jamais un soldat poltron, mon Henri !

Ton Père

LE PETIT PATRIOTE PADOUAN

(RÉCIT MENSUEL)

Samedi 29.

Non, je ne serai pas un soldat poltron ! mais j'irais bien plus volontiers à l'école si le professeur nous faisait tous les jours un récit pareil à celui de ce matin. Chaque mois, a-t-il dit, il nous en fera un semblable, il nous le donnera à copier, et ce sera toujours le récit d'une belle action accomplie par un enfant.

Le petit patriote padouan, tel est le titre de ce récit.

Un navire espagnol partait de Barcelone, pour Gênes. Il avait à son bord des Français, des Italiens, des Espagnols, des Suisses. Parmi cette foule de passagers on remarquait un garçon de onze ans, mal habillé, se tenant toujours à l'écart et regardant tout le monde de travers. Il n'avait peut-être pas tort de regarder ainsi tout le monde ! Deux ans auparavant son père et sa mère — des paysans des environs de Padoue — l'avaient cédé au chef d'une compagnie de saltimbanques, lequel, après lui avoir enseigné à faire quelques tours d'adresse, à force de coups de pied et de coups de poing, l'avait traîné à sa suite à travers la France et l'Espagne, le maltraitant sans cesse et ne le nourrissant pas à sa faim. Arrivé à Barcelone, ne pouvant plus supporter une existence aussi misérable, le pauvre enfant avait fui son tyran et était allé se mettre sous la protection du consul d'Italie. Celui-ci, ému de pitié, lui avait donné son passage à bord du navire en question et une lettre pour le préfet de Gênes, afin qu'il se chargeât de le renvoyer à ses parents. — Ses parents qui l'avaient vendu comme une bête de somme ! — Le pauvre enfant était en lambeaux et souffreteux. On lui avait donné une cabine de seconde classe. Les voyageurs le regardaient, parfois ils l'interrogeaient ; mais l'enfant ne répondait pas. Il semblait haïr tout le monde, tant les privations et les mauvais traitements l'avaient exaspéré et rendu sauvage. Pourtant, à force d'insister, trois voyageurs réussirent à dénouer la langue du malheureux, et en quelques paroles frustes, moitié vénitiennes, moitié espagnoles, il raconta son histoire. Ces trois voyageurs n'étaient pas Italiens, mais ils comprirent la misère du pauvre enfant, et un peu par compassion, un peu parce qu'ils avaient bu largement à table, ils se plurent à lui donner de l'argent pour le faire parler. En ce moment quelques dames entrèrent dans la salle sur laquelle s'ouvrent les cabines de seconde, et les trois voyageurs, pour se faire remarquer, donnèrent encore de l'argent au petit Padouan tout en criant : — Prends cela, et encore cela! faisant sonner l'argent sur la table.

L'enfant empochait les pièces blanches et les pièces de cuivre, remerciant à demi-voix, selon sa façon grossière, mais avec un regard souriant et affectueux. Puis il se glissa dans la cabine, tira les rideaux et resta immobile, en pensant à ce qu'il allait faire.

Avec cet argent, il allait pouvoir goûter à quelque bon morceau, lui qui depuis deux ans mourait de faim. A peine débarqué à Gênes, il s'achèterait un habit convenable — celui qu'il portait depuis deux ans tombait en loques; — il pouvait aussi espérer, en apportant un peu d'argent à ses parents, recevoir un meilleur accueil que s'il arrivait les mains vides. Cet argent était vraiment pour lui une petite fortune!

Il pensait à tout cela derrière les rideaux tirés de sa cabine, l'infortuné, et il se trouvait moins à plaindre...

Pendant ce temps, les trois voyageurs assis à la table placée au milieu de la salle buvaient et parlaient de leurs voyages et des pays qu'ils avaient visités. Leur conversation vint à tomber sur l'Italie. Un d'eux commença à se plaindre des hôtels, un autre des chemins de fer, enfin, en s'échauffant mutuellement, ils finirent par dire du mal de tout ce qui est italien. Le premier disait qu'il aurait préféré voyager chez les Lapons, le second assurait n'avoir rencontré en Italie que des gens de mauvaise foi et des brigands, le troisième ajoutait que les employés n'y savaient point lire. — C'est

un peuple ignorant, disait le premier. — Sale, ajoutait
le second — Vol... s'écria le troisième. Il allait dire
« voleur », mais il n'en eut pas le temps. Une pluie de
pièces jaunes et blanches s'abattit sur leur tête et leurs
épaules, rejaillissant sur la table et sur le plancher
avec un bruit métallique. Les trois voyageurs se levèrent furieux, regardant d'où pouvait venir cette ava-
lanche, et reçurent encore une grêle de sous sur leurs
habits :

— Reprenez votre argent, leur criait avec mépris le
petit Padouan qui venait d'ouvrir les rideaux de sa cabine. Je n'accepte pas l'aumône de ceux qui insultent
mon pays !

LE RAMONEUR

1er novembre.

Hier soir je suis allé à la section des filles (située à
côté de notre section Baretti) pour donner à la maîtresse de ma sœur Silvia le récit du petit Padouan,
qu'elle désirait lire. Il y a dans cette section sept cents
filles ! Au moment où j'arrivai, les élèves commençaient
à sortir, toutes contentes à cause des vacances de la
Toussaint et du jour des Morts.

En face de l'école, de l'autre côté de la rue se tenait
un petit ramoneur, le bras collé au mur, le front appuyé sur son bras ; il était tout noir de suie, ainsi que
son sac, ses balais et sa raclette, et il pleurait, sanglotait à fendre l'âme.

Deux ou trois jeunes filles de *seconde* s'avancèrent près de lui et lui demandèrent :

— Qu'as-tu à pleurer comme cela ? Mais le petit ramoneur ne répondait pas et continuait de pleurer.

— Mais dis donc ce que tu as ! pourquoi pleures-tu ? lui répétèrent les élèves.

Il détacha son visage de son bras — un visage d'Enfant Jésus — et raconta qu'il avait été ramoner diverses cheminées pour la somme de trente sous, qu'il les avait perdus, les ayant glissés par mégarde dans la fente d'une poche déchirée...

Le pauvre petit n'osait plus retourner chez son patron sans argent, tant il avait peur d'être battu.

Et il se remit à pleurer de plus belle, posant son front sur son bras comme un désespéré.

Les fillettes se regardèrent entre elles, toutes sérieuses ; d'autres venaient de se grouper, petites et grandes, pauvres filles d'ouvriers et riches demoiselles, leur portefeuille sous le bras. Une d'entre elles, une grande qui avait une plume bleue sur son chapeau, sortit deux sous de sa poche en disant :

— Je n'ai que deux sous, mais faisons une collecte.

— Moi aussi j'ai deux sous, dit une autre, habillée de rouge. Nous trouverons bien trente sous entre nous toutes !

Et alors les élèves commencèrent à appeler : Amélie — — Louise — Anna ! — un sou ! — qui a des sous ici ?

Quelques-unes avaient de la monnaie pour acheter des cahiers et des fleurs. Elles l'apportèrent avec empressement. Quelques-unes, plus petites, offrirent des centimes. La fillette à la plume bleue recueillit l'argent et compta à haute voix :

— Huit, dix, quinze ! **mais il en faut encore !**

Il arriva une grande jeune fille qui paraissait être une sous-maîtresse, et donna dix sous. — Toutes les élèves lui firent fête. — Il manquait encore cinq sous.

— Voilà les élèves de quatrième qui arrivent, elles ont des sous ! fit une petite.

La quatrième classe venue, les sous abondèrent. Les élèves se pressaient autour du ramoneur, et c'était charmant de voir ce petit bonhomme noir au milieu de ces gentilles fillettes habillées de différentes couleurs, avec leurs cheveux flottants, leurs plumes claires et leurs rubans de soie.

Les trente sous étaient réalisés qu'il pleuvait encore de la menue monnaie ; les petites qui n'avaient pas d'argent se faisaient place à travers les grandes, apportant de petits bouquets de fleurs, pour donner, elles aussi, quelque chose.

Tout à coup la portière accourut en criant:

— Madame la directrice !

Les fillettes se sauvèrent dans toutes les directions comme une volée de passereaux.

Le petit ramoneur, resté tout seul dans la rue, s'essuya les yeux. Non seulement il avait les mains pleines de sous ; mais encore les jeunes filles avaient glissé dans les boutonnières de sa jaquette, dans ses poches, même dans son bonnet, une foule de petits bouquets de fleurs. Ainsi riche et fleuri il se trouvait heureux comme un roi. Abondance de bien ne nuit pas !

LE JOUR DES MORTS

2 novembre.

Ce jour est consacré à la Commémoration des morts. Sais-tu, Henri, à quels morts vous devriez penser, vous autres écoliers, en cette journée funèbre? A ceux qui moururent pour vous, pour les enfants. As-tu jamais pensé aux pauvres pères qui ont usé leur vie au travail, aux pauvres mères mortes de privations afin de pouvoir élever leurs enfants? Sais-tu combien de parents moururent de douleur à cause de l'ingratitude de leurs enfants ou par le chagrin de les avoir perdus? Pense à tous ces morts, mon Henri, et aussi aux professeurs et aux institutrices morts jeunes, tués par les fatigues incessantes du professorat. Pense aux médecins, aux infirmiers qui moururent pour avoir soigné des enfants atteints de maladies contagieuses! Pense à tous ceux qui dans les naufrages, dans les incendies, dans les famines, dans un moment suprême de péril, cèdent à l'enfance le dernier morceau de pain, la dernière planche de salut, la dernière corde pour échapper aux flammes, et expirent heureux d'avoir accompli un sacrifice qui sauve la vie d'un enfant! Ces morts héroïques sont innombrables, Henri, martyrs obscurs de l'enfance, qui mériteraient d'avoir sur leur tombe toutes les fleurs qui croissent sur la terre. — Enfants, vous êtes tant aimés!

Pense aujourd'hui avec gratitude à ces morts que je te signale, et tu seras meilleur pour ceux qui t'aiment et vivent pour toi, ô mon heureux fils, toi qui dans ce jour des morts n'as encore personne à pleurer!

TA MÈRE

3

NOVEMBRE

MON AMI GARRONE

Nous n'avons eu que deux jours de vacances pour la Toussaint, et cependant il me semble qu'il y a un temps infini que je n'ai vu Garrone. Plus je le connais et plus je l'aime ; tous mes camarades ressentent la même sympathie, excepté les méchants, auxquels Garrone sert d'obstacle : chaque fois qu'un grand lève la main sur un plus petit, le petit appelle Garrone, et le grand ne frappe plus.

Son père est mécanicien au chemin de fer. Garrone ayant été malade pendant deux ans, a commencé un peu tard ses classes. Aujourd'hui il est le plus grand et le plus vigoureux de la classe : il enlève un banc d'une seule main..., avec cela il est bon !... N'importe ce qu'on lui demande : canif, crayon, gomme, papier, il vous le prête ou vous le donne toujours de bon cœur. Il ne parle point, il ne fait pas de bruit dans la classe. Toujours immobile sur son banc, trop étroit pour lui, on le voit le dos arrondi et la tête dans les épaules. Quand je le regarde, il me sourit des yeux comme pour me dire : — Nous sommes amis, n'est-ce pas, Henri ?

On s'en moque un peu, parce que grand et fort comme il est, sa jaquette, son pantalon, ses manches sont trop étroits et trop courts pour sa taille ; son cha-

peau ne lui entre pas sur la tête — une tête rasée, —
et il a de gros souliers et une cravate enroulée au cou
comme une corde. Pauvre Garrone ! il suffit de le voir
pour l'aimer malgré tout cela. Les plus petits vou-
draient être près de son banc, parce qu'il les protège.
Il est très fort en arithmétique, et porte ses livres en
tas, liés par une courroie de cuir rouge. Il a un couteau
à manche de nacre qu'il a trouvé l'année dernière sur
la place d'Armes, et un jour il s'est coupé le doigt avec
jusqu'à l'os ; mais personne à l'école ne s'en est aperçu
et il n'en a pas soufflé mot chez lui pour ne pas effrayer
ses parents. Lorsqu'on le plaisante, il ne s'en fâche
point, mais gare si on lui dit : *ce n'est pas vrai*, quand
il affirme quelque chose. Ses yeux jettent des éclairs
et il frappe du poing sur le banc à le rompre. Samedi
dernier il a donné deux sous à un élève de la *première*
supérieure auquel on avait pris son argent, et qui ne
pouvait s'acheter un cahier. Maintenant il est très occupé à écrire une lettre de huit pages sur un papier tout
enluminé de fleurs. C'est pour la fête de sa mère, — une
dame grande et grosse, très sympathique, qui vient le
chercher souvent. — Le maître regarde Garrone avec
bonté et chaque fois qu'il passe près de lui il lui caresse le cou, comme on ferait à un petit taureau tranquille. Je l'aime bien décidément, mon ami Garrone !
Je suis content de serrer sa grosse main dans la
mienne. Je suis certain qu'il risquerait volontiers sa
vie pour sauver un de ses camarades, qu'il le défen-
drait de toutes ses forces : cela se lit si bien dans ses
yeux ! Le son de sa voix a beau être grondeur, on sent
que cette voix est l'écho d'un cœur noble et généreux.

LE CHARBONNIER ET LE GENTILHOMME

Lundi 7.

Certes, ce n'est pas Garrone qui aurait dit à Betti ce que Carlo Nobis s'est permis de lui dire !

Carlo Nobis est fier, parce que son père est noble et riche. — M. Nobis assez grand, ayant l'air sérieux et distingué, porte toute la barbe, une belle barbe noire, et accompagne presque tous les jours son fils à l'école.

Hier matin Nobis s'était querellé avec Betti — un des plus petits, le fils d'un charbonnier — et, ne sachant que lui dire, parce qu'il se sentait dans son tort, il s'écria : *Ton père n'est qu'un gueux !* Betti rougit jusqu'aux cheveux, ne répondit rien ; mais ses yeux se remplirent de larmes. En allant déjeuner chez lui il répéta à son père ce qu'avait dit Nobis Aussi, après le repas, voilà le père de Betti, un petit homme tout noir, qui vient se plaindre au professeur. Pendant qu'il exposait sa plainte, au milieu d'un grand silence, le père de Nobis, qui aidait comme d'habitude son fils à enlever son pardessus à la porte, entendit le charbonnier prononcer son nom. Il entra pour savoir ce dont il s'agissait.

— C'est ce pauvre homme, répondit M. Perboni, qui vient se plaindre parce que votre Carlo a dit à son enfant : — Ton père n'est qu'un gueux.

M. Nobis fronça le sourcil et rougit un peu :

— Est-il vrai que tu as dit cela? demanda-t-il à Carlo.

Celui-ci, debout au milieu de sa classe, le front baissé devant le petit Betti, ne répondit pas.

3.

Son père le prit par le bras et le poussa tout contre Betti, de façon qu'ils se touchassent presque :

— Demande-lui pardon, dit-il.

Le charbonnier voulut s'interposer en disant : — Non, non ; mais le gentilhomme n'en tint pas compte et répéta à Carlo :

— Demande-lui pardon. Répète mes paroles : « Je te demande pardon, Betti, du mot injurieux, insensé, abject, que j'ai prononcé contre ton père, auquel le mien est fier de serrer la main. »

Le charbonnier fit un geste de vive opposition, mais M. Nobis ne s'y arrêta pas, et son fils dut s'exécuter en disant à voix basse, sans oser lever les yeux de terre :

— Je te demande pardon Betti... du mot injurieux .. insensé... abject... que j'ai prononcé... contre ton père... auquel le mien est fier de serrer... la main.

M. Nobis tendit alors sa main au charbonnier, qui la lui serra avec force, et poussa ensuite son fils dans les bras de Carlo Nobis.

— Faites-moi la faveur de les mettre l'un à côté de l'autre, dit le comte en s'adressant au professeur.

M. Perboni mit Betti sur le banc de Carlo. Quand ils furent placés, M. Nobis salua et sortit.

Le charbonnier resta quelques moments indécis, contempla les deux enfants réunis, puis s'approcha du banc, regarda Nobis avec une expression de sympathie et de regret. Sans rien dire il allongea la main pour le caresser ; mais, n'osant le faire, il lui effleura seulement le front de ses gros doigts et disparut.

— Souvenez-vous, mes enfants, de ce dont vous avez été témoins aujourd'hui, nous dit le professeur : c'est la plus belle leçon de l'année.

L'INSTITUTRICE DE MON FRÈRE

Jeudi 10.

Mlle Delcati est venue nous voir aujourd'hui, sachant que mon frère était un peu souffrant. Le fils du charbonnier a été aussi son élève. Elle nous a fait bien rire en nous racontant comment la mère de Betti lui porta un jour chez elle quelques boisseaux de charbon dans son tablier, pour la remercier d'avoir donné la croix de sagesse à son fils. La pauvre femme s'obstinait à vouloir lui faire accepter ce petit cadeau, pleurant presque d'être obligée de remporter son tablier plein. Une autre fois, une bonne femme, mère d'un de ses petits élèves, lui avait apporté un bouquet de fleurs très lourd, et au milieu de ce bouquet elle trouva une tire-lire remplie de sous neufs... Nous avions plaisir à l'entendre, et mon frère voulut bien prendre sa médecine pour faire plaisir à Mlle Delcati. Quelle patience il faut avoir avec ces petits élèves de la *première* inférieure ! tous édentés comme des vieux, qui ne prononcent ni les *r* ni les *s* !... L'un tousse, l'autre saigne du nez, celui-ci perd ses sabots sous le banc, celui-là crie parce qu'il s'est piqué avec la plume, enfin un autre pleure parce qu'il a acheté le cahier n° 1 au lieu du cahier n° 2. Et il y a ainsi une cinquantaine de bébés auxquels il faut apprendre à lire, à écrire, à compter !...

Chacun de ces petits êtres apporte dans ses poches des bâtons de réglisse, des pastilles de menthe, des **boutons, des bouchons, des cailloux... La maîtresse**

doit parfois les fouiller, mais ils cachent leurs trésors
jusque dans leurs souliers. Sont-ils attentifs au moins?
Allons donc! Une grosse mouche entrée par la fenêtre
met toutes les têtes en l'air... L'été ils apportent à l'é-
cole des hannetons qui volent en bruissant, ou tombent dans les encriers et tracent des rayures pleines
d'encre sur les cahiers. L'institutrice doit remplacer
la maman de tous ces petits élèves; les aider à s'habiller, bander les doigts piqués, attacher les bérets
qui s'en vont, faire attention à ce qu'on ne change
pas les manteaux; sinon, les bébés crient et pleurent.

Pauvre institutrice! et quelquefois encore les ma-
mans viennent se plaindre:

— Comment se fait-il, mademoiselle, que mon enfant ait perdu sa plume?

— Comment se fait-il qu'il n'apprenne rien? —
Pourquoi n'avez-vous pas donné la *mention* au mien qui
travaille si bien? — Pourquoi n'avez-vous pas fait enlever ce clou du banc où mon pauvre Pietro a déchiré
son pantalon neuf?

Quelquefois la patience échappe à la pauvre institutrice; elle gronde ses petits élèves, puis elle se repent
et caresse l'enfant qu'elle a grondé; elle chasse un
moutard de l'école, mais se laisse toucher par ses larmes, et fait des reproches aux parents qui font jeûner
leurs enfants pour les punir.

C'est une grande et belle jeune fille que Mlle Delcati,
bien mise, vive, impressionnable et tendre.

— Mais au moins les enfants ont-ils quelque affection pour vous? lui demande maman.

— Oui; seulement, l'année suivante ils me quittent
pour aller dans une autre classe et ne me regardent
plus. Quand ces petits ingrats sont entrés dans les clas-

ses où il y a des professeurs, ils semblent honteux d'avoir passé par mes mains, c'est à peine s'ils nous disent bonjour! Et c'est toujours ainsi. Après deux ans, pendant lesquels on a sué sang et eau pour des enfants que l'on aime tendrement, il faut les quitter et ne plus les revoir! Pour quelques-uns dont nous croyons être sûres, nous nous disons : — Oh! celui-là m'aimera toujours... Les vacances terminées ils ne pensent plus à nous...

— Mais tu ne feras pas comme cela, toi, mon petit? dit tout à coup Mlle Delcati en se levant pour embrasser mon petit frère. Tu ne tourneras pas la tête de l'autre côté quand tu passeras près de moi? tu ne renieras pas ta pauvre amie, ta bonne maîtresse?

MA MÈRE

Jeudi 10 novembre.

En présence de l'institutrice de ton frère, tu as manqué de respect à ta mère! Que cela ne t'arrive plus jamais, mon Henri! Ton insolence m'est entrée dans le cœur comme un poignard. Je pensais à ta mère, lorsque, il y a quelques années, elle passa toute une nuit inclinée sur ton berceau, épiant ta respiration haletante, pliée sous l'angoisse, pleurant comme une insensée, redoutant de te perdre!... A ce souvenir, je n'ai pu réprimer un mouvement de colère contre toi. Pense donc, Henri! Toi, offenser ta mère! ta mère qui donnerait un an de bonheur pour t'éviter une heure de souffrance, qui mendierait pour toi et se ferait tuer pour sauver ta vie ! Songes-y bien, Henri, dans cette vie t'attendent des jours bien tristes, mais le plus triste de tous sera celui où tu perdras ta mère.

Quand tu seras grand, quand tu seras un homme éprouvé à toutes les luttes, tu invoqueras ta mère avec un désir immense d'entendre sa voix et de voir ses bras ouverts pour te recevoir, en pleurant comme un pauvre enfant sans protection et sans forces. Tu te rappelleras alors avec amertume les peines que tu lui auras causées ! le remords te les fera chèrement payer ! Malheureux ! n'espère pas de paix dans ta vie si tu as attristé ta mère. Tu auras beau te repentir, lui demander pardon, vénérer sa mémoire, ce sera inutile. La conscience ne te donnera point de repos. L'image douce et bonne de ta mère mettra ton âme à la torture. Souviens-toi, Henri, que l'amour filial est l'amour le plus sacré. Malheur à qui le foule aux pieds ! L'assassin qui respecte sa mère a encore quelque sentiment honnête dans le cœur, l'homme le plus glorieux qui l'afflige et l'offense n'est qu'une créature indigne.

Que jamais il ne sorte de ta bouche une parole dure envers ta mère, et que ce ne soit pas la crainte de ton père, mais l'élan de cœur qui te fasse te jeter à ses pieds et lui demander pardon. Supplie-la de t'embrasser, afin que ce baiser efface sur ton front la marque de ton ingratitude. Je t'aime, mon fils, tu es la plus chère espérance de ma vie ; mais j'aimerais mieux te voir mort qu'ingrat envers ta mère. Va, et pour quelque temps abstiens-toi de m'embrasser, je ne pourrais te rendre ton baiser de bon cœur.

Ton Père.

MON CAMARADE CORETTI

Dimanche 13.

Mon père m'a pardonné; mais comme j'étais encore un peu triste, ma bonne mère m'a envoyé cette après-midi faire une promenade sur le *Corso* avec le fils aîné du concierge. A la moitié à peu près du Corso, comme nous passions près d'une charrette arrêtée devant une boutique, je m'entendis appeler. Je me retournai. C'était Coretti, mon camarade de classe, avec son jersey loutre et son béret en peau de chat. Il était tout en sueur et paraissait content; il portait sur son épaule une charge de bois assez forte. Un homme, debout sur la charrette, lui tendait des bûches qu'il transportait dans la boutique de son père; là il les disposait en monceau, puis revenait vivement vers la voiture.

— Que fais-tu, Coretti? lui demandai-je.

— Tu le vois bien, me répondit-il, en tendant ses bras pour prendre une charge, je travaille et en même temps je repasse ma leçon!

Je me mis à rire. Mais Coretti parlait sérieusement, et tout en prenant le bois il commença à murmurer en courant vers la boutique :... *On appelle accidents du verbe... ses variations en nombre et en genre et ses variations de personne...*

Et jetant le bois tout en l'amoncelant: *selon le temps.... le temps auquel se rapporte l'action...* continua-t-il.

Puis s'approchant encore de la charrette pour prendre une autre brassée de bois :...

... *selon le mode par lequel l'action est énoncée* ..,
ajouta-t-il.

Il répétait ainsi notre leçon de grammaire pour le
jour suivant.

— Que veux-tu, me dit-il, je mets le temps à profit.
Mon père est sorti avec le garçon pour livrer une
commande, ma mère est malade. Il faut bien que j'aide
à décharger la voiture. Cela ne m'empêche pas de ré-
péter ma grammaire. Nous avons une leçon difficile
aujourd'hui, je ne peux pas me la mettre dans la
tête.

— Mon père m'a dit qu'il serait ici à sept heures pour
vous payer, ajouta-t-il en s'adressant au charretier.

La voiture partit. — Entre un instant dans la boutique, me dit Coretti. Craignant que mon refus lui
causât quelque déplaisir, j'entrai dans une grande
pièce pleine de bois et de fagots où se trouvait une ba-
lance placée non loin de la porte.

— Aujourd'hui a été un jour de tracas pour moi, je
te l'assure, reprit Coretti; je fais mes devoirs par bri-
bes et par morceaux. J'étais en train d'écrire les prépo-
sitions quand on est venu pour une commande... Je m'y
remettais. Bon ! voilà le charretier qui arrive !.. Ce
matin j'ai déjà fait deux courses jusqu'au marché au
bois, place de Venise. Je ne sens plus mes jambes et
j'ai les mains gonflées. Je serais propre si j'avais à faire
le devoir de dessin !

Tout en parlant, le courageux enfant donnait un
coup de balai pour enlever les feuilles sèches qui couvraient le plancher.

— Mais où fais-tu tes devoirs, Coretti? lui demandai-je.

— Par ici, viens voir !.

Il me conduisit dans l'arrière-boutique, qui servait de cuisine et de salle à manger. Dans un coin, sur une table étaient posés les livres et les devoirs commencés.

— Justement, dit Coretti, j'ai laissé la seconde réponse en l'air : *avec le cuir on fait les chaussures, les courroies....* maintenant j'ajoute *les valises.* Et, prenant la plume, Coretti se mit à écrire de sa belle écriture.

— Il n'y a personne? demanda une voix dans la boutique.

C'était une femme qui venait acheter des fagots.

— Me voilà! s'écria Coretti, et, quittant la chambre, il pesa des fagots, reçut l'argent, courut à un coin où était pendue une ardoise, y inscrivit sa vente, puis revint à son devoir en me disant : — Voyons un peu si on me laissera finir ma page. et il continua à écrire : *les sacs de voyage, les gibernes pour les soldats....*

— Ah! mon pauvre café qui s'en va! fit-il en s'interrompant tout à coup. Puis, courant au fourneau, il enleva la cafetière du feu.

— C'est le café de maman, me dit-il, nous allons le lui porter ensemble, veux-tu? elle te verra, et cela lui fera plaisir. Il y a sept jours qu'elle est au lit.... Tiens! les accidents du verbe! les voilà! je me brûle toujours les doigts avec cette cafetière.... Qu'est-ce qu'il faut que j'ajoute encore après les gibernes des soldats? Il y a quelque chose, mais je ne le trouve pas!... viens ici. Mon petit camarade ouvrit une porte et nous entrâmes dans la chambre où la mère de Coretti était couchée. Elle occupait un grand lit et sa tête était enveloppée d'un fichu blanc.

— Voilà le café, maman, dit Coretti en tendant la tasse. Et me désignant du regard : — Je te présente un de mes camarades de classe, ajouta-t-il.

4

— Ah ! c'est très bien, monsieur, de venir voir les malades, dit la brave femme.

Coretti arrangea les oreillers derrière les épaules de sa mère, borda la couverture, ranima le feu et chassa le chat qui s'était sans façon installé sur la commode.

— Vous n'avez besoin de rien autre, maman ? demanda Coretti en reprenant la tasse. Avez-vous pris vos deux cuillers de sirop ? quand vous n'en aurez plus, j'irai en chercher chez le pharmacien. Le bois est rangé ; à quatre heures je mettrai la viande au feu, comme vous me l'avez dit, et lorsque la marchande de beurre passera, je lui donnerai ses huit sous. Soyez tranquille, maman, tout ira bien.

— Bien ! mon enfant, répondit la charbonnière, tu penses à tout, pauvre chéri !

Coretti me montra un petit cadre contenant la photographie de son père en uniforme de soldat, où brille la médaille de la Valeur militaire — qu'il gagna en 1866 lorsqu'il faisait partie du régiment du prince Humbert. — C'est le même visage que mon ami Coretti, les yeux vifs, le sourire content.

Nous rentrâmes dans la cuisine.

— J'ai trouvé ! dit Coretti, et il courut à son cahier sur lequel il ajouta : *on fait aussi les harnais des chevaux.*

Le reste je le ferai ce soir, je veillerai un peu. Tu es bien heureux, Henri, ajouta-t-il, d'avoir le temps d'étudier et de te promener.

Toujours joyeux et leste, il me conduisit dans la boutique : là il mit des morceaux de bois sur le chevalet, les scia en deux traits, tout en me disant :

— Voilà de la gymnastique bien supérieure à la poussée des *bras en avant !* je veux que mon père trouve tout ce bois scié quand il reviendra, il sera si con-

tent! malheureusement après avoir scié j'écris des *t* et
des *l* qui ressemblent à des serpents, comme dit le professeur. Que puis-je y faire? je lui dirai la vérité : —
J'ai dû remuer les bras et les doigts s'en ressentent.
Le principal est que maman guérisse vite, et aujourd'hui elle va mieux, grâce à Dieu!

Quant à la grammaire, je l'étudierai demain matin
de bonne heure . Ah ! voilà la voiture de charbon ; au
travail !

Une charrette pleine de sacs noirs s'arrêta devant
la boutique. Coretti courut parler à l'homme, et revint.

— Maintenant, je ne puis plus te garder, me dit-il,
à demain et merci d'être venu me voir un peu ! bonne
promenade, heureux Henri !

Et, me serrant la main, il courut prendre le premier
sac sur son dos, recommençant à trotter de la boutique à la charrette et de la charrette à la boutique ;
le teint frais sous son béret en peau de chat, et toujours si vif, si gai, si empressé, que c'était plaisir de le
voir.

Heureux Henri! m'a-t il dit. Ah ! non, Coretti, non,
tu es plus heureux que moi ; tu étudies et tu travailles
tout à la fois ; tu es plus utile à ton père et à ta mère,
tu es plus courageux que moi et cent fois meilleur,
mon cher camarade !

LE DIRECTEUR

Vendredi 18.

Coretti était content ce matin, parce que son maître de seconde, M. Coatti, est venu assister à son examen mensuel. Ce M. Coatti est d'une stature élevée, a des cheveux crépus, des yeux sombres et une voix formidable. Il menace toujours les enfants de les faire punir et même de les conduire en prison, mais il ne punit personne et rit dans sa barbe de la peur qu'il cause à ses élèves. Notre école municipale compte huit professeurs y compris un suppléant, petit et imberbe, qui paraît tout jeune.

Quant à notre directeur, il est grand, chauve, porte des lunettes d'or et a une barbe grise qui descend sur sa poitrine ; sa redingote est toujours boutonnée correctement jusqu'au menton, et on voit tout de suite qu'il est bon avec les enfants ! Lorsque ceux-ci entrent en tremblant dans son cabinet, appelés pour une observation, le directeur ne les gronde point ; mais il les prend par la main, puis il les raisonne avec douceur, il leur explique ce qu'ils auraient dû faire, et en général ils se repentent de leur faute, promettant de ne plus recommencer. Il leur parle enfin avec tant de bonté et les persuade si bien que les écoliers sortent de chez lui les yeux rouges, plus confus que s'ils avaient été punis. Pauvre directeur ! il est toujours le premier et le dernier à son poste : le matin, attendant les écoliers et répondant aux parents ; le soir, lorsque les professeurs sont partis, surveillant les alentours de l'école

pour voir si les enfants ne se jettent pas sous les voitures, s'ils ne se battent point dans la rue, ou s'ils ne
remplissent pas leur giberne de sable et de pierres pour
se les jeter à la tête.

Lorsque sa silhouette apparaît au détour d'une rue,
on voit s'échapper en courant une troupe d'enfants qui
abandonnent brusquement le jeu de billes ou de bouchons. Le doigt du bon directeur les menace de loin,
mais son air tendre et triste à la fois promet en même
temps la clémence.

Maman m'a dit que personne ne l'a vu rire, depuis
qu'il a perdu son fils, un jeune volontaire dont le portrait est toujours sur la table de la direction. Aussitôt
après le malheur qui le frappa, notre directeur voulut
donner sa démission ; il avait écrit une lettre demandant
sa retraite ; mais il remettait de jour en jour son envoi,
il lui coûtait de laisser ses écoliers. Cependant l'autre
soir (mon père était dans son cabinet) il paraissait décidé à envoyer sa demande ; mon père lui exprimait ses
regrets de le voir quitter la direction, lorsqu'un homme
entra tout à coup. Il venait faire inscrire son fils à la
section Baretti. En voyant l'enfant, le directeur eut un
mouvement de surprise, regarda tour à tour le nouveau
venu et le portrait posé sur son bureau ; puis, attirant
l'écolier entre ses jambes, il le regarda bien en face.

Cet enfant ressemblait étonnamment au fils qu'il
avait perdu. Le directeur inscrivit le nom du nouvel
écolier, congédia le père et l'enfant, non sans avoir
passé sa main sur la tête brune de ce dernier, puis vint
se rasseoir tout pensif à son bureau :

— Quel dommage que vous vouliez quitter la direction ! répéta mon père reprenant la conversation inter-
rompue.

4.

A ces paroles notre directeur parut s'éveiller de sa méditation, il prit sa lettre de démission et la déchira en disant :

— Je reste.

LES SOLDATS

Mardi 22.

Le fils du directeur était volontaire quand il mourut. Voilà pourquoi le pauvre père va toujours sur le *Corso*, quand nous sortons de l'école, pour voir passer les soldats. Hier, un régiment d'infanterie y défilait. Une cinquantaine de gamins sautillaient autour des musiciens, battant la mesure avec leurs règles sur leurs gibecières. Nous autres, nous restions en groupe sur le trottoir : Garrone, serré dans ses habits trop étroits, et mordant à même un gros morceau de pain ; Votini, toujours bien mis et soigné, à côté de Precossi, le fils du serrurier qui porte la jaquette de son père. Le Calabrais, « le petit maçon », Crossi aux cheveux rouges, Franti à l'air effronté, et Robetti, le fils du capitaine d'artillerie (celui qui sauva un enfant de dessous l'omnibus et qui marche maintenant avec des béquilles), nous étions tous là à voir défiler les militaires, Franti se mit à rire en voyant un soldat qui boitait. Il sentit aussitôt une main sur son épaule. Franti se retourna et vit notre directeur. — Voyez-vous, Franti, se moquer d'un soldat qui est dans les rangs, et ne peut ni répondre ni se défendre, c'est comme si on insultait un homme lié : cela s'appelle une lâcheté !

Franti s'éclipsa.

Les soldats passaient quatre à quatre, tout en sueur et couverts de poussière ; leurs fusils scintillaient au soleil.

— Vous devez aimer les soldats, mes enfants, nous dit le directeur, ce sont nos défenseurs. Ils iraient se faire tuer demain pour nous si une armée étrangère menaçait notre territoire. Ce sont des enfants, eux aussi ! ils ont peu d'années plus que vous, ils sont aussi à l'école, à l'école du régiment, et il y a parmi eux comme parmi nous des pauvres et des riches, qui sont venus de toutes les parties de l'Italie. Regardez, on peut presque les reconnaître à leur type : il passe des Siciliens, des Sardes, des Napolitains, des Lombards. Ce régiment-ci est un vieux régiment qui a combattu en 1848 ; si ce ne sont plus les mêmes soldats, c'est toujours le même drapeau ! Combien d'hommes sont morts pour le pays autour de ce drapeau, vingt ans avant votre naissance !

— Voilà le drapeau ! dit Garrone.

On voyait en effet ondoyer l'oriflamme rouge, blanche et verte au-dessus des têtes des soldats.

— Allons, mes enfants, reprit le directeur, rendez hommage à l'armée ! faites votre salut d'écoliers, la main au front, quand passent les trois couleurs !

Le drapeau, porté par un officier, passa devant nous, tout usé et déchiré, une médaille attachée à la hampe. Tous ensemble, nous portâmes la main à notre front. L'officier nous regarda, sourit, et nous rendit le salut militaire.

— Bravo, mes enfants ! dit une voix derrière nous.

Nous nous retournâmes et vîmes un vieillard qui avait à la boutonnière de son habit le ruban bleu pâle de la campagne de Crimée. C'était un officier retraité ! — Bravo, mes enfants, reprit-il c'est bien ce que vous faites là ! celui qui respecte le drapeau étant petit, saura le défendre quand il sera grand !

Et pendant que ce brave homme parlait, le drapeau du régiment flottait là-bas sur le *Corso*, entouré d'une foule d'enfants ; dont les cris joyeux accompagnaient la musique militaire.

LE PROTECTEUR DE NELLI

Mercredi 23.

Nelli aussi regardait hier passer les soldats. Pauvre petit bossu, il avait l'air triste et se disait : — Je ne pourrai jamais être soldat, moi ! Le pauvre enfant étudie beaucoup, mais il est si maigre et si pâle qu'il s'essouffle tout de suite. Sa mère, une petite dame blonde, vêtue de noir, vient le chercher quand on prononce le *finis*, pour qu'il ne soit pas bousculé à la sortie. Il faut voir comme elle le caresse ! Les premiers jours, les élèves se moquaient de la bosse de Nelli et lui heurtaient le dos avec leur gibecière ; mais lui ne se révoltait jamais et ne le disait pas à sa mère ; il voulait lui éviter le chagrin d'apprendre que son fils était le souffre-douleur de ses camarades. On se moquait de Nelli, et le pauvre petit pleurait silencieusement, le front appuyé sur son pupitre. Un jour Garrone intervint et dit aux écoliers : — Le premier qui touche Nelli, aura affaire à moi, je lui donnerai une volée dont il se souviendra !

Franti ne tint aucun compte des menaces de Garrone
et reçut la volée en question — une volée qui lui fit
faire trois tours sur lui-même. — Depuis ce temps personne n'inquiète plus Nelli. M. Perboni a mis Garrone
sur le même banc que son protégé et ils sont devenus
une paire d'amis. Nelli adore Garrone. A peine entre-
t-il en classe qu'il cherche des yeux s'il voit Garrone.
Il ne part jamais sans lui dire au revoir et Garrone fait
de même. Quand Nelli laisse tomber une plume ou un
livre sous le banc, Garrone se baisse aussitôt pour les
lui ramasser, de peur que son ami ne se fatigue ; puis il
l'aide aussi à serrer ses livres dans son portefeuille et
à mettre son pardessus. C'est pourquoi Nelli aime tant
Garrone et se réjouit tant lorsque le professeur lui fait
des compliments. On dirait que c'est à lui, Nelli, qu'on
les adresse ! Je crois bien que Nelli aura tout dit à sa
mère : les taquineries des premiers jours et l'interven-
tion de son ami. car voici ce qui est arrivé ce matin.

M. Perboni m'envoya porter au directeur le pro-
gramme de la leçon, une demi-heure avant le *finis*, et
j'étais là lorsque entra une dame blonde vêtue de noir,
la mère de Nelli. Elle demanda au directeur :

— N'y a-t-il pas dans la classe de mon fils un élève
qui s'appelle Garrone?

— Oui, madame.

— Auriez-vous la bonté de le faire venir un moment
ici? j'aurais à lui dire un mot.

Le directeur sonna le portier et l'envoya chercher
Garrone, qui arriva une minute après, l'air tout étonné
d'être appelé par le directeur.

A peine, Mme Nelli eut-elle aperçu le **gros garçon**
qu'elle courut à lui, le prit par la tête et l'embrassa à
plusieurs reprises.

— C'est toi, Garrone, l'ami de mon [fils? le protecteur de mon pauvre petit? c'est toi, cher enfant?

Puis elle chercha dans sa poche et dans sa bourse ;
mais, ne trouvant rien, elle détacha de son cou une
petite chaîne d'or à laquelle pendait une croix, et la
passa au cou de Garrone, en lui disant :

— Prends ce petit souvenir, cher enfant, prends-le
de la main d'une mère qui te bénit et te remercie !

***

LE PREMIER DE LA CLASSE

Garrone gagne tous les cœurs, et Derossi gagne tous
les points. Il a obtenu la première médaille et il sera
le premier encore cette année. Personne ne peut lutter
avec lui, on reconnaît sa supériorité en toutes les ma-
tières. Premier en arithmétique, en grammaire, en
composition, en dessin, il comprend avec une facilité
extraordinaire et possède une mémoire surprenante.
Il réussit à tout sans effort et il semble que l'étude soit
pour lui un jeu. Le maître lui disait encore hier : —
Vous avez reçu de grands dons de Dieu, tâchez de ne
pas les gaspiller.

Il est impossible de ne pas l'envier, de ne pas se sentir au-dessous de lui en toutes choses. Ah ! je suis
comme Votini, moi aussi, j'envie Derossi ! J'éprouve
de l'amertume, presque de l'aigreur ; lorsque je suis à
la maison, faisant mes devoirs, je pense que Derossi a
dû déjà achever les siens sans fautes et sans fatigue !
Et puis, lorsque je retourne à la classe et que je vois
mon camarade riant, beau et triomphant, quand j'en-

tends ses réponses aux questions du professeur, réponses franches et nettes, alors toute l'amertume, toute l'aigreur s'enfuient de mon cœur et j'ai honte d'avoir éprouvé ces vilains sentiments !

Je voudrais être toujours près de lui, faire toutes mes classes avec lui, car sa présence me donne le courage et le désir de travailler en partageant son ardeur.

M. Perboni nous lira demain notre récit mensuel qu'il a donné à copier à Derossi, cela s'appelle : *la petite Vedette lombarde*. En copiant ce matin, ce fait héroïque, Derossi avait les yeux humides et la bouche tremblante. Je le regardais, et j'aurais été heureux de pouvoir lui dire : — Derossi, tu vaux plus que moi, tu es un homme en comparaison du petit Henri qui te respecte et voudrait pouvoir t'imiter.

———

LA PETITE VEDETTE LOMBARDE

(RÉCIT MENSUEL)

Samedi 26.

C'était en 1859, pendant la guerre pour la délivrance de la Lombardie, quelques jours après la bataille de Solférino et de San Martino, gagnée par les Français et les Italiens sur les Autrichiens. Par une belle matinée du mois de juin, un petit peloton de cavaliers de Saluces s'en allait au pas du côté de l'ennemi, dans un sentier solitaire, explorant attentivement la campagne. La brigade était commandée par un officier et un brigadier ; ils regardaient au loin devant eux, muets, et prêts à voir paraître d'un moment à l'autre les uniformes blancs des avant-gardes ennemies. Ils arrivèrent ainsi à une maisonnette rustique, entourée de frênes, et devant laquelle se trouvait un garçon d'une douzaine d'années, qui écorçait un rameau de frêne avec son couteau, pour s'en faire une canne. D'une fenêtre de la maison pendait un large drapeau tricolore, à l'intérieur il n'y avait personne. Les paysans, une fois le drapeau attaché, s'étaient enfuis, par peur des Autrichiens. Lorsque le garçon aperçut les cavaliers, il jeta son bâton et leva sa casquette. C'était un beau garçon aux cheveux blonds, au visage hardi, éclairé par de grands yeux bleus. Il était en manches de chemise et sa poitrine nue apparaissait par la fente de la chemise.

— Que fais-tu ici? lui demanda l'officier en arrêtant son cheval. Pourquoi ne t'es-tu pas sauvé avec ta famille ?

— Je n'ai pas de famille, répondit le garçonnet, je suis un enfant trouvé. Je travaille pour ceux qui veulent de moi. Je suis resté ici pour voir la guerre.

— As-tu vu passer les Autrichiens?

— Non, pas depuis trois jours.

L'officier se recueillit un instant ; puis sauta à bas de son cheval, et, laissant ses soldats tournés du côté de l'ennemi, il entra dans la maisonnette et monta sur le toit. La maison était basse, on ne voyait du haut du toit qu'une faible étendue de la campagne.

— Il faut monter sur les arbres, dit l'officier en descendant.

Juste devant l'entrée se dressait un frêne très haut dont la cime légère se balançait dans l'azur. L'officier demeura pensif, regardant tantôt l'arbre et tantôt les soldats, puis tout à coup :

— As-tu bonne vue, mon petit? demanda-t-il à l'enfant.

— Moi? je vois un oiseau à un kilomètre.

— Pourrais-tu monter à la cime de cet arbre?

— En haut de cet arbre-là? j'y grimpe en une demi-minute!

— Et saurais-tu me dire ce que tu verras là-haut? s'il y a des soldats autrichiens de ce côté, des nuages de poussière, des chevaux ou des fusils qui brillent?

— Certainement, je saurais vous le dire!

— Qu'est-ce que tu veux pour me rendre ce service?

— Ce que je veux? répondit le garçon en riant, rien, parbleu!.. si c'était pour les Teutons... à *aucun prix!* mais pour nos soldats!.. Je suis Lombard...

— Bien, grimpe alors!

— Un instant, que je me débarrasse de mes souliers.

Il enleva sa chaussure, serra la ceinture de son pantalon, jeta sa casquette sur l'herbe et embrassa le tronc de l'arbre.

— Fais attention.., exclama l'officier pris d'une terreur subite.

Le garçonnet se retourna, regardant l'officier de ses beaux yeux bleus dans une muette interrogation.

— Rien, dit l'officier, monte...

L'enfant grimpa comme un chat.

— Regardez devant vous! cria l'officier à ses soldats.

En quelques instants l'enfant était arrivé à la cime du grand arbre, enlacé au tronc, les pieds pendus dans les feuilles, mais le buste découvert. Le soleil donnait sur sa tête blonde qui semblait avoir des reflets dorés. L'officier voyait à peine la vedette, tant elle paraissait petite là-haut.

— Regarde droit devant toi et au loin ! cria l'officier.

L'enfant, pour mieux voir, détacha sa main droite des hanches où elle s'appuyait et l'éleva devant ses yeux.

— Que vois-tu ? demanda l'officier.

L'enfant se pencha vers lui, et, faisant de sa main un porte-voix, répondit :

— Deux hommes à cheval sur la route.

— A quelle distance d'ici ?

— A un kilomètre.

— Ils montent ?

— Ils sont arrêtés.

— Que vois-tu encore, demanda l'officier après un moment de silence. Regarde à droite.

L'enfant regarda à droite. Puis il dit :

— Près du cimetière, entre les arbres, il y a quelque chose qui brille, on dirait des baïonnettes.

— Tu vois des hommes ?

— Non, ils sont cachés dans les blés.

En ce moment le sifflement aigu d'une balle passa dans l'air et alla mourir bien loin derrière la maison.

— Descends, enfant ! cria l'officier : on t'a vu, je ne veux plus rien savoir, descends...

— Je n'ai pas peur, répondit le garçonnet.

— Descends... que vois-tu encore à gauche ?

— A gauche ?

— Oui, à gauche.

L'enfant tourna la tête vers la gauche ; de ce côté un sifflement de balle plus aigu passa plus bas que le premier. L'enfant tressaillit de la tête aux pieds.

— Diables d'Autrichiens ! exclama-t-il, ils en veulent décidément à moi.

La balle avait sifflé à ses oreilles.

— Descends tout de suite ! cria l'officier d'une voix impérieuse et irritée.

— Je descends, répondit l'enfant, mais l'arbre me protège, n'en doutez pas ; voulez-vous savoir ce qu'il y a à gauche ?

— A gauche ? répondit l'officier, non, descends !

— A gauche, cria l'enfant, penchant son buste de ce côté, il me semble voir près de la chapelle...

Une troisième balle siffla là-haut, et aussitôt on vit l'enfant dégringoler, se retenant au tronc et aux branches, puis tomber la tête en bas, les bras ouverts...

— Malédiction ! s'écria l'officier en accourant.

L'enfant s'abattit le dos contre terre et resta étendu, les bras en croix. Un filet de sang s'échappait de sa poitrine. Le brigadier et deux soldats sautèrent de cheval, tandis que l'officier se penchait sur l'enfant et ouvrait sa chemise. La balle était entrée dans le poumon gauche. — Il est mort ! s'écria l'officier. — Non, il vit ! reprit le brigadier. — Ah ! le pauvre enfant, le brave enfant ! dit l'officier, courage ! courage !

Mais pendant qu'il lui disait: Courage ! et appuyait son mouchoir sur la blessure de l'enfant, celui-ci ouvrit démesurément ses yeux qui restèrent fixes, et sa tête retomba inerte. Il était mort.

L'officier pâlit et contempla un moment l'enfant étendu sur l'herbe. Il se releva ensuite, le regarda encore, tandis que quelques-uns de ses hommes restaient immobiles à ses côtés. Les autres soldats étaient tournés du côté de l'ennemi.

— Pauvre enfant, répéta tristement l'officier, pauvre et courageux enfant !

S'approchant alors de la maison, il enleva de la fenêtre le drapeau tricolore et l'étendit comme un lin-

ccul sur le petit mort, laissant son visage à découvert.
Le brigadier ramassa et posa auprès de lui ses souliers,
sa casquette, son bâton inachevé, son couteau...

L'officier demeura un moment silencieux, puis se
tournant vers le brigadier :

— Nous l'enverrons chercher par l'ambulance, dit-il,
il est mort en soldat, ce sont les soldats qui l'enseveli-
ront.

Cela dit, il envoya de la main un baiser au petit mort
et cria :

— A cheval !

Les soldats remontèrent en selle et le peloton continua son chemin.

Quelques heures plus tard le petit mort devait recevoir les honneurs militaires.

Au coucher du soleil, toute la ligne des avant-postes
italiens s'avançait vers l'ennemi.

Sur le chemin parcouru le matin même par les cavaliers, venait sur deux files un bataillon de bersagliers,
qui avait, quelques jours auparavant, répandu valeu-
reusement son sang à la bataille de San Martino.

La nouvelle de la mort du garçonnet avait couru
dans les rangs des soldats avant qu'ils eussent quitté le
campement et, le sentier, bordé d'un ruisseau, passait
à quelques pas de la maison. Quand les premiers officiers du bataillon virent le petit cadavre étendu au pied
du frêne, enveloppé du drapeau tricolore, ils le saluèrent
avec leur sabre, et l'un deux, se penchant sur le bord
du ruisseau, arracha des fleurs et les jeta sur le corps de
l'enfant. Alors tous les bersagliers, à mesure qu'ils passaient, imitèrent leurs chefs et jetèrent des fleurs sur le
petit mort. En quelques minutes, il en fut couvert. Officiers et soldats le saluaient tous en passant :

— Bravo, petit Lombard ! — Adieu, cher enfant ! —
A toi, pauvre blondin ! — Tu es un brave ! — Gloire à
toi, mon petit ! — Adieu !

Un officier lui jeta sa médaille de la valeur militaire,
un autre déposa un baiser sur son front, et les fleurs
continuèrent à pleuvoir sur les pieds nus, sur la poitrine ensanglantée, sur la tête blonde de l'enfant, qui
reposait, enveloppé dans son drapeau. Le visage du
pauvre petit garçon semblait sourire comme s'il eût
entendu les saluts, et fût heureux d'avoir donné sa vie
pour sa Lombardie.

LES PAUVRES

Mardi 29.

Donner sa vie pour son pays, comme le petit Lombard, est une grande vertu, mais il est d'autres vertus
qu'il ne faut pas négliger, mon fils ! Ce matin, comme
tu marchais devant moi en revenant de l'école, tu pas-
sas près d'une pauvre femme qui tenait dans ses bras
un enfant pâle et délicat ; elle te demanda l'aumône.
Tu la regardas, tu ne lui donnas rien, bien que tu
eusses des sous dans ta poche. Écoute, mon enfant, ne
t'habitue pas à passer indifféremment devant la misère qui tend la main, et encore moins devant une mère
qui demande un sou pour son enfant. Pense que peut-
être ce petit enfant avait faim, pense aux angoisses de
la pauvre femme ! T'imagines-tu les sanglots désespérés que pousserait ta mère si elle devait te dire un

5.

jour : — Henri, je n'ai pas de pain à te donner? Quand
je fais l'aumône à un mendiant, il me dit : — Que Dieu
vous conserve la santé, à vous et aux vôtres !

Tu ne peux pas savoir quelle douceur ces paroles ont
pour moi et quelle gratitude je ressens pour le pauvre
qui les prononce ! Il me semble que ce vœu doit conserver tous ceux que j'aime, et je m'en reviens plus
contente à la maison en me disant :

— Ce pauvre m'a rendu beaucoup plus que je ne lu
ai donné ! — Fais donc, mon cher Henri, que je puisse
apprendre parfois que ta conduite a mérité que ce vœu
fût exaucé. Prélève de temps à autre un sou de ta petite
bourse pour le laisser tomber dans la main d'un vieillard sans soutien, d'une mère sans pain, d'un enfant
sans mère. Les pauvres aiment l'aumône des enfants,
parce qu'elle ne les humilie pas, parce que l'enfance leur
ressemble, elle qui a besoin de tous? As-tu remarqué
qu'il y a toujours des pauvres aux alentours de l'école?
L'aumône d'une grande personne est un acte de charité,
mais celle d'un enfant est en même temps un acte de
charité et une caresse, comprends-tu? C'est comme si
de sa main tombaient en même temps un sou et une fleur.
Songe qu'il ne te manque rien, et que tout manque
aux pauvres ; pendant que tu aspires à être heureux, ils
ne demandent qu'à ne pas mourir. Il est si triste de
penser qu'au milieu de tant de maisons riches, dans la
rue où passent tant d'équipages et d'enfants vêtus de
velours, il se trouve des femmes et des enfants qui
n'ont pas de quoi manger ! Ne pas avoir de quoi manger, mon Dieu!... Oh! Henri, ne passe jamais plus devant une mère qui mendie sans lui mettre un sou
dans la main !

TA MÈRE.

DÉCEMBRE

LE FAISEUR D'AFFAIRES

Mon père veut que chaque jour de congé je fasse venir à la maison un de mes camarades, ou que j'aille chez lui, afin de me faire peu à peu des amis.

Dimanche, j'irai me promener avec Votini (celui qui est toujours si bien mis). — Aujourd'hui j'ai vu Garoffi, le grand maigre qui a le nez en bec de corbin, dont les petits yeux furettent partout. Il est fils d'un droguiste. — Un drôle d'original que ce Garoffi ! Il compte toujours l'argent qu'il a en poche, compte sur ses doigts extrêmement vite et fait n'importe quelle multiplication sans avoir besoin de la table de Pythagore. Il met de côté tous ses sous et possède déjà un livret à la caisse d'épargne. Ne dépensant rien, si un centime tombe de sa poche sous le banc, il est capable de le chercher des heures entières. Il fait comme la pie, dit Derossi ; il ramasse tout ce qu'il trouve : plumes usées, timbres-poste oblitérés, épingles, boîtes vides, etc. Il y a déjà plus de deux ans qu'il recueille des timbres-poste, il en a des centaines de tous les pays dans un grand album qu'il vendra certainement ensuite à un libraire lorsque la collection sera complète. En attendant, le libraire donne à Garoffi des cahiers gratis, parce qu'il lui conduit beaucoup d'enfants. A l'école il fait toujours des affaires : échanges, ventes, loteries. Il se repent parfois de ses échanges et redemande alors ce qu'il a donné, achète deux sous ce qu'il revend quatre, et vend de vieux journaux à la marchande de tabac. Toutes les affaires qu'il fait sont inscrites sur un petit carnet, on n'y voit que des chiffres : addition ou soustraction. A l'école il n'étudie que l'arithmétique, et s'il désire obtenir la médaille, ce n'est que parce qu'elle lui octroie l'entrée gratuite à Guignol. Moi, il me plaît et m'amuse, Garoffi !

Nous avons joué au marchand avec des poids et des balances. Il sait les prix de toutes choses, connaît les poids et fait les cornets de papier aussi vite qu'un épicier. A peine sorti de l'école, il ouvrira une boutique pour un nouveau commerce, inventé par lui. Il a été très content parce que je lui ai donné des timbres-poste étrangers et m'a dit à un sou près la valeur de chacun pour les collections. Mon père feignait de lire le journal tout en l'écoutant parler, et s'en amusait beaucoup. Garoffi a toujours les poches pleines de ses petites marchandises, qu'il recouvre d'une grande enveloppe noire. Il a l'air préoccupé et affairé comme le sont les négociants. Mais ce qu'il a le plus à cœur, c'est sa collection de timbres ! C'est son trésor, il en parle toujours comme s'il devait en tirer une fortune. Les camarades le traitent d'avare et d'usurier. Je ne partage pas leur avis, moi ; je l'aime bien parce qu'il m'enseigne beaucoup de choses ; il me fait l'effet d'un homme. Coretti, le fils du marchand de bois, assure qu'il ne donnerait pas ses timbres même pour sauver la vie de sa mère, et mon père me disait : — Attends encore pour le juger. Du reste, cette passion mercantile ne l'empêche pas d'avoir du cœur.

VANITE

Lundi 5.

Hier, j'étais allé me promener rue de Rivoli avec Votini et son père. En passant par la rue Dora Grossa, nous vîmes Stardi donnant des coups de pied aux camarades qui avaient le malheur de le gêner. Il était arrêté devant une boutique de libraire, les yeux fixés sur une carte de géographie (car il étudie même dans la rue) et nous rendit à peine notre salut, le petit rustre! Votini était très élégamment vêtu, je dirai même trop élégamment pour un garçon. Il portait des bottines en chevreau piquées de rouge, un vêtement brodé et garni de brandebourgs de soie, un chapeau de feutre blanc et une montre d'or. Il se pavanait !... mais sa vanité devait tomber bien mal cette fois-là. Après avoir couru pendant quelque temps sur la route, laissant bien loin derrière nous M. Votini qui marchait doucement, nous nous arrêtâmes devant un banc de pierre près d'un petit garçon, vêtu modestement, qui paraissait fatigué et se reposait, la tête baissée. Un homme — ce devait être son père — allait et venait sous les arbres, en lisant un journal. Nous nous assîmes. Votini se mit entre le garçon et moi, et chercha à se faire admirer par son voisin.

Levant un pied, il me dit : — As-tu vu mes bottines d'officier?

Assurément, il avait dit cela pour faire regarder ses chaussures par le garçonnet; mais celui-ci n'y prit point garde.

Alors il baissa le pied, me montra ses galons de soie, et me dit, en guettant en dessous son voisin, que cette passementerie ne lui plaisait pas et qu'il la ferait remplacer par des boutons d'argent. Temps perdu! Le jeune garçon ne leva même pas les yeux sur Votini.

Celui-ci se mit alors à faire tourner sur son doigt son beau chapeau de feutre blanc. Mais l'enfant, qui semblait le faire, exprès, ne daigna pas admirer le chapeau.

Votini, agacé, tira sa montre, l'ouvrit, me fit voir les rouages. Notre voisin n'y fit pas attention.

— Elle est d'argent doré? lui demandai-je.

— Non, répondit Votini, elle est en or.

— Mais elle n'est pas toute en or, dis-je, il y a aussi de l'argent...

— Non, je t'assure! Et pour obliger le garçonnet à regarder, il lui mit la montre sous le nez et lui dit:

— Tenez, regardez, n'est-ce pas qu'elle est toute en or?

— Je ne sais pas, répondit-il sèchement.

— Oh! oh! exclama Votini en colère, quelle fierté!

Tandis qu'il disait cela, survint M. Votini qui l'entendit. Il regarda fixement notre petit voisin, et dit brusquement à son fils:

— Tais-toi! puis se penchant à son oreille il ajouta: Le pauvre enfant est aveugle!

Votini regarda alors le visage de l'enfant, dont les pupilles vitreuses étaient sans expression.

Il demeura stupéfait, interdit, les yeux baissés et murmura:

— Je regrette... Je ne le savais pas.

L'aveugle, qui avait tout compris, répondit avec un sourire bon et mélancolique:

— Oh! cela ne fait rien...

Eh bien! Votini peut être fat, mais il n'a pas mauvais cœur, car tout le temps de la promenade il est demeuré tout pensif.

———

LA PREMIÈRE NEIGE

Samedi 10.

Adieu promenades à Rivoli! Voilà la belle amie des enfants, voilà la neige qui est arrivée!... Depuis hier soir elle tombe serrée, en larges flocons, comme les fleurs du jasmin. Ce matin, à l'école, c'était plaisir de la voir s'abattre contre les vitrages et s'amonceler sur les corniches. Le maître, lui aussi, regardait en se frottant les mains, et nous étions tous contents en pensant à faire des boules de neige, à la glace qui viendra ensuite, et au feu qu'on allumera à la maison. Il n'y avait que Stardi — tout occupé de la leçon, les poings serrés aux tempes — qui n'y faisait pas attention.

Quelle belle fête ce fut à la sortie!

Tous de dégringoler dans la rue en criant, et de brasser la neige et de barboter dedans comme les petits chiens que l'on jette à l'eau. Les parents qui attendaient dehors avaient leurs parapluies blanchis, le garde municipal avait son casque tout blanc et nos gibecières en un rien de temps furent immaculées...

Tous les élèves étaient dans le ravissement, jusqu'à Precossi, le fils du serrurier, le petit pâlot qui ne rit jamais, et Robetti, celui qui sauva l'enfant de dessous l'omnibus : il sautait, le pauvre petit, avec ses béquilles ! Le Calabrais n'avait jamais vu la neige, et s'en fit une pelote qu'il mangea ni plus ni moins que si c'eût été une pêche. Crossi, le fils de la fruitière, en remplit sa gibecière ; et le « petit maçon » éclata de rire quand mon père l'invita à venir demain à la maison. Il avait alors la bouche pleine de neige, et, n'osant ni la cracher ni l'avaler, il restait là, à nous regarder sans pouvoir nous répondre. Les maîtresses, elles aussi, riaient en sortant de leur école, jusqu'à mon institutrice de *première*, la pauvrette, qui courait à travers la neige et toussait, s'abritant le visage de son voile vert.

Une centaine d'enfants de la section voisine vinrent à passer, en criant et en galopant sur le tapis immaculé. Les maîtres, les portiers et les gardes criaient : — Rentrez chez vous ! rentrez chez vous ! tout en se blanchissant de neige les moustaches et la barbe, riant, eux aussi, de cette échappée d'écoliers qui fêtaient l'hiver.

— Vous fêtez l'hiver... me dit papa. Mais il y a des enfants qui n'ont ni vêtements, ni souliers, ni feu ! Il y en a des milliers qui descendent des villages, par un long chemin, portant dans leurs mains, meurtries d'engelures, le morceau de bois qui doit réchauffer l'école. Il y a des centaines d'écoles presque ensevelies sous la neige, nues et obscures comme des cavernes, où les enfants sont suffoqués par la fumée et grelottent de froid ; ils regardent avec terreur, ceux-là, les flocons blancs qui tombent sans fin, qui s'amassent sans trêve sur leurs

cabanes lointaines en les menaçant des avalanches.
Fêtez l'hiver, enfants, c'est bien ! mais pensez aux milliers d'enfants auxquels l'hiver apporte la misère et la mort !

LE PETIT MAÇON

Dimanche 11

Le « petit maçon » est venu aujourd'hui vêtu d'une veste taillée dans un vieux vêtement de son père, et gardant encore des traces de chaux et de plâtre.

Mon père, plus que moi, désirait qu'il vînt, et sa visite nous fit grand plaisir. A peine entré, il leva sa casquette toute trempée de neige et se la mit en poche ; puis il s'avança avec cette allure lente d'ouvrier fatigué, tournant deci et delà son visage rond comme une pomme, avec son nez épaté. Quand il fut dans la salle à manger, il jeta un coup d'œil sur les meubles et, fixant ses yeux sur un tableau qui représente *Rigoletto*, un bouffon bossu, il lui fit le *museau de lièvre*. C'est impossible de s'empêcher de rire en le voyant faire le museau de lièvre !

Nous nous mîmes à jouer au jeu de construction. Ce cher petit maçon possède une habileté extraordinaire pour faire des tours et des ponts qui ont l'air de tenir par miracle, il construit cela avec le sérieux et la patience d'un petit homme. Entre une tour et une autre il me parla de sa famille. Ils habitent une mansarde ;

son père va aux cours du soir pour apprendre à lire ;
sa mère est de Biella. Ses parents doivent l'aimer, cela
se voit, car ses pauvres habits le garantissent bien du
froid, on a pris soin de les doubler, et sa cravate est
nouée proprement, de la main de sa mère. Son père,
me dit-il, est très grand, presqu'un géant, il a peine à
passer sous les portes ; mais il est bon et appelle toujours son fils « museau de lièvre ». Celui-ci, contraire-
ment à son père, est de petite taille.

A quatre heures on nous fit goûter, assis sur le sopha, et quand nous nous levâmes, je ne sais pourquoi
papa ne voulut pas que j'essuyasse le dossier que la
veste du petit maçon avait marqué de blanc ; il me retint la main, et l'essuya plus tard lui-même à la dérobée. En jouant, le maçon perdit un bouton de sa veste,
et maman se mit à le lui rattacher. Il devint tout rouge
et resta interdit en voyant coudre maman ; il n'osait
respirer tant il était confus de la peine qu'elle prenait
pour lui. Je lui donnai des albums de caricatures à
regarder, et, sans s'en douter, il imitait les grimaces
des images avec une telle perfection que papa même
se mit à en rire.

Il était si content de sa journée, le petit maçon, qu'en
partant il oublia de remettre sa casquette sur sa tête.
Arrivé sur le palier, et pour me montrer sans doute sa
gratitude, il me fit encore une fois le « museau de lièvre ». On l'appelle Antoine Rabucco, il a huit ans et
huit mois...

—Sais-tu, mon enfant, pourquoi je n'ai pas voulu que
tu essuyasses le sopha tandis que ton camarade était là?
dit papa. Parce que c'était presque lui faire un reproche
de l'avoir sali. Et cela n'eût pas été bien, car il ne l'avait
pas fait exprès, et puis il l'avait sali avec les vêtements

que son père a blanchis en travaillant. Les marques du travail sont toujours respectables. C'est de la poussière, de la chaux, du vernis, tout ce que tu voudras, mais non de la saleté. Le travail ne salit pas. Ne dis jamais d'un ouvrier qui revient du travail : Il est sale. — Tu dois dire : Il a sur ses habits les traces de son travail. Souviens-toi de cela, et aime bien le petit maçon, d'abord parce qu'il est ton camarade, ensuite parce que c'est le fils d'un travailleur.

UNE BOULE DE NEIGE

Vendredi 16.

Il neige toujours, toujours !

Il est arrivé un incident regrettable ce matin à la sortie de l'école, à cause de la neige. Une foule de garçons, à peine débouchés sur le *Corso*, se mirent à lancer des boules, faites de cette neige mouillée qui les rend dures et lourdes comme des pierres. Il y avait beaucoup de monde sur les trottoirs. Un monsieur cria : — Finissez donc, gamins !

Juste à ce moment on entendit un cri aigu de l'autre côté de la rue et on vit un vieillard, le chapeau enlevé, qui chancelait, se couvrant le visage des deux mains, tandis qu'auprès de lui un enfant appelait : Au secours ! au secours !

Aussitôt, on accourut de tous côtés. Le pauvre homme avait reçu une boule sur l'œil. Tous les écoliers de la bande s'enfuirent. Moi, j'étais devant la boutique d'un libraire où mon père était entré, et je vis arriver en courant quelques-uns de mes camarades qui se mêlèrent à mes voisins et feignirent de regarder les victimes. Il y avait Garrone, avec son morceau de pain dans sa poche, Coretti, le petit maçon, et Garoffi, le faiseur d'affaires.

La foule s'était, entre-temps, groupée autour du vieillard, un garde et des passants couraient çà et là, menaçant et demandant :

— Qui est-ce ? — Qui a fait cela ? — Dites, qui est-ce !

On regardait les mains des enfants pour voir si elles étaient mouillées de neige. Garoffi était auprès de moi. Je m'aperçus qu'il tremblait et était blanc comme un linge.

— Qui est-ce ? Qui a fait le coup ? continuait-on à crier.

J'entendis Garrone qui disait à Garoffi :

— Allons, va te dénoncer ; ce serait une lâcheté de faire arrêter quelqu'autre.

— Mais je ne l'ai pas fait exprès ! répondit Garoffi, tremblant comme la feuille.

— N'importe ! Fais ton devoir, répéta Garrone.

— Je n'ai pas le courage.

— Sois sans crainte, je t'accompagnerai.

Le garde et les autres personnes criaient toujours plus fort :

— Qui est-ce ? qui est-ce ? Les brigands lui ont fait entrer le verre de son lorgnon dans l'œil, ils l'ont éborgné.

Je crus que Garoffi allait tomber par terre.

— Viens, lui dit résolument Garrone, je te défendrai,

et, le prenant par le bras, il le poussa en avant, en le soutenant comme un malade.

Dès qu'on vit Garoffi, on comprit que c'était lui, et quelques personnes s'avancèrent le poing levé.

Mais Garrone se mit devant son camarade en criant :

— Vous mettrez-vous dix hommes contre un enfant ?

Les poings s'abaissèrent, et un garde vient prendre Garoffi et le conduisit, à travers la foule, jusqu'à une boutique de pâtissier, où on avait conduit le blessé.

En le voyant, je reconnus de suite le vieil employé qui demeure dans notre maison, au quatrième ; son petit-neveu l'accompagnait. Il était étendu sur une chaise, son mouchoir sur les yeux.

— Je ne l'ai pas fait exprès, disait en sanglotant Garoffi, à demi mort de peur. Je ne l'ai pas fait exprès !

Deux ou trois personnes le poussèrent violemment dans la boutique en criant :

— Demande pardon à genoux !

Mais aussitôt deux bras vigoureux mirent Garoffi sur pied et une voix résolue dit :

— Non, messieurs !

C'était notre directeur, qui avait tout vu et tout entendu.

Garoffi éclata en sanglots, en embrassant les mains du vieillard ; celui-ci chercha en tâtonnant la tête de l'enfant repenti et lui caressa les cheveux.

Tout le monde dit alors à Garoffi !

— Allez, mon enfant, retournez chez vous.

Mon père me tira de la foule et me dit chemin faisant :

— Henri, dans un cas semblable aurais-tu le courage

6.

de faire ton devoir, d'aller confesser ta faute ? Je lui répondis que oui.

— Donne-moi ta parole de garçon de cœur et d'honneur que tu le ferais ! me dit-il.

— Je t'en donne ma parole, mon cher papa !

LES INSTITUTRICES

Samedi 17.

Garoffi était tout craintif aujourd'hui, s'attendant à une réprimande du professeur. Mais M. Perboni n'est pas venu, et le suppléant manquant en ce moment, c'est Mme Cromi, la plus âgée des institutrices qui est venue faire la classe. Elle était triste, parce qu'elle a un fils malade. A peine entra-t-elle dans la classe, que les élèves se mirent à faire du bruit. De sa voix lente et tranquille, elle nous dit alors :

— Respectez mes cheveux blancs. Je suis non seulement une institutrice, mais une mère.

Personne n'osa plus parler, même l'effronté Franti ; il se contenta de se moquer d'elle en cachette.

Dans la classe de Mme Cromi on envoya Mlle Delcati, l'institutrice de mon frère, et à la place de cette dernière on envoya l'institutrice qu'on appelle ici la « petite religieuse ». Toujours vêtue de couleurs sombres, avec un tablier noir, son visage est blanc et délicat, ses cheveux lisses, ses yeux clairs et sa voix douce semble faite pour murmurer des prières. Cependant avec cette voix douce elle fait tenir tranquille tout son petit monde, les plus polissons n'osent point broncher devant elle. Sa classe ressemble à une église, c'est pourquoi on l'appelle la petite religieuse.

Il y a une autre institutrice qui me plaît beaucoup, c'est celle de la classe n° 3 de la *première élémentaire*, une jeune femme au visage rosé, qui a deux petites fossettes au milieu des joues et porte un chapeau à plumes rouges. Elle est toujours de bonne humeur, tient sa classe gaiement, sourit toujours ; quand parfois elle crie, sa voix argentine a l'air de chanter. Pour imposer le silence elle frappe sans cesse son bureau de sa règle ou elle bat des mains. Quand les enfants sortent, elle court après eux pour les remettre en file, arrange le col à celui-ci, boutonne le pardessus de celui-là, suit les écoliers dans la rue pour qu'ils ne se querellent pas, supplie les parents de ne pas les punir à la maison, porte des pastilles à ceux qui toussent, prête son manchon à ceux qui ont froid... Elle est continuellement assaillie par les petits qui veulent la caresser et l'embrasser, la tirant par le voile ou par son mantelet. Elle se laisse faire, répond par des caresses à leurs caresses, son joli sourire ramenant sur ses joues ses deux petites fossettes. Cette gentille institutrice est en même temps maîtresse de dessin et soutient par son travail sa mère et son frère.

———

CHEZ LE BLESSÉ

Dimanche 18.

Le petit neveu du vieil employé — de celui qui a été atteint d'une boule de neige — se trouve dans la classe de l'institutrice aimable dont je viens de parler. Nous avons vu ce petit aujourd'hui, il habite chez son oncle qui l'élève comme son fils. J'avais fini d'écrire le récit mensuel que l'on nous lira la semaine prochaine, intitulé : *le petit Écrivain florentin* lors que mon père me dit :

— Montons au quatrième pour prendre des nouvelles du vieux monsieur. Nous entrâmes dans la chambre presque obscure où le vieillard était au lit, assis sur son séant, appuyé sur des oreillers. Sa femme était au chevet du lit, et dans un coin de la pièce son petit-neveu jouait. Le vieillard avait l'œil bandé. Il fut très content de voir mon père, nous fit asseoir, et nous annonça qu'il allait mieux; son œil n'était pas perdu, dans quelques jours il serait guéri.

— Ç'a a été un malheureux événement, a-t-il ajouté, je regrette l'épouvante qu'a dû éprouver ce pauvre enfant... Il nous parla ensuite du docteur qui venait le soigner.

— Ah ! le voilà sans doute, dit-il, entendant sonner à la porte.

La porte s'ouvrit... Et qui vis-je? Garoffi enveloppé dans son long manteau, droit sur le seuil, la tête basse, n'osant pas entrer.

— Qui est-ce? demanda le vieillard.

— C'est l'enfant qui a lancé la boule de neige, murmura mon père.

— Viens, mon pauvre garçon, fit le vieillard, en tendant la main à Garoffi, tu es venu demander des nouvelles du blessé, n'est-ce pas? Il va mieux, sois tranquille, je suis presque guéri...

Garoffi, confus, s'avança près du lit, s'efforçant de ne pas pleurer. Le vieillard le caressait, mais lui ne pouvait prononcer une parole tant il était ému.

— Merci d'être venu, continua le blessé, va dire à ton père et à ta mère que tout va bien et qu'ils n'aient plus à s'inquiéter.

Garoffi ne bougeait point, comme s'il avait quelque chose qui lui pesait sur le cœur et qu'il n'osait dire.

— Que veux-tu? qu'as-tu à me dire? demanda le vieillard.

— Moi.... rien!

— Eh bien, au revoir, mon garçon, tu peux t'en aller l'esprit en repos.

Garoffi se dirigea vers la porte. Mais arrivé là, il s'arrêta, et, se tournant vers le petit-neveu qui le suivait en le regardant curieusement, il tira tout à coup de dessous son manteau un objet qu'il mit dans la main de l'enfant en lui disant : — C'est pour toi.

Puis il disparut comme l'éclair.

L'enfant apporta l'objet à son oncle, qui ouvrit l'enveloppe. Je ne pus retenir un cri de surprise, c'était le fameux album, la collection de timbres-poste que le pauvre Garoffi avait apportée, la collection dont il parlait sans cesse, sur laquelle il avait fondé tant d'espérances et qui lui avait coûté tant de peines; c'était son trésor, le pauvre garçon, c'était la moitié de son sang qu'il donnait là en échange de son pardon!

LE PETIT ÉCRIVAIN FLORENTIN

RÉCIT MENSUEL

Il faisait partie de la *quatrième* élémentaire. C'était un gracieux Florentin de douze ans, aux cheveux noirs, au teint blanc, fils aîné d'un employé du chemin de fer qui, avec une nombreuse famille, n'ayant que de maigres salaires, vivait très étroitement. Son père le chérissait et se montrait envers lui bon et indulgent. Indulgent en tout, excepté en ce qui touchait à l'étude. Là-dessus, il était exigeant et sévère, parceque ce fils aîné, pour aider la famille, devait se mettre en état d'obtenir le plus tôt possible un emploi. Et, pour le mériter vite, il fallait travailler beaucoup en peu de temps.

Bien que l'enfant s'appliquât, son père le poussait toujours à l'étude. Le père était âgé, mais un travail excessif le faisait encore paraître plus vieux qu'il ne l'était en réalité. Néanmoins, pour pourvoir aux besoins de sa famille, outre le labeur absorbant que lui imposait son emploi, il prenait çà et là des copies à faire et passait une bonne partie de la nuit à l'ouvrage.

En dernier lieu, il avait accepté d'un éditeur, qui publiait des journaux et des livraisons, la tâche d'écrire sur les bandes le nom et l'adresse des abonnés. Il gagnait trois francs pour cinq cents adresses, écrites d'une main large et régulière. Mais ce travail le fatiguait et il se plaignait souvent le soir à dîner. — Mes yeux s'en vont, disait-il, ce travail nocturne m'achève.

L'enfant lui dit un jour : — Papa laisse-moi te remplacer, tu sais que j'écris tout à fait comme toi...

— Non, mon enfant, tu dois étudier, lui répondit le père, ton école est une chose beaucoup plus importante que mes bandes. J'aurais remords de te voler une heure. Je te remercie, mais je ne veux point...

L'enfant savait que son père était inflexible à ce sujet, il n'insista pas. Mais voici ce qu'il fit : il savait qu'à minuit son père finissait d'écrire et sortait de son cabinet pour aller dans la chambre à coucher.

Bien souvent il avait entendu, après les douze coups sonnés à la pendule, la chaise de son père remise en place, puis son pas lent se dirigeant vers la chambre,

Une nuit, il attendit qu'il fût couché, puis il se leva. s'habilla en silence, alla à tâtons dans le cabinet, ralluma la lampe, s'assit devant le bureau où se trouvait un monceau de bandes blanches et la liste des adresses, et il se mit à écrire, imitant exactement l'écriture de son père. Il écrivait avec entrain, content, mais non sans une certaine inquiétude...

Et les bandes s'amoncelaient.... De temps en temps il abandonnait la plume pour se frotter les mains, puis recommençait avec plus d'entrain, tendant l'oreille et souriant. Il écrivit cent soixante adresses.

Un franc de gagné alors, il s'arrêta, remit la plume où il l'avait prise, éteignit la lampe et regagna son lit sur la pointe du pied.

Ce jour-là, à midi, le père s'assit à table de meilleure humeur. Il ne s'était aperçu de rien. Il faisait ce travail mécaniquement, en pensant à autre chose, et il ne comptait les bandes que le lendemain matin. Il s'assit donc gaiement, et, posant sa main sur l'épaule de son fils : — Eh ! Jules, dit-il. Ton père travaille encore mieux que tu ne croyais! En deux heures, j'ai fait hier un bon tiers d'ouvrage de plus que les autres soirs, la main est encore leste, et les yeux font encore jeur devoir.

Jules, tout content, se disait en lui-même :

— Pauvre papa, outre le gain, je lui procure encore la satisfaction de se croire rajeuni . Courage donc !

Encouragé par son succès, la nuit suivante, à minuit sonnant, Jules se leva encore pour travailler. Il fit cela pendant plusieurs nuits. Son père ne s'en doutait pas. Seulement une fois à dîner il s'écria tout à coup : —C'est curieux ce qu'on use de pétrole ici depuis quelque temps ! Jules tressaillit. Mais cela n'alla pas plus loin, et l'enfant continua son travail nocturne.

Cependant, à veiller ainsi toutes les nuits, il ne reposait pas assez. Le matin il se levait fatigué, et le soir, en faisant ses devoirs, ses yeux se fermaient malgré lui.

Un soir — pour la première fois de sa vie — il s'endormit sur son cahier.

— Courage, courage ! lui cria son père en battant des mains, au travail !

Jules se secoua et se remit à la besogne. Mais le jour suivant ce fut la même chose et le temps ne fit qu'empirer cet état de lassitude. Il sommeillait sur ses livres, se levait plus tard que de coutume, étudiait ses leçons à la hâte, et paraissait dégoûté de l'étude. Son père commença à lui faire quelques observations, puis en vint aux reproches, les premiers qu'il eût adressés à son fils.

— Jules, lui dit-il un matin, tu changes énormément, tu n'es plus ce que tu étais autrefois. Ce n'est pas bien, cela. Souviens-toi que toutes les espérances de la fa_ mille reposent sur ton avenir. Je suis mécontent, je te l'avoue.

A ces mots, l'enfant se troubla et se dit en lui-même :
— Oui, c'est vrai, cela ne peut continuer ainsi, il faut que cette supercherie finisse.

Mais, le soir de ce même jour, le père avoua avec beaucoup de plaisir qu'il avait gagné à faire ses bandes trente-deux francs de plus que le mois précédent. Et, disant cela, il sortit de sa poche un cornet de bonbons qu'il avait acheté pour fêter avec ses enfants ce supplément de salaire. Les enfants accueillirent les bonbons par des cris joyeux et des battements de mains. Jules reprit courage à cette vue et se dit :

— Non, pauvre papa, non, je ne cesserai pas de te tromper, je ferai de plus grands efforts, j'étudierai beaucoup dans la journée, et je continuerai à travailler la nuit pour toi et pour les petits...

Le père ajouta : — Trente-deux francs de plus ! Je suis très content ! malheureusement celui-là — et il indiqua Jules du doigt — me donne beaucoup de tourment.

Jules subit les reproches, refoula deux grosses larmes prêtes à tomber de ses yeux. Pourtant son cœur était pénétré d'une bien douce joie.

Il continua à travailler de toutes ses forces. Mais la fatigue s'ajoutant à la fatigue, il lui devint de plus en plus difficile de résister. Cela dura deux mois.

Le père continuait de reprocher à son fils une mollesse inqualifiable et le regardait avec des yeux de plus en plus courroucés.

Un jour il alla s'informer auprès du professeur de ce que faisait son fils.

— Oui, dit le professeur, il arrive, parce qu'il est intelligent, mais il n'a plus la bonne volonté d'autrefois. Il est somnolent, distrait et bâille continuellement. Ses compositions sont courtes, jetées à la hâte sur le papier, l'écriture est négligée. Oh ! il pourrait faire beaucoup, beaucoup mieux !

Ce soir-là, le père prit son fils à part et lui dit des choses plus dures que l'enfant n'en avait jamais entendues :

— Jules, tu vois que je travaille, que j'use ma vie pour ma famille. Tu ne me secondes pas. Tu n'as pas d'affection ni pour moi, ni pour tes frères, ni pour ta mère !

— Ah ! ne dites pas cela, papa ! interrompit l'enfant en éclatant en sanglots. Il allait ouvrir la bouche pour confesser ce qu'il avait fait quand son père l'interrompit en disant :

— Tu connais les conditions dans lesquelles se trouve la famille, tu sais qu'il faut de la bonne volonté et des sacrifices de la part de tous ! Moi-même, vois-tu, je devrais doubler mon travail. Je comptais ce mois-ci sur une gratification de cent francs, au chemin de fer, et j'ai su, ce matin, qu'on ne nous donnera rien.

A cette nouvelle, Jules se tut et ne laissa pas échapper la confession qu'il avait l'intention de faire.

— Non, papa, non, je ne te dirai rien, pensa-t-il, je garderai mon secret : car je veux travailler pour toi. Cela compensera la douleur que je te cause autrement. Quant à l'école, je travaillerai toujours de façon à passer mes examens. Ce qui importe c'est de t'aider à gagner ta vie, t'alléger la fatigue qui te tue.

Et il alla de l'avant. Deux mois encore de travail de nuit et de journées languissantes, d'efforts désespérés de la part du fils, de reproches amers de la part du père.

Mais le pire était que peu à peu celui-ci se refroidissait à l'égard de son enfant, ne lui parlait que rarement, comme s'il était un enfant endurci duquel il n'y a plus rien à attendre, et fuyait même son regard.

Jules s'en apercevait, il en souffrait cruellement ; lorsque son père lui tournait le dos, il lui envoyait furtivement un baiser, et son visage exprimait un sentiment de tendresse, de pitié et de tristesse. Entre le chagrin et la fatigue Jules maigrissait et perdait ses belles couleurs, il était obligé de négliger de plus en plus ses études. Il comprenait bien que cela devait finir et chaque soir il se disait :

— Cette nuit je ne me lèverai pas.

Mais à peine minuit sonnait, au moment où il aurait dû se fortifier dans sa résolution, un remords le prenait. Il lui semblait que rester au lit c'était manquer à un devoir, c'était voler un franc à son père et à sa famille. Et il se levait, espérant qu'une nuit son père se réveillerait et le surprendrait, ou bien que par chance il s'apercevrait de la tromperie en comptant deux fois les bandes, et alors tout finirait naturellement, sans qu'il y eût de sa part un acte qu'il ne se sentait pas le courage d'accomplir. Et il continuait.

Un soir, à dîner, le père prononça une parole qui fut décisive pour lui. La mère regardait Jules, et, le voyant plus faible et plus pâle que de coutume, elle dit:

— Jules, tu es malade ? puis, se tournant anxieusement vers son mari : — Jules est malade, regarde comme il est pâle ! Mon chéri, comment te sens-tu ?

Le père jeta un coup d'œil sur lui, à la dérobée, et répondit:

— La mauvaise conscience engendre la mauvaise
santé : Jules n'était pas ainsi lorsqu'il était un écolier
studieux et un garçon de cœur.

— Il est malade... continua la mère.

— Cela ne me touche plus ! répondit le père.

Cette réponse fut un coup de poignard au cœur du
pauvre garçon.

Ah ! *cela ne le touchait plus* ! son père qui tremblait
autrefois, rien qu'en l'entendant tousser ! — Il ne l'aimait donc plus ? Il n'y avait plus de doute, Jules était
mort dans le cœur de son père...

— Ah ! non, mon père, se dit l'enfant, le cœur serré
par l'angoisse, maintenant je cesserai vraiment d'écrire.
Je ne peux pas vivre sans ton affection, je veux la re-
conquérir tout entière, je te dirai tout, je ne te trom-
perai plus, j'étudierai comme auparavant. Arrive que
pourra, pourvu que tu m'aimes encore, mon pauvre
papa chéri ! Oh ! cette fois je serai ferme dans ma résolution.

Malgré tout, il se leva encore cette nuit-là, plutôt
par habitude. Quand il fut levé il voulut revoir pendant
quelques minutes, dans le silence de la nuit et pour la
dernière fois, ce petit cabinet de travail où il avait tant
travaillé secrètement, le cœur plein de satisfaction et
de tendresse. Lorsqu'il se retrouva en face du bureau,
la lampe allumée, qu'il vit les bandes blanches sur lesquelles il n'écrirait plus jamais, ces noms de villes et de
personnes qu'il connaissait par cœur, il fut pris d'une
grande tristesse, et, sans s'en douter, il saisit la plume
pour reprendre l'ouvrage commencé. Mais, en étendant
la main, il heurta un livre qui tomba à terre. Il eut un
soubresaut de terreur. Si son père s'éveillait ! Certes,
il ne l'aurait pas surpris commettant une mauvaise

action, lui-même était décidé à tout lui dire ; et cependant... entendre son pas dans l'obscurité, être surpris à cette heure avancée de la nuit, au milieu de ce silence ; sa mère qui se réveillerait sans doute, effrayée, et surtout en pensant que pour la première fois son père pourrait être humilié devant lui... il se sentait tout tremblant.

Jules tendit l'oreille, le souffle suspendu aux lèvres... il n'entendit pas le moindre bruit. Rien ! rien ! Toute la maison dormait. Son père n'avait rien entendu. Il se tranquillisa, se remit à écrire et les bandes s'entassèrent sur les bandes... Tout entier à son travail, il ne songeait ni aux pas cadencés des gardes qui passaient dans la rue déserte, ni au bruit qui cessa des voitures et des charrettes qui marchaient lentement en faisant trembler les vitres. Il se fit enfin un profond silence, que rompait de temps à autre l'aboiement lointain d'un chien. Et Jules écrivait, écrivait toujours.

Son père, cependant, était derrière lui. Il s'était levé en entendant le livre tomber et avait attendu un moment propice pour aller jusqu'au cabinet de travail. Le bruit des charrettes avait couvert le bruit léger de ses pas. Oui, il était là, sa tête blanche au-dessus de la tête brune de son fils. Il voyait courir la plume sur les bandes et avait tout compris, certains détails échappés à sa mémoire lui revenaient soudain avec un regret profond d'avoir douté de son fils. Une tendresse extrême débordait de son cœur et le tenait cloué là, ému et palpitant, derrière son enfant.

Tout à coup Jules jeta un cri : deux mains serraient convulsivement sa tête.

— Ah ! papa, papa, pardonne-moi, pardonne-moi, s'écria-t-il, reconnaissant son père à ses sanglots.

— Pardonne-moi, toi, mon Jules chéri, répondit le

père, en couvrant de baisers et de larmes le front de l'enfant. J'ai tout compris, je sais tout, et c'est moi, moi qui te demande pardon, mon fils bien-aimé; viens, viens avec moi.

Il le souleva de sa chaise ou plutôt le porta sur le lit de sa mère éveillée, le jeta dans ses bras et lui dit :

— Embrasse ce fils dévoué qui depuis quatre mois ne dort plus et travaille à ma place ; je l'accusais, tandis qu'il gagnait du pain pour sa famille !

La mère le serra contre son cœur sans pouvoir tout d'abord prononcer une parole ; puis quand elle l'eut bien embrassé :

— Au lit ! tout de suite, enfant, va dormir, va te reposer... porte-le dans son lit.

Le père prit Jules dans ses bras et le porta dans sa chambre, le mit au lit tout en le caressant avec amour, borda les couvertures, arrangea les oreillers :

— Merci, papa, merci, disait l'enfant, mais va te coucher aussi : je suis content, bonne nuit, papa !

Le père voulut absolument le voir endormi. Il s'assit au chevet du lit de son fils, lui prit la main en disant :
— Dors, dors, mon ange.

Jules exténué s'endormit, et dormit longtemps, jouissant enfin, depuis plusieurs mois, d'un sommeil tranquille, illuminé de rêves heureux.

Quand il ouvrit les yeux, le soleil resplendissait déjà depuis quelques heures, et il sentit tout près de lui, appuyée au bord du lit, la tête de son père, qui avait passé la nuit ainsi ; il s'était endormi heureux du repos de son fils !

LA VOLONTÉ

Mercredi 2?.

Je suis sûr que Stardi, de ma classe, aurait le courage
de faire ce que fit le petit Florentin. Ce matin, il y a
eu deux heureux à l'école : Garoffi, fou de joie, parce
qu'on lui a rendu son album auquel on a ajouté trois
timbres de la république du Guatemala (il les désirait
depuis trois mois), et Stardi, parce qu'il a reçu la seconde médaille, Stardi, le premier de la classe après
Derossi. Tout le monde en a été émerveillé. Qui l'eût
cru? En octobre, quand son père le conduisit à l'école,
mal fagoté dans sa vareuse verte, il dit au professeur :

— Ayez beaucoup de patience, parce que mon fils a
la compréhension difficile. Tous les élèves l'appelaient
depuis « tête de bois ». Mais lui, Stardi, disait : — Ou je
crèverai ou je réussirai. Et il se mit à travailler d'arrache pied, la nuit, le jour, chez lui, à l'école, à la promenade, les dents et les poings serrés, patient comme
un bœuf, obstiné comme un mulet. Et ainsi, à force
de bûcher, de se moquer des moqueurs et de donner
des coups de pieds aux importuns, il a passé par dessus tout le monde, ce têtu !

Il ne savait pas un mot d'arithmétique, remplissait sa
composition de sottises, ne pouvait pas se rappeler une
date, et maintenant il résout des problèmes, écrit
correctement, et récite ses leçons comme une fable.
On devine sa volonté de fer rien qu'à son aspect trapu,
la tête carrée encaissée dans les épaules, les mains
courtes et grosses, la voix rude. Chaque fois qu'il a dix

sous, il s'achète un livre ; il a déjà formé une petite bibliothèque, et dans un moment de bonne humeur il a laissé échapper qu'il me la ferait voir quand je viendrais chez lui. Il ne parle à personne, ne joue avec personne, il est toujours sur son banc, et, le front sur ses poings fermés, il écoute le professeur.

Combien il a dû travailler, ce pauvre Stardi ! Ce matin, en lui remettant la médaille, le professeur, qui était pourtant de mauvaise humeur, ne put s'empêcher de lui dire :

— Bravo, Stardi ! la patience vient à bout de tout !

Stardi ne paraissait pas du tout fier de son succès, il ne sourit même pas, et de retour à son banc, ayant sa médaille, il planta de nouveau ses deux poings sur ses tempes et resta plus attentif que jamais.

Le plus beau, ce fut à la sortie, où son père était venu l'attendre. Un homme trapu et épais comme lui, avec une grosse face et une grosse voix. Comme il ne s'attendait guère à ce que son fils remportât la médaille, il ne voulait pas y croire. Il fallut que le professeur le lui assurât personnellement, alors il se mit à rire aux éclats, donna une tape sur la nuque de son fils et s'écria très haut : — Mais bien ! mais très bien, ma chère caboche ! — Il regardait son fils tout étonné, et souriait. Ceux qui étaient là souriaient de même, Stardi, seul, était calme et marmottait déjà entre ses dents la leçon de demain matin.

GRATITUDE

A HENRI

Ton camarade Stardi ne se plaint jamais de son maître, j'en suis certain. *Le professeur était de mauvaise humeur, il était impatient,* as-tu dit, sur un ton de rancune. Pense un peu combien de fois tu t'impatientes, toi. Et contre qui? Contre ton père et ta mère, envers qui ces vivacités sont très coupables. Ton maître a bien sujet d'être quelquefois impatienté. Pense depuis combien d'années il se fatigue pour les enfants, et que s'il en a rencontré quelques uns affectueux et gentils, la plupart n'ont été que des ingrats qui ont abusé de sa bonté et méconnu sa peine ; malheureusement, à vous tous, vous lui donnez plus de déboires que de satisfactions. Le plus saint homme de la terre, mis à sa place, se laisserait emporter par la colère. Si tu savais combien de fois le professeur vous fait la classe quand il est malade, parce que son mal n'est pas tout à fait assez grand pour qu'il se fasse excuser ! Il est impatient parce qu'il souffre, et c'est une grande douleur pour lui que de voir que vous vous en apercevez et que vous en abusez. Respecte et aime ton professeur, mon fils. Aime-le, parce que ton père l'aime et le respecte, aime-le parce qu'il consacre sa vie au bonheur de tant d'enfants qui l'oublieront. Aime-le parce qu'il ouvre et éclaire ton intelligence et élève ton âme. Plus tard, quand tu seras un homme, et que nous ne serons plus de ce monde, ni lui ni moi, son souvenir se présentera à toi souvent auprès du mien, et alors, vois-tu, certaines expressions de douleur et de fatigue de son bon visage te feront de la peine, même après trente ans. Et tu auras honte, tu regretteras de ne pas l'avoir aimé, de t'être mal comporté envers lui. Aime ton professeur parce qu'il appartient à cette grande famille enseignante éparse dans le monde entier, qui élève des milliers d'enfants grandissant avec toi. Je ne serai pas fier de l'affection que tu me portes si tu ne l'éprouves pas aussi pour tous ceux qui te font du bien, et, entre eux, ton maître est le premier après tes parents. Aime-le comme tu aimerais un frère, aime-le quand il te caresse et quand il te gronde, quand il est juste et quand il te semble ne l'être pas; aime-le quand il est gai, mais aime-le plus encore quand il est triste, et prononce toujours avec respect ce titre : maître; après celui de père c'est le plus noble, le plus doux, qu'un homme puisse donner à un autre homme.

Ton Père.

JANVIER

LE SUPPLÉANT

Mon père avait raison. M. Perboni était de mauvaise humeur parce qu'il était malade. Depuis trois jours, en effet, le suppléant vient à sa place (ce suppléant petit et imberbe qui paraît tout jeune). Il est arrivé ce matin une sotte chose à son sujet. Déjà le premier et le second jour les élèves avaient fait du bruit dans la classe, parce que le suppléant a trop de patience et ne fait que dire : — Taisez-vous, je vous prie ! sans punir. Mais ce matin on a dépassé la mesure. On faisait un vacarme tel qu'on ne l'entendait plus. Il priait, suppliait, c'était peine perdue. Deux fois le directeur apparut sur le seuil de la porte, mais lui parti, la rumeur a repris, comme dans un marché. C'était en vain que Garrone et Derossi se retournaient et faisaient signe de se taire à leurs camarades en leur disant d'être sages, et que c'était honteux. Personne n'y faisait attention. Il n'y avait que Stardi qui se tenait tranquille, les coudes appuyés au pupitre, les poings aux tempes, pensant peut-être à sa fameuse bibliothèque, et Garoffi — celui

des timbres-poste — qui était occupé à faire la liste
des souscripteurs pour sa loterie à deux centimes, pour
un encrier de poche. Les autres criaient et riaient, bat-
taient leurs pupitres de leurs manches de plume, et se
lançaient des boulettes de papier, au moyen des élas-
tiques enlevés à leurs jarretières.

Le suppléant prenait par le bras tantôt l'un, tantôt
l'autre, les secouait, en mettait un contre le mur : le
tout pour rien. Il ne savait plus à quel saint se vouer.
Il disait :

— Mais pourquoi agissez-vous ainsi? Voulez-vous me
faire avoir des reproches?

Il frappait du poing sur son bureau en criant d'un
ton de menace et de prière :

— Silence! silence! silence!

Cela faisait peine de l'entendre. Pourtant le vacarme
augmentait toujours.

Franti lui lança une flèche de papier, les uns miau-
laient, d'autres jetaient leur casquette en l'air; c'était
un tumulte indescriptible. Tout à coup le portier entra
en disant :

— Monsieur, le directeur vous demande.

Le suppléant se leva avec un geste désespéré et sortit
en hâte.

Alors le bruit alla croissant. Mais Garrone se leva,
le visage bouleversé, les poings serrés, et cria d'une
voix tremblante de colère :

— Finissez! vous êtes bêtes! Vous abusez de la bonté
du suppléant ; s'il vous broyait les bras, vous seriez
plats comme des punaises, tas de lâches! Le premier
qui fait encore une grimace, je l'attends à la sortie et
je lui casse les dents, je le jure, fût-il sous les yeux
de son père!

On se tut. Ah! c'est qu'il était beau à voir ainsi Garrone, les yeux pleins de flamme! on eût dit un lion-
ceau furieux. Il regarda les plus hardis les uns après
les autres, et tous baissèrent la tête.

Quand le suppléant rentra, les yeux rouges, on n'entendait plus un souffle. Il fut d'abord étonné ; puis,
voyant Garrone encore tout frémissant, il comprit et
lui dit avec un accent attendri, comme s'il eût parlé à
un frère : — Je te remercie, Garrone.

LA BIBLIOTHÈQUE DE STARDI

Je suis allé chez Stardi qui demeure en face de l'é-
cole, et j'ai eu un vrai sentiment d'envie en voyant sa
bibliothèque.

Il n'est pas riche, Stardi, il ne peut pas acheter beaucoup de livres; mais il conserve avec grand soin ses
livres de classe, et tout l'argent qu'on lui donne il le
garde pour le dépenser chez le libraire. De cette façon
il possède une petite bibliothèque, et lorsque son père
s'est aperçu qu'il avait la passion des livres, il lui a
acheté une jolie étagère en noyer avec des rideaux
verts, et lui a fait relier tous les volumes de la couleur
qui lui plaisait. Lorsqu'on tire les rideaux, on voit apparaître trois rangées de volumes de toutes couleurs
bien en ordre, bien brillants, avec les titres écrits en
lettres d'or sur le dos : des livres d'histoires enfantines, de voyages, de poésies, presque tous illustrés.
Stardi sait fort bien grouper les couleurs de ses volumes! les blancs près des rouges, les jaunes près des

noirs, les bleus près des blancs, de façon qu'ils font de loin le plus joli effet. Il se plaît de temps à autre, à varier la combinaison des nuances. Il a inscrit tous ses livres dans un catalogue, ni plus ni moins qu'un bibliophile. Il s'occupe constamment de ses livres, les époussète, les feuillette, examine les reliures. Il faut voir avec quel soin il les ouvre, de ses mains courtes et grosses, en soufflant sur les pages! On dirait que ses livres sont tout neufs — moi qui ai abîmé tous les miens! — Pour lui, chaque livre qu'il achète lui procure le plaisir de le caresser, de le ranger parmi les autres, puis de le prendre encore pour le regarder de tous les côtés et de l'enfermer comme un trésor. Pendant une heure, Stardi ne m'a pas fait voir autre chose.

Il a mal aux yeux à force d'avoir lu. A un certain moment son père traversa la pièce où nous étions et lui passa deux ou trois fois la main sur la nuque en disant de sa grosse voix :

— Que dites-vous de cette tête de bronze? c'est une grosse tête qui arrivera à quelque chose, je vous en réponds!

Et Stardi fermait à demi les yeux sous ces rudes caresses paternelles.

Je ne sais pourquoi, je n'osais plus plaisanter avec lui, je ne pouvais croire qu'il eût seulement un an de plus que moi. Quand il me dit « au revoir » sur le seuil de la porte, avec son air bourru, je faillis lui dire : « Votre serviteur », comme je l'aurais dit à un homme. J'en fis part à mon père en rentrant.

— Je n'y comprends rien, dis-je, Stardi n'est pas intelligent, il n'est pas bien élevé, il a une figure cocasse, et cependant il m'en impose! Mon père me répondit :

— C'est parce qu'il a du caractère. Et j'ajoutai :

—Pendant une heure que j'ai passée près de lui, il n'a pas prononcé cinquante mots, il ne m'a pas montré un jouet, il n'a pas ri une fois; et cependant j'étais content d'être avec lui. Mon père reprit : — C'est parce que tu l'estimes.

LE FILS DU FORGERON

J'estime aussi Precossi, et c'est peu dire! Precossi, le fils du forgeron, un petit pâlot qui a de bons yeux tristes et un air effrayé, si timide qu'il dit « excusez-moi » à tout le monde, et qui, bien que toujours souffrant, étudie cependant fort et ferme Son père rentre toujours gris à la maison, le bat pour un rien et jette en l'air ses livres et ses cahiers d'un revers de main. Le pauvre petit arrive à l'école avec des *bleus* sur le visage, quelquefois avec les yeux rouges et gonflés à force d'avoir pleuré.

Mais jamais, au grand jamais on ne peut lui faire avouer que c'est son père qui l'a battu.

— Ce n'est cependant pas vous qui avez brûlé cette page de votre cahier? lui dit le professeur en lui montrant son devoir tout brûlé.

— Si, c'est moi, répondit-il d'une voix tremblante. Nous savons bien que c'est son père. Étant gris, il a heurté la table sur laquelle Precossi travaillait, et la lampe s'est renversée brûlant le cahier du pauvre enfant. Precossi habite une mansarde dans notre maison, au fond de la cour, et la portière raconte tout cela à nos bonnes qui le redisent à maman.

Un jour, ma sœur Silvia a entendu Precossi criant en dégringolant de l'escalier où son père l'avait lancé d'un coup de pied, parce qu'il avait demandé quelques sous pour acheter une grammaire. Le père Precossi boit, ne travaille point et la famille meurt de faim. Combien de fois le pauvre petit est-il venu à l'école le ventre vide, et a mangé dans un coin un petit pain donné par Garrone ou une pomme glissée à la dérobée par l'institutrice à la plume rouge, dans la classe de laquelle il a été en *première élémentaire!*

Pas de danger que Precossi dise : — J'ai faim, mon père ne me donne pas à manger.

Quelquefois celui-ci vient le chercher en passant devant l'école : pâle, chancelant sur ses jambes, les yeux hagards, les cheveux en désordre et la casquette posée de côté. Le pauvre enfant est troublé quand il l'aperçoit dans la rue, et pourtant il court à lui en souriant; mais le père n'a pas l'air de le voir et pense à autre chose. Pauvre Precossi! Il recoud ses cahiers déchirés et prie ses voisins de banc de lui prêter le livre qui lui manque pour étudier. Il attache sa chemise avec des épingles et c'est pitié de le voir faire la gymnastique avec ses gros souliers dans lesquels ses pieds dansent, son pantalon tout en loques et sa jaquette trop longue dont les manches sont retroussées jusqu'au coude. Et il étudie! il s'efforce d'apprendre! Il serait un des premiers s'il pouvait travailler tranquillement chez lui...

Ce matin il est venu à l'école avec la marque d'une égratignure sur les joues et ses camarades lui dirent :

— C'est ton père qui t'a fait cela, cette fois tu ne peux pas le nier. Dis-le au directeur pour qu'on l'appelle chez le commissaire.

Mais Precossi, tout rouge :

— Ce n'est pas vrai! ce n'est pas vrai! mon père ne me bat jamais, s'écria-t-il d'une voix tremblante d'indignation.

Pourtant, pendant la leçon les larmes coulaient sur son pupitre, et quand quelqu'un le regardait, il s'efforçait de lui sourire, pour ne pas avoir l'air de souffrir. Pauvre Precossi! — Demain Derossi, Coretti et Nelli viennent à la maison. Je veux lui dire de venir aussi, il goûtera avec nous, je lui donnerai des livres, je mettrai la maison sens dessus dessous pour l'amuser et je remplirai ses poches de fruits. Que je voie une fois ce pauvre Précossi content et de bonne humeur, lui si bon et si courageux!

***

UNE BELLE VISITE

Jeudi 12.

Voici un jeudi qui a été, pour moi, un des plus beaux de l'année.

A deux heures précises arrivèrent Derossi, Coretti et Nelli, le petit bossu. Quant à Precossi, son père ne l'avait point laissé venir.

Derossi et Coretti riaient de bon cœur parce qu'ils avaient rencontré dans la rue Crossi, le fils de la fruitière — celui qui a le bras inerte et les cheveux rouges — portant sous le bras un énorme chou qu'il allait vendre, et avec les deux sous du chou il devait ensuite s'acheter une plume. Il était tout content, le pauvre petit Crossi, parce que son père a écrit d'Amérique qu'on l'attendît d'un jour à l'autre.

8.

Oh! les bonnes heures passées avec mes chers camarades! Derossi et Coretti sont les deux plus gais de la
classe; mon père en a été charmé. Coretti avec son
jersey loutre et son bonnet en peau de chat faisait le
diable à quatre. Le matin de bonne heure il avait dé-
chargé une demi-voiture de bois, et cependant il galopa
dans toute la maison, observant tout et parlant sans
cesse, leste et allègre comme un écureuil. Il trouva le
moyen, en passant dans la cuisine, de demander à la
cuisinière ce que nous payons les dix kilos de bois,
parce que son père les vend quarante-cinq centimes.
Vraiment, bien qu'il soit né et qu'il ait grandi dans
un magasin de bois, Coretti a de la noblesse dans le
cœur.

Derossi nous a bien amusés également. Il sait sa géographie comme un professeur. Il fermait les yeux en
disant : — Tenez je vois toute l'Italie : les Apennins qui
s'allongent jusqu'à la mer Ionienne, les fleuves qui
coulent ici et là; les villes blanches, les golfes, les
anses bleues, les îles vertes, et il disait les noms par
ordre de toute vitesse sans en omettre un seul, comme
s'il les eût lus sur la carte. Il était vraiment charmant,
ce Derossi avec sa tête haute, toute blonde et frisée, ses
beaux yeux intelligents; nous l'admirions tous. En
moins d'une heure il avait appris par cœur presque
trois pages de vers qu'il doit réciter après-demain pour
l'anniversaire des funérailles du roi Victor-Emmanuel.
Nelli aussi le regardait émerveillé ; tourmentant entre
ses doigts l'ourlet de son tablier noir, il souriait, et ses
yeux clairs et mélancoliques semblaient éclairés par ce
sourire. Quant à moi, cette visite me fit grand plaisir ;
elle me laissa comme des étincelles dans l'esprit et dans
le cœur. Il me plut également de voir le petit Nelli s'en

aller entre mes deux camarades qui lui donnaient le bras, eux grands et forts, lui petit et délicat, riant comme jamais je ne l'ai vu rire. En rentrant dans la salle à manger je m'aperçus que le tableau représentant *Rigoletto*, le bouffon bossu, avait disparu. Mon père l'avait enlevé avant l'arrivée des enfants, pour que Nelli ne le vît point.

FRANTI CHASSÉ DE L'ÉCOLE

Samedi 21.

Un seul d'entre nous était capable de rire lorsque Derossi récitait les *Funérailles du roi*, c'était Franti. Je le déteste, ce garçon, c'est un mauvais cœur. Quand un père vient à l'école pour faire réprimander son fils, il en est ravi. Quand on pleure, il rit. Il tremble devant Garrone et bat le petit maçon, qui ne peut se défendre. Il tourmente Crossi qui a le bras inerte, se moque de Précossi que tout le monde respecte, et tourne en ridicule jusqu'à Robetti, celui de la seconde classe, qui marche avec des béquilles pour avoir sauvé un enfant. Il provoque les plus faibles, et quand il se bat, il s'anime, devient féroce et fait mal à ses adversaires.

Il y a quelque chose qui répugne sur ce front bas, dans ce regard trouble, qu'il tient caché sous la visière de sa casquette de toile cirée. Franti ne craint rien, rit au nez du professeur, vole quand il le peut, nie avec une audace incroyable et est toujours en querelle avec quelqu'un. Il porte en classe de grandes épingles pour piquer ses voisins, arrache les boutons de sa jaquette et les arrache aux autres. Ses cahiers, ses livres et ses carnets sont tous pleins de pâtés, et déchirés, sales, mal soignés ; sa règle est dentelée, sa plume mordillée, ses ongles rongés, ses habits pleins d'accrocs qu'il attrape dans des rixes.

On dit que sa mère est malade des chagrins qu'il lui cause et que son père l'a chassé trois fois de la maison. Sa mère vient de temps à autre demander comment se comporte son fils, et elle s'en va toujours en pleurant. Franti déteste le professeur, ses compagnons et l'école. Le maître fait parfois semblant de ne pas entendre ses grossièretés et il en abuse. M. Perboni a essayé de le prendre par la douceur, et Franti s'en est moqué ; il lui a fait alors de sévères menaces : Franti se couvrait le visage de ses mains comme s'il pleurait, et il riait, au contraire ! Il fut renvoyé provisoirement et pendant trois jours il ne vint pas à l'école : il y revint plus insolent que jamais.

Un jour Derossi lui dit :

— Finis donc ! tu en fais trop au professeur.

Franti, pour toute réponse, le menaça de lui planter un clou dans le ventre.

Ce matin, enfin, il s'est fait chasser comme un chien.

Tandis que le maître donnait à Garrone le brouillon du *Petit Tambour sarde*, le récit mensuel de janvier à copier, Franti jeta sur le parquet un pétard qui éclata, faisant résonner les murs de la classe comme d'un coup de fusil. Tous les élèves en sursautèrent. Le maître se leva en criant.

— A la porte, Franti !

Il répondit en riant : — Ce n'est pas moi.

— Va-t-'en, répéta M. Perboni.

— Je ne bougerai pas.

A cette réponse insolente, M· Perboni perdit son sang-
froid ; il s'élança sur Franti, le prit par le bras et le
souleva du banc ; le garnement se débattait en criant,
grinçait des dents ; le professeur dût le traîner dehors
et de force jusque chez le directeur. Quand M. Perboni
revint seul et s'assit à son bureau, la tête dans ses
mains, essoufflé et triste, son expression navrée faisait
mal à voir.

— Depuis trente ans que je fais des classes, pareille
chose ne m'est arrivée ! dit-il en soupirant.

Personne ne bougeait. Les mains du maître étaient
toutes tremblantes et la ride qui traverse son front
était si profonde qu'elle semblait une blessure. Pauvre
professeur ! Tout le monde le plaignait. Derossi se leva
et dit à M. Perboni :

— Ne vous affligez pas, monsieur, tous ici nous vous
aimons bien.

A ces douces paroles, le professeur parut se rasséré-
ner et murmura : — Reprenons la leçon, mes enfants...

———

LE PETIT TAMBOUR SARDE

RÉCIT MENSUEL

Le premier jour de la bataille de Custozza, le 24 juillet
1848, une soixantaine de soldats faisant partie d'un
régiment d'infanterie avaient été envoyés sur une hau-
teur occuper une maison isolée. Ils se trouvèrent
assaillis à l'improviste par deux compagnies de soldats
autrichiens. Ceux-ci faisaient une fusillade si bien
nourrie que les fantassins eurent à peine le temps de

se réfugier dans la maison et de barricader précipitamment les portes, après avoir laissé quelques morts
et quelques blessés dans les champs.

Les portes closes, les soldats accoururent aux fenêtres du rez-de-chaussée et du premier étage, et ils
commencèrent à tirer sur les assaillants. Ces derniers,
en s'avançant peu à peu en demi-cercle, répondaient
vigoureusement.

Ces soixante soldats étaient commandés par deux
officiers subalternes et un capitaine, — un vieux,
grand, sec, à la barbe et aux cheveux blancs. —
Avec eux se trouvait un tambour sarde, un garçon qui
avait tout au plus quatorze ans et n'en paraissait pas
plus de douze, petit, au teint olivâtre, aux yeux noirs
et profonds. Le capitaine dirigeait la défense d'une
chambre du premier étage, lançant ses ordres comme
des coups de pistolet, et sur son visage de fer ne se
lisait aucune émotion. Le petit tambour, un peu pâle,
mais solide sur ses jambes, était monté sur une table,
d'où il voyait par la fenêtre à travers la fumée les
lignes blanches des Autrichiens qui s'avançaient lentement dans les champs.

La maison était située sur la crête d'une pente rapide
et sur laquelle était percée une unique petite fenêtre
sur le toit. Voilà pourquoi les Autrichiens ne menaçaient pas la maison de ce côté, la pente était libre ;
le feu ne battait que la façade et les deux flancs de la
maison.

Mais c'était un feu d'enfer, une grêle de balles qui
criblait les murs et brisait les tuiles ; à l'intérieur les
balles fracassaient les meubles, les corniches, les pla-
fonds, les portes, jetant dans l'air des éclats de bois,
des nuages de plâtre, des tronçons de vaisselle et de

vitres : elles sifflaient, rebondissaient et brisaient tout sur leur passage, avec un bruit assourdissant.

De temps en temps un des soldats qui tiraient par la fenêtre s'affaissait sur le plancher et on le traînait dans un coin. Quelques-uns allaient en chancelant de chambre en chambre serrant leurs blessures d'une main crispée. Dans la cuisine il y avait déjà un mort, le front ouvert.

Le demi-cercle des ennemis se resserrait visiblement.

A un certain moment, on vit le capitaine, jusque-là impassible, faire un geste d'inquiétude, et sortir précipitamment de la chambre suivi par un sergent. Trois minutes après le sergent accourut et appela le petit tambour. L'enfant le suivit en courant sur l'escalier et entra après lui dans une mansarde nue ; le capitaine était là, occupé à écrire avec un crayon sur une feuille de papier qu'il appuyait à la vitre de la petite fenêtre. A ses pieds, sur le plancher, il y avait une corde à puits.

Le capitaine plia la feuille et dit en fixant sur les yeux du garçon ses regards froids devant lesquels tous les soldats tremblaient :

— Tambour !

Le tambour mit la main à sa visière.

— Es-tu courageux ?

Les yeux de l'enfant eurent un éclair :

— Oui, capitaine, répondit-il.

— Regarde là-bas, dit le capitaine en le poussant vers la lucarne, dans la plaine, près des maisons de Villafranca où reluisent des baïonnettes : il y a notre régiment. Prends ce billet, tu descendras de la lucarne à l'aide de cette corde ; glisse le long de la pente, traverse les champs, cours au régiment et donne ce billet au premier officier que tu rencontreras. Enlève ton ceinturon et ta giberne.

Le tambour enleva son ceinturon et sa giberne, et glissa le billet dans sa poche; le sergent jeta la corde hors de la fenêtre, tout en tenant un des bouts de ses deux mains, tandis que le capitaine aidait l'enfant à passer par la fenêtre, le dos tourné vers la campagne.

— Ecoute, tambour, dit-il, le salut du détachement dépend de ton courage et de tes jambes.

— Comptez sur moi, capitaine, répondit l'enfant en s'accrochant à la corde, hors de la lucarne.

— Courbe-toi en descendant, fit encore le capitaine, aidant le sergent à tenir la corde au bout de laquelle l'enfant était suspendu.

— N'ayez crainte.

— Dieu t'aide !

En quelques secondes le petit tambour fut à terre. Le sergent tira la corde et disparut. Le capitaine se pencha à la lucarne et vit l'enfant qui descendait la pente en courant.

Il espérait déjà que le petit tambour avait pu passer inaperçu, quand cinq ou six petits nuages de poussière qui se soulevèrent de terre devant et derrière le fuyard l'avertirent qu'il avait été vu des Autrichiens. Ils tiraient sur lui du sommet de la colline. Ces petits nuages provenaient de la terre projetée en l'air par les balles. Le petit tambour continuait à courir comme un lièvre. Tout à coup il s'affaissa.

— Tué ! rugit le capitaine en se mordant le poing.

Mais il avait à peine poussé cette exclamation qu'il vit le petit tambour se relever.

—Ah ! une chute seulement ! se dit-il, et il respira.

Le petit tambour en effet s'était mis à courir de nouveau, mais il boitait.

— Il s'est foulé le pied, pensa le capitaine. Quelques
petits nuages de poussière se levèrent çà et là autour
de l'enfant, de plus en plus loin. Il était sauvé. Le capitaine jeta un cri de triomphe, et continua cependant
à le suivre des yeux tout frémissant, parce que les minutes étaient comptées. Si le tambour n'arrivait pas au
régiment dans le plus court délai, avec le billet qui
demandait un secours immédiat, tous ses soldats suc-
comberaient, ou bien il devrait se rendre prisonnier
avec eux. Le garçon courait rapide comme un trait,
puis, ralentissant le pas en boitant, reprenait encore sa
course, mais toujours plus péniblement et de temps à
autre il trébuchait et s'arrêtait.

— Un ricochet de balle l'a peut-être atteint, se disait
le capitaine, et il suivait tous ses mouvements, haletant,
l'excitant, lui parlant, comme si l'enfant avait pu l'entendre, mesurant sans cesse d'un œil ardent l'espace
qui existait entre son messager et la lueur des baïonnettes qu'on voyait là-bas au milieu des champs de
froment dorés par le soleil. Pendant ce temps le
capitaine entendait le sifflement et le fracas des balles
dans les chambres sises aux étages inférieurs, les ordres impérieux, les cris de rage des officiers et des sergents, les plaintes lamentables des blessés, le bruit
des meubles fracassés et des tentures déchirées.

— Va, courage ! criait le capitaine suivant des yeux
le petit tambour, cours ! mon enfant !... oh ! il s'ar-
rête ! malédiction !... non, il reprend sa course.

Un officier vint, anxieux, dire au capitaine que l'ennemi, sans cesser le feu, arborait un drapeu blanc
pour intimer l'ordre de se rendre.

— Qu'on ne lui réponde pas ! fit-il sans quitter des yeux le tambour qui arrivait enfin dans la plaine; il ne courait plus, il se traînait avec effort.

—Mais va, mais cours, disait le capitaine en serrant les poings et les dents, meurs s'il le faut, mais arrive, scélérat !...

Il jeta à cet instant une horrible imprécation.

— Ah ! le lâche infâme ! il s'est assis !

L'enfant, en effet, dont il avait toujours aperçu la tête apparaître au-dessus des épis de froment, avait tout à coup disparu comme s'il était tombé. Après un instant la tête de l'enfant apparut de nouveau, puis se perdit derrière les haies; le capitaine ne voyait plus le tambour.

Il descendit alors impétueusement; les balles faisaient rage, les chambres étaient encombrées de blessés, quelques-uns d'entre eux se roulaient sur eux-mêmes, se tordant dans la souffrance, s'accrochant aux meubles avec désespoir. Les tentures et le parquet étaient couverts de sang ; des cadavres gisaient au travers des portes ; le lieutenant avait le bras droit brisé par une balle, la fumée et la poussière enveloppaient ce triste tableau.

— Courage ! cria le capitaine, restez à votre poste ! il arrive du secours, encore un peu de courage !

Les Autrichiens s'étaient approchés davantage ; on voyait à travers la fumée leurs visages décomposés; on entendait entre le bruit de la fusillade leurs cris sauvages qui insultaient les assiégés, leur intimant de se rendre, les menaçant de les tuer.

Quelques soldats, effrayés, se retirèrent des fenêtres; les sergents les poussaient de nouveau en avant. Mais le feu des assiégés redoublait, le découragement appa-

rut sur tous les visages, on ne pouvait plus se défendre. A un moment donné, les coups des Autrichiens se
ralentirent et une voix tonnante cria, d'abord en al-
lemand, puis en italien : — Rendez-vous !

— Non ! hurla d'une fenêtre le capitaine. Et le feu
recommença furieux des deux côtés. De nouveaux soldats tombèrent. Déjà plus d'une fenêtre était sans dé-
fenseur. Le moment fatal était imminent. Le capitaine
d'une voix serrée gronda entre ses dents :

— Ils ne viennent pas ! ils ne viennent pas ! et il allait ici et là furieux, tordant son sabre d'une main con-
vulsive, résolu à mourir, lorsqu'un sergent descendit
de la mansarde criant à tue-tête :

— Ils arrivent !

— Ils arrivent ! répondit le capitaine avec un cri
joyeux.

Là dessus, tous, soldats, blessés, sergents, officiers, s'é-
lancèrent aux fenêtres, et le combat reprit de plus belle.

Peu après, on remarqua comme une hésitation et un
commencement de désordre parmi les ennemis. Aussitôt le capitaine ramassa un drapeau dans une des
salles du rez-de-chaussée, afin d'effectuer une sortie
à la baïonnette.

Puis il courut au premier étage. Il y était à peine
arrivé qu'on entendit des détonations précipitées, ac-
compagnées d'un « hurrah » formidable, et des fenêtres
on put voir arriver à travers la fumée les chapeaux
à deux cornes des carabiniers italiens, un escadron
lancé ventre à terre, et un éclair fulminant de lames
blanches s'abattant sur les têtes, sur les épaules, sur
le dos des ennemis.

Le drapeau fit irruption hors de la porte avec les
baïonnettes baissées.

Les ennemis vacillèrent, s'éparpillèrent et s'enfuirent : le terrain fut libre, la maison délivrée. Peu après deux bataillons d'infanterie italienne et deux canons occupaient la colline.

Le capitaine et les soldats valides qui lui restaient se joignirent à leur régiment et combattirent encore. Lui fut légèrement blessé à la main gauche par une balle perdue dans le dernier assaut.

La journée finit par la victoire des Italiens.

Mais le jour suivant, le combat ayant continué, les nôtres furent écrasés, malgré leur valeureuse résistance, par le nombre supérieur des Autrichiens, et le matin du 26 ils durent prendre tristement le chemin de la retraite vers le Mincio.

Le capitaine, quoique blessé, fit la route à pied avec ses soldats exténués et silencieux ; il arriva vers la fin du jour à Goito, sur le Mincio, où il se mit aussitôt à la recherche de son lieutenant, que les ambulances avaient recueilli, car il avait un bras cassé. Il devait être arrivé à Goito avant le capitaine, à qui l'on indiqua une église. Un hôpital avait été installé à la hâte.

L'église était pleine de blessés, étendus sur des lits et des matelas disposés en deux files. Deux médecins et des infirmiers allaient et venaient essoufflés, l'on entendait des cris étouffés et des gémissements s'échapper de toutes ces bouches souffrantes.

A peine entré, le capitaine s'arrêta et chercha des yeux son lieutenant.

Il s'entendit appeler par une voix faible tout près de lui :

— Capitaine !

Il se retourna. C'était le petit tambour.

L'enfant était couché sur un lit de camp, recouvert

jusqu'à la poitrine par un vieux rideau de fil à carreaux
rouges et blancs, les bras étendus sur la couverture,
le visage pâle et allongé, mais avec ses yeux toujours,
brillants comme des diamants noirs.

— Tu es ici, toi? demanda le capitaine étonné,
bravo! tu as fait ton devoir.

— J'ai fait mon possible, répondit le petit tambour.

— Tu as été blessé? continua le capitaine cherchant
des yeux son officier sur les lits voisins.

— Que voulez-vous! dit l'enfant, auquel la fierté
d'être blessé pour la première fois donnait le courage
de parler au capitaine, ce qu'il n'aurait jamais osé
faire sans cela, j'ai eu beau courir vite, les Autrichiens m'ont aperçu. Je serais arrivé vingt minutes
plus tôt si je n'avais pas été atteint; heureusement que
j'ai trouvé tout de suite un officier d'état-major auquel j'ai remis votre billet. Mais cela a été dur de courir après avoir reçu la caresse des Autrichiens!

Je mourais de soif, je craignais de ne pouvoir arriver, je pleurais de rage en pensant qu'à chaque minute de retard il s'en allait quelqu'un des nôtres là-
haut. Il suffit, j'ai fait ce que j'ai pu. Je suis content.
Avec votre permission, capitaine, regardez: vous perdez du sang.

En effet de la paume mal bandée du capitaine couraient sur les doigts quelques gouttes vermeilles.

— Voulez-vous, capitaine, que je resserre votre ban-
dage? donnez un moment...

Le capitaine tendit la main gauche et allongea la
droite pour aider l'enfant à défaire le nœud de toile;
mais à peine celui-ci se fut-il soulevé de l'oreiller qu'il
pâlit et dut s'y appuyer de nouveau.

— C'est bien, c'est bien, dit le capitaine en le re-

gardant et retirant sa main que le tambour voulait
retenir. Pense à tes affaires, au lieu de penser aux autres, parce que les choses légères peuvent devenir graves... Le tambour secoua la tête.

— Mais toi, lui dit le capitaine en le regardant attentivement, tu dois avoir perdu beaucoup de sang pour
être faible à ce point?

— Perdu beaucoup de sang, répondit l'enfant avec un
sourire, autre que du sang, regardez !

Et d'un geste rapide il enleva la couverture.

Le capitaine recula d'un pas, terrifié.

Le petit tambour n'avait plus qu'une jambe. La
jambe gauche avait été amputée au-dessus du genou ;
le tronçon était bandé de linges ensanglantés.

En ce moment passa un médecin militaire, petit et
gras, en manches de chemise.

— Ah! capitaine, lui dit-il rapidement en lui montrant le petit blessé, voilà un cas malheureux ! une
jambe qui se serait guérie comme rien s'il ne l'avait
pas forcée d'une manière folle : il s'est déclaré une
maudite inflammation et il a fallu tailler de suite. Oh!
mais c'est un garçon brave, je vous l'assure. Il n'a pas
pleuré, pas jeté un cri... J'étais fier qu'il fût un enfant de l'Italie tandis que je l'opérais... Celui-là est de
bonne race, par Dieu !

Et il passa toujours courant.

Le capitaine fronça ses grands sourcils blancs et regarda fixement le tambour en étendant sur lui la couverture. Puis lentement, presque sans en avoir conscience et en regardant toujours l'enfant, il porta la
main à son képi et se découvrit devant le petit mutilé.

— Capitaine! exclama l'enfant surpris, que faites-
vous, capitaine? c'est pour moi?...

Alors ce vieux soldat, qui n'avait jamais dit une parole douce à un inférieur, répondit d'une voix affectueuse et tendre :

— Je ne suis qu'un capitaine : toi, enfant, tu es un héros !

Et il se jeta les bras ouverts sur le petit tambour qu'il embrassa à trois reprises en le serrant sur son cœur.

L'AMOUR DE LA PATRIE

— Puisque le récit du *Petit Tambour sarde* t'a profondément touché, tu as dû écrire facilement ta composition de ce matin qui avait pour sujet : « Pourquoi aimez-vous votre pays ? »

— Pourquoi j'aime mon pays ? Ne s'est-il pas présenté aussitôt à ton esprit une foule de réponses ? J'aime mon pays parce que ma mère y est née, parce que le sang qui coule dans mes veines est tout à lui, parce que sous cette terre bénie sont ensevelis tous les morts que ma mère pleure et que mon père vénère ! Parce que la ville où je suis né, la langue que je parle, les livres qui m'instruisent, parce que mon frère, ma sœur, mes camarades et le grand peuple au milieu duquel je vis, la belle nature qui m'entoure et tout ce que je vois, ce que j'aime, ce que j'admire, fait partie de mon pays ! Oh ! tu ne peux pas encore le comprendre entièrement, ce sentiment patriotique ! Tu le sentiras quand tu seras un homme ; lorsque, revenant d'un long voyage et t'appuyant un matin aux bastingages d'un navire, tu apercevras à l'horizon les grandes montagnes azurées de ton pays : tu sentiras alors l'onde impétueuse qui fera monter à tes yeux des larmes d'attendrissement et arrachera à tes lèvres un cri de joie.

Tu le sentiras en pays lointain, par l'impulsion de l'âme qui te poussera au milieu de la foule indifférente vers un ouvrier inconnu s'il a prononcé, en passant, quelques mots dans ta langue. Tu le sentiras par l'indignation douloureuse qui fera rougir ton front si tu entends injurier ton pays par un étranger. Tu le sentiras plus violent et plus fier le jour où la menace d'un peuple ennemi soulèvera une tempête de feu sur la patrie, et que tu verras de toutes parts les jeunes gens brandir leurs armes, les pères embrasser leurs fils en leur disant Courage ! et les mères disant adieu aux soldats en leur criant : Soyez vainqueurs ! Tu le sentiras comme une joie divine, si tu as le bonheur de voir rentrer dans la ville les régiments décimés, exténués, terribles, avec la splendeur de la victoire dans les yeux ; tu le sentiras en voyant le drapeau tricolore déchiré par les balles suivi d'un long convoi de braves portant bien haut leur front bandé et leurs écharpes d'infirmes, au milieu d'une foule enthousiaste qui les couvrira de fleurs, de bénédictions et de baisers. Tu comprendras alors, Henri, l'amour de la patrie. C'est une chose si grande et si sacrée, vois-tu, que si un jour je te voyais revenir sain et sauf d'une bataille soutenue pour elle, sain et sauf, toi qui es mon sang et mon fils bien-aimé et que j'apprisse que pour te conserver la vie tu t'es caché... moi ton père qui t'accueille par un cri de joie, quand tu reviens de l'école, je t'accueillerais avec un sanglot douloureux, je ne pourrais plus t'aimer et je mourrais avec ce poignard dans le cœur.

Ton Père.

ENVIE

C'est encore Derossi qui a le mieux réussi sa composition. Et Votini qui croyait être sûr d'obtenir la première médaille !... J'aimerais bien Votini, quoiqu'il soit un peu fat et s'occupe trop de sa mise ; — mais il me cause du dépit, maintenant qu'il est devenu mon voisin de banc. Il est trop envieux de Derossi. Il voudrait lutter avec lui, il étudie ; mais il ne peut égaler en aucune façon notre camarade qui le surpasse en toutes choses : Votini s'en mord les doigts. Carlo Nobis envie également Derossi, mais il est si orgueilleux qu'il ne laisse point percer son envie. Votini, au contraire, la trahit ; il se plaint chez lui des points qu'il reçoit en moins, et prétend que le professeur commet des injustices. Lorsque Derossi répond aux questions vite et bien, comme toujours, Votini fait semblant de ne pas entendre ou s'efforce de rire. Mais il rit jaune. Et comme tout le monde s'est aperçu de cela, quand le maître loue Derossi, on se retourne pour regarder Votini qui fait une figure ! tandis que le petit maçon, lui, fait le museau de lièvre.

Ce matin, par exemple, le professeur entra dans la classe et annonça le résultat de l'examen.

— Derossi dix dixième et la première médailles !

Votini se mit à éternuer très fort. Le maître le regarda et comprit.

— Votini, lui dit-il, ne laissez pas entrer dans votre cœur le serpent de l'envie. C'est un reptile qui ronge le cerveau et qui corrompt le cœur. Tous les élèves, excepté Derossi, regardèrent Votini. Il voulut répondre, il ne put et resta pétrifié, le visage tout pâle. Puis, tandis que M. Perboni faisait la leçon, il se mit à écrire en gros caractères sur une feuille de papier:

— *Je ne suis pas jaloux de ceux qui gagnent la première médaille grâce aux protections et à l'injustice.*

C'était un billet que Votini voulait envoyer à Derossi. En même temps je vis que les voisins de Derossi chuchotaient entre eux, se parlant à l'oreille, et l'un d'entre eux découpait avec son canif une grande médaille de papier sur laquelle on avait dessiné un serpent noir. Votini s'en aperçut. Le maître étant sorti pour un instant, les voisins de Derossi se levèrent aussitôt pour aller présenter solennellement la médaille de papier à l'envieux. Toute la classe se préparait à voir une scène. Votini était déjà tout tremblant. Derossi cria: — Donnez-la moi.

— Encore mieux! répondirent les voisins, c'est toi qui dois la lui offrir.

Derossi prit la médaille et la déchira en mille morceaux.

Le maître rentra à ce moment et reprit la leçon. Je ne quittai pas Votini des yeux; il était devenu rouge de confusion; il prit doucement la feuille qu'il avait écrite, comme par distraction la roula dans sa main, la mit dans sa bouche, la mâcha pendant quelques secondes, puis la cracha sous le banc...

Au sortir de la classe, en passant devant Derossi, Votini, un peu troublé, laissa tomber son buvard. Derossi le ramassa gracieusement, le glissa dans la giberne de Votini et l'aida à la boucler. L'autre n'osa même pas le regarder.

LA MÈRE DE FRANTI

Samedi 28.

Votini est incorrigible. Hier, à la leçon d'histoire sainte, en présence du directeur, M. Perboni demanda à Derossi s'il savait par cœur ces deux strophes du livre de lecture :

> N'importe où je tourne mes regards,
> Dieu immense, je te vois.

Derossi répondit que non. Aussitôt Votini s'écria avec un sourire, croyant vexer Derossi : — Je le sais : Mais qui fut vexé ? ce fut lui, au contraire, car il n'eut pas le loisir de réciter la poésie. La mère de Franti entra tout à coup dans la classe, ses cheveux gris ébouriffés, toute couverte de neige, poussant devant elle son fils qui n'a pas reparu depuis huit jours. Nous assistâmes à une triste scène. La pauvre femme se jeta presque aux genoux du directeur, en joignant les mains, suppliante :

— Oh ! monsieur le directeur, pleura-t-elle, faites-moi la grâce d'admettre de nouveau mon fils à l'école. Depuis trois jours je le tiens caché à la maison, car si son père apprenait la vérité, il le tuerait. Ayez pitié, je ne sais plus que faire, je vous en supplie...

Le directeur chercha à la faire sortir ; mais elle insistait toujours pleurant et priant :

— Oh ! si vous saviez la peine que m'a donnée cet enfant, vous auriez pitié de moi,... faites-moi cette grâce. J'espère qu'il changera. Je ne vivrai plus bien longtemps, monsieur le directeur, j'ai la mort dans l'âme...

Je voudrais tant voir mon fils changé avant de mourir, parce que... — et la pauvre femme éclata en sanglots — c'est mon enfant, je l'aime, je mourrais désespérée! Reprenez-le, monsieur le directeur, afin d'éviter un malheur, par pitié pour une malheureuse mère...

Elle se couvrit le visage dans ses mains en pleurant. Franti tenait la tête baissée, impassible. Le directeur le regarda, fut quelques instants pensif, puis dit: — Franti, allez à votre place. La pauvre dame se calma aussitôt et commença à remercier le directeur, puis au moment de partir et tout en essuyant ses yeux elle dit encore:

— Merci, monsieur le directeur, vous avez fait une œuvre de charité... Sois bon, mon fils, et vous, enfants, ayez un peu de patience... Bonjour, enfants, merci encore, et excusez une pauvre mère, monsieur le directeur!

Et jetant sur le seuil de la porte un coup d'œil suppliant à son fils, elle s'en alla courbée, abattue, pâlie, et nous l'entendîmes encore tousser au bas de l'escalier.

Le directeur regarda fixement Franti, et au milieu d'un profond silence il lui dit d'un accent qui nous impressionna tous: — Franti, vous tuez votre mère!

Nous nous tournâmes tous vers Franti. L'infâme souriait.

ESPÉRANCE

Dimanche 29.

Il était beau, Henri, l'élan avec lequel tu t'es jeté au cou de la mère en revenant de l'école après la classe d'histoire sainte!... Le professeur t'avait dit des choses

consolantes, et divines. Dieu, qui nous a jetés dans les
bras ses uns des autres, ne nous séparera pas pour
toujours. Quand je mourrai, quand ton père mourra,
nous ne dirons pas ces paroles désespérantes : —
Nous ne te verrons plus Henri ! Nous nous reverrons
dans une autre vie, où celui qui a beaucoup souffert ici-bas sera consolé, où celui qui a beaucoup
aimé sur la terre retrouvera les âmes qu'il a aimées,
dans un monde sans pleurs et sans fin. Pour posséder
ce bonheur infini, nous devons tous nous rendre dignes
de cette autre vie ! Écoute, enfant : chacune de tes
bonnes actions, chacun de tes élans affectueux vers
ceux que tu aimes, chacun de tes bons procédés à l'é-
gard de tes camarades, chacune de tes pensées géné-
reuses est comme un rapprochement vers l'autre monde.
Chaque malheur, chaque peine te rapproche aussi de lui :
car chaque douleur est l'expiation d'une faute, chaque
larme efface une tache. Propose-toi tous les matins
d'être meilleur que la veille, et demande à Dieu d'être
bon, noble, courageux, sincère, afin que le soir ton
père embrasse son fils plus sage qu'il ne l'était le matin. Pense toujours à cet Henri surhumain et heureux
que tu pourras être après cette vie. Et prie : car tu ne
peux pas t'imaginer la joie qu'éprouve une mère en
voyant son enfant les mains jointes. Quand je te vois
prier, il me semble impossible qu'il n'y ait pas quelqu'un
qui t'écoute et te regarde ! Je crois alors plus fermement
qu'il existe une Bonté suprême et une Piété infinie. Je
t'aime davantage, je travaille avec plus d'ardeur, je
souffre avec plus de force, je pardonne de toute mon
âme et je pense à la mort avec plus de sérénité. O
Dieu grand et bon ! entendre après ma mort la voix de
ma mère, retrouver mon enfant, revoir mon Henri,

mon Henri béni et immortel, le serrer sur mon cœur dans un embrassement qui ne pourra jamais finir. Oh! prie, mon enfant, prions tous, aimons-nous bien, soyons bons et portons dans nos âmes cette céleste espérance, mon fils adoré !

TA MÈRE.

FÉVRIER

UNE MÉDAILLE BIEN MÉRITÉE

Samedi 4.

Ce matin l'inspecteur général des écoles est venu distribuer les médailles. C'est un monsieur vêtu de noir, à la barbe blanche. Il entra avec le directeur un peu avant le *finis* et s'assit à côté du professeur. Il interrogea quelques élèves, donna la première médaille à Derossi, et avant de donner la seconde médaille, s'entretint quelques moments à voix basse avec le directeur et, le professeur. Mais nous nous demandions :
— Qui aura la seconde médaille ?

L'inspecteur dit à haute voix :

— La seconde médaille a été méritée cette semaine par l'élève Pietro Precossi ; méritée par son travail à la maison et à l'école, par ses leçons bien sues et par sa calligraphie.

Tous les élèves se tournèrent vers Precossi, avec une spontanéité qui prouvait combien ils étaient contents de cette récompense. Precossi se leva si confus qu'il ne savait plus que faire.

— Venez ici, dit l'inspecteur général.

Precossi sauta de son banc et alla se placer près du bureau du professeur.

L'inspecteur regarda avec attention ce petit visage couleur de cire, ce petit corps dans des habits troués et passés de couleur, ces yeux bons et tristes qui laissaient deviner une longue suite de tourments, et il lui dit d'une voix pleine de douceur, en lui attachant la médaille : — Precossi, je vous donne la médaille parce que personne plus que vous n'est digne de la porter. Je ne vous la donne pas seulement pour votre intelligence et votre bon vouloir, je la donne à votre cœur, à votre courage, à votre caractère de brave et bon fils. N'est-ce pas qu'il la mérite aussi pour son amour filial? ajouta l'inspecteur en s'adressant à la classe.

— Oui, oui, fut-il répondu d'une seule voix.

Precossi fit un mouvement de cou, comme s'il avalait quelque chose, et tourna vers nous un regard tendre qui exprimait une immense gratitude.

— Allez, cher enfant, lui dit l'inspecteur, que Dieu vous protège !

C'était l'heure de la sortie.

Notre classe sortit avant les autres. A peine étions nous sur le seuil de la porte, que nous voyons dans le vestibule le père de Precossi, le forgeron, pâle comme à l'ordinaire, les yeux hagards, les cheveux tombant sur les yeux, la casquette de travers, les jambes mal affermies. Le maître le vit tout de suite et dit un mot à l'oreille de l'inspecteur. Celui-ci chercha Precossi, le prit par la main et le conduisit à son père. L'enfant tremblait. Le professeur et le directeur s'avancèrent avec lui, plusieurs enfants les entouraient.

— Vous êtes le père de cet enfant, n'est-ce pas ? demanda l'inspecteur au forgeron, d'un ton allègre et comme s'ils fussent amis ; puis, sans attendre la réponse :

— Je me réjouis avec vous. Regardez ! il a gagné la seconde médaille sur cinquante-quatre camarades. Il l'a méritée en composition, en arithmétique, en tout· C'est un enfant plein d'intelligence et de bonne volonté, il fera son chemin : un brave garçon qui possède l'estime de tous, vous pouvez en être fier, je vous l'assure !

Le serrurier avait écouté, bouche béante ; il regarda fixement l'inspecteur, le directeur ; puis jeta les yeux sur son fils, qui était devant lui, les yeux baissés, tout tremblant. Comme s'il comprenait alors pour la première fois tout ce qu'il avait fait souffrir à ce pauvre petit, et la bonté, la constance héroïque avec laquelle celui-ci avait souffert, le forgeron sembla exprimer un étonnement qui tenait de la stupéfaction, une douleur aiguë, enfin une tendresse violente et triste à la fois. D'un geste rapide il attira son fils à lui et le serra sur son cœur.

Nous passâmes tous devant eux. J'invitai Precossi à venir jeudi à la maison avec Garrone et Crossi. D'autres le saluèrent : les uns lui faisaient en passant une caresse, les autres touchaient sa médaille, tous lui dirent quelque chose. Et le père nous regardait stupéfié, tenant toujours serrée contre sa poitrine la tête de son fils qui sanglotait.

BONNES RÉSOLUTIONS

Dimanche 5.

La médaille de Precossi m'a causé un remords. Je n'en ai pas encore gagné une !

Depuis quelque temps je n'étudie pas et je suis mécontent de moi. Le professeur, mon père et ma mère sont mécontents également. Je n'éprouve plus le même plaisir que j'avais à m'amuser, lorsque je travaillais ferme. Mes devoirs écrits, je m'élançais du pupitre tout joyeux, et courais à mes jeux avec entrain. Je ne m'assieds même plus à table, à côté des miens, avec le contentement d'autrefois. J'ai comme une ombre sur mon âme, une voix intérieure qui me dit continuellement : — Cela ne va pas, cela ne va pas ! Je vois, le soir, passer sur la place des enfants qui reviennent du travail, au milieu de groupes d'ouvriers. Tous sont fatigués, mais de bonne humeur ; ils allongent le pas, impatients d'arriver à la maison. Ils parlent haut et rient, en se lançant aux épaules leurs mains noires de charbon ou blanches de plâtre. Je pense qu'ils ont travaillé depuis l'aube jusqu'à cette heure tardive, que parmi eux il y a des garçons de mon âge qui toute la journée ont été sur la cime des toits, devant des fourneaux, au milieu des machines, dans l'eau, et sous terre, ne mangeant qu'un peu de pain. J'éprouve presque de la honte en me comparant à eux : moi qui pendant ce temps ai noirci à contre-cœur quatre petites pages ! Je suis mécontent, mécontent ! Je vois bien que papa est de mauvaise humeur et qu'il voudrait me le dire, que ça lui fait de la peine et qu'il attend encore. Cher papa qui travaille tant ! Tout vient de toi : ce que je vois dans la maison, ce qui m'habille, ce que je mange, ce qui me divertit, ce qui m'instruit et ce qui me fait honneur, tout cela est le fruit de ton labeur. Et moi, je ne travaille pas ! Tu as eu des tourments, de la fatigue, des privations et moi je fais le paresseux ! Oh ! cela est mal et me fait trop de peine.

Je veux commencer, à partir d'aujourd'hui, à me mettre à étudier, comme Stardi, les poings et les dents serrés, m'y mettre avec toute la force de ma volonté et de mon cœur. Je veux vaincre le sommeil le soir, me lever tôt le matin, me marteler le cerveau sans repos, triompher de la paresse sans pitié, travailler, souffrir même à me rendre malade.

Oui, je suis résolu à en finir avec cette vie molle et inutile, elle m'avilit à mes yeux et attriste mes parents. Courage ! au travail ! avec toute mon âme et tous mes nerfs ! Au travail qui me rendra le repos joyeux, les divertissements agréables, les repas délicieux ; au travail qui me rendra le bon sourire de mon maître et le tendre baiser de mon père !

LE PETIT CHEMIN DE FER MÉCANIQUE

Vendredi 1J.

Precossi est venu hier à la maison avec Garrone. Ils n'auraient pas été mieux accueillis s'ils eussent été fils de roi. C'était la première fois que Garrone venait.

Car il est un peu ours et ne veut pas laisser voir qu'à
son âge il est encore en troisième. Nous allâmes tous
au-devant d'eux quand ils sonnèrent à la porte. Crossi
n'est pas venu parce que son père est arrivé d'Amérique après six ans d'absence. — Ma mère embrassa
Precossi ; mon père lui présenta Garrone en disant :
Voici non seulement un bon garçon, mais un garçon de
cœur, un gentilhomme. Garrone baissa sa grosse tête
rasée et sourit en me regardant.

Precossi avait sa médaille et était tout heureux. Son
père s'est remis au travail ; depuis cinq jours il ne s'eni-
vre plus, veut toujours avoir son fils près de lui à l'a-
telier, et paraît un autre homme. Nous nous mîmes à
jouer, je sortis tous mes jouets. Precossi demeura en-
chanté devant mon petit chemin de fer, dont la locomotive à ressorts marche toute seule. Il n'avait jamais vu
chose pareille, il dévorait des yeux les petits wagons
rouges et jaunes. Je lui donnai la petite clef pour qu'il
remontât le mécanisme ; il s'agenouilla pour jouer et
ne leva plus la tête. Je ne l'avais jamais vu aussi content. Il disait à tout propos : *Excusez-moi, excusez-moi,*
nous écartant afin que nous n'empêchions pas le train
de marcher ; puis il prenait et remettait les petits wagons avec mille égards, comme s'ils eussent été de
verre, et qu'il eût peur de les ternir de son souffle ; il
les essuyait en les regardant dessus dessous, et souriait
intérieurement. Nous regardions Precossi, son cou flexi-
ble, ses pauvres oreilles qu'un jour j'avais vues tout en-
sanglantées, sa grande jaquette aux manches retroussées desquelles sortaient deux bras amaigris, qui s'é-
taient levés sans doute bien souvent pour le préserver
des coups... Oh ! en ce moment-là je lui aurais offert
tous mes jouets et tous mes livres. J'aurais arraché de

ma bouche, pour le lui donner, mon dernier morceau
de pain, je me serais dépouillé pour le vêtir et je me
retenais pour ne pas lui sauter au cou, — pauvre petit
Precossi ! — Je vais lui faire cadeau de mon petit train
à vapeur, pensais-je. Auparavant je voulus demander la permission à papa. Justement je sentis qu'on me
glissait dans la main un petit papier. Je regardai. Mon
père y avait écrit au crayon : *Ton chemin de fer plaît à
Precossi, il n'a pas de joujoux : ton cœur ne te dit rien?*

Aussitôt je saisis à deux mains la locomotive et les
wagons et je les tendis à Precossi :

— Tiens, prends, lui dis je, c'est à toi.

Il me regarda sans comprendre, — C'est à toi, répé-
tai-je, je t'en fais cadeau.

Precossi regarda avec stupéfaction papa et maman
et me demanda : — Mais pourquoi? — Henri te le
donne, dit mon père, parce que tu es son ami et qu'il
t'aime bien... c'est pour fêter ta médaille...

Precossi demanda timidement :

— Je peux l'emporter... chez nous?

— Mais certainement !

Le pauvre petit, arrêté sur le seuil de la porte, n'o-
sait pas encore emporter son trésor. Il était heureux !..
et murmurait : *Excusez-moi*, d'une bouche tremblante
et rieuse.

Garrone l'aida à envelopper le train dans son mouchoir et, en se baissant, fit craquer les *grissinis* qui emplissaient ses poches.

— Tu viendras un jour à l'atelier de mon père ? me
dit Precossi. Je te donnerai des clous !

Maman mit à la boutonnière de la jaquette de Garrone un petit bouquet, afin qu'il le remît de sa part à
sa mère. Garrone lui dit merci de sa grosse voix, sans

lever la tête, mais dans ses yeux se reflétait son âme noble et bonne.

———

ORGUEIL

Et dire que Carlo Nobis essuie sa manche avec affectation lorsque Precossi l'effleure en passant! Ce garçon est l'orgueil incarné parce que son père est un richard. — Mais Derossi a un père très riche également! — Ce Nobis voudrait avoir un banc pour lui seul, tant il a peur que ses voisins le salissent! il nous regarde tous de haut en bas et a toujours un sourire dédaigneux sur les lèvres. Gare à lui heurter le pied quand on sort deux à deux, en file! Pour un rien il vous jette à la tête une parole injurieuse ou menace de faire venir son père. Et pourtant son père lui a donné une bonne leçon le jour où il avait traité de « gueux » le fils du charbonnier!

Je n'ai jamais vu aucun écolier moisir à ses côtés. Personne ne lui parle, personne ne lui dit adieu quand il s'en va, personne aussi ne lui souffle sa leçon quand il ne la sait pas... Quant à lui, il ne peut souffrir personne, et fait semblant de mépriser Derossi parce qu'il est le premier de la classe, et Garrone parce que tout le monde l'aime. Derossi ne daigne point y faire attention, et quand on rapporte à Garrone que Nobis se moque de lui, il répond : — Ce garçon a un orgueil si stupide qu'il ne mérite même pas qu'on s'occupe de lui!

Coretti dit un jour à Nobis, qui jetait un regard de mépris sur son béret en peau de chat:

— Va un peu chez Derossi apprendre à faire le seigneur !

Hier, Nobis se plaignit au professeur que le Calabrais lui avait touché la jambe avec son pied. Le maître demanda au Calabrais :

— L'avez-vous fait exprès ?

— Non, monsieur, répondit-il franchement.

— Vous êtes trop délicat, Nobis, dit le maître.

Nobis répondit avec dédain :

— Je le dirai à mon père.

M. Perboni s'écria :

— Votre père vous donnera tort, comme il a fait l'autre fois. Et d'ailleurs, ici, il n'y a que moi qui sois juge. Puis il reprit plus doucement : — Allons, Nobis, soyez un peu courtois et bon envers vos camarades ; voyez, il y a ici des fils d'ouvriers et des fils de bourgeois, des nobles, des riches et des pauvres, et tous s'aiment comme s'ils étaient frères. Pourquoi ne faites-vous pas comme les autres ? vous seriez beaucoup plus content... n'avez-vous rien à me répondre ?

Nobis avait écouté avec le sourire dédaigneux qui lui est habituel et répondit froidement :

— Non, monsieur.

— Asseyez-vous, lui dit M. Perboni. Je vous plains, vous êtes un garçon sans cœur !

Tout paraissait être fini, mais le petit maçon, qui est au premier banc, tourna sa figure ronde vers Nobis, placé au dernier banc, et lui fit un « museau de lièvre » si drôle que toute la classe éclata de rire. Le professeur le gronda, mais il fut obligé de mettre sa main sur sa bouche pour cacher son envie de rire. Nobis aussi se mit à rire, mais d'un rire nerveux et vexé qui ne trompa personne.

LES BLESSÉS DU TRAVAIL

Lundi 13.

Nobis peut faire la paire avec Franti. Ils ne s'émeuvent de rien ni l'un ni l'autre, et restèrent froids devant l'horrible spectacle qui passa devant nos yeux au sortir de l'école. Nous regardions avec papa certains gamins de la seconde se jeter sur la glace la frotter avec leurs pardessus et leurs casquettes afin de mieux glisser, lorsque nous vîmes venir du bout de la rue une foule de gens qui marchaient vite, d'un air sérieux et épouvanté, en se parlant à voix basse. Au milieu de la foule il y avait trois gardes municipaux ; derrière les gardes, deux hommes portaient une civière. Les écoliers accoururent de toutes parts. Le cortège s'avançait vers nous, on voyait un homme étendu sur la civière. Il était pâle comme un cadavre, la tête appuyée sur l'épaule, les cheveux ébouriffés et pleins de sang ; le sang s'échappait également de sa bouche et de ses oreilles, c'était affreux. Près de la civière marchait une femme portant un enfant dans ses bras, elle paraissait folle de douleur et cria tout à coup :

— Il est mort ! il est mort !

Sur les pas de la femme marchait un petit garçon, le portefeuille d'école sous le bras ; il sanglotait.

— Qu'est-il arrivé ? demanda mon père.

Un passant nous répondit que c'était un maçon qui était tombé du quatrième étage, tandis qu'il travaillait. Les porteurs de la civière s'arrêtèrent un instant. Beaucoup d'entre nous détournèrent les yeux avec épouvante. Je vis l'institutrice qui porte une plume rouge soutenir ma maîtresse de *première supérieure*, presque évanouie. Au même moment je me sentis heurter au coude. C'était le petit maçon, pâle ; il tremblait de la tête aux pieds. Il pensait certainement à son père. Moi aussi j'y pensais. Je suis tranquille quand je suis à l'école, parce que je sais papa à la maison, assis à son bureau, loin de tout danger. Mais combien parmi mes camarades pensent que leur père travaille sur un pont très élevé, ou près des roues d'une machine et qu'un geste, un faux pas peut leur coûter la vie? Ils sont comme des fils de soldats qui auraient leur père à la guerre !

Le petit maçon regardait et tremblait toujours de plus en plus ; mon père s'en aperçut et lui dit :

— Va chez toi, mon enfant, va vite voir ton père, que tu trouveras bien portant et tranquille !

Le petit maçon s'en alla, non sans se retourner à chaque pas. Le funèbre cortège se remit en marche et la pauvre femme criait à fendre l'âme : — Il est mort! il est mort!

— Non, non, il n'est pas mort, lui disait-on de tous côtés. Mais elle n'écoutait pas et se lamentait toujours, quand une voix indignée se fit entendre en disant : — Vous riez?

Je me retournai et je vis un homme à barbe noire qui regardait Franti, lequel souriait encore. L'homme jeta à terre la casquette du méchant cœur en lui disant:

— Découvre-toi au moins, malheureux, quand tu vois passer une victime du travail !

LE PRISONNIER

Ah ! par exemple, ceci est bien le cas le plus extraordinaire de toute l'année !

J'accompagnais hier matin mon père aux environs de Moncalieri. Nous allions voir une villa qu'il désire louer pour la saison d'été. Celui qui avait les clefs de la maison était un instituteur, qui sert de secrétaire au propriétaire. Il nous fit visiter la villa et nous conduisit ensuite dans sa chambre, où il nous offrit des rafraîchissements.

Il y avait sur la table. non loin de nos verres, un encrier de bois, de forme conique, sculpté d'une façon singulière. Voyant mon père regarder cet encrier, l'instituteur nous dit :

— Cet encrier m'est bien précieux ! si vous saviez, monsieur, l'histoire de cet encrier !

Et il nous la raconta :

Il y a quelques années, cet instituteur était à Turin et pendant tout un hiver il dut aller donner des leçons aux condannés dans la prison.

Il donnait ses leçons dans la chapelle, un édifice de forme ronde, autour duquel, sur les murs élevés et nus s'ouvrent une quantité de petites fenêtres carrées, barrées de fers en croix. Chacune d'elles éclaire une petite cellule. Le professeur donnait sa leçon en se promenant dans la chapelle froide et obscure ; ses auditeurs étaient placés derrière ces lucarnes, leurs cahiers appuyés aux barreaux ne laissant voir dans l'ombre

que des visages maigres et soucieux, des barbes ébou-
riffées et grisonnantes, des yeux fixes d'assassins et de
voleurs.

Il y en avait un, entre autres, au numéro 78, qui était
plus attentif que ses compagnons : il étudiait beaucoup
et regardait le maître avec des yeux pleins de respect
et de gratitude. C'était un jeune homme à la barbe
noire, plus malheureux que scélérat, un ébéniste, qui
dans un mouvement de colère avait lancé un rabot à
la tête de son patron et l'avait blessé mortellement.
Il avait été condamné à plusieurs années de réclusion.

En trois mois, ce prisonnier avait appris à lire et à
écrire ; il lisait continuellement, et plus il étudiait,
plus il semblait s'amender et regretter amèrement ce
qu'il avait fait.

Un jour, comme la leçon allait être terminée, il fit
signe au maître de s'approcher de sa lucarne et lui
annonça avec tristesse que le jour suivant il allait être
transféré des prisons de Turin dans celles de Venise.
Après lui avoir dit adieu, le prisonnier le pria d'une
voix humble et émue de lui permettre de toucher sa
main. Le professeur lui tendit la main, il la baisa et
dit : — Merci, merci, puis disparut. Lorsque le maître
retira sa main, elle était baignée de larmes.

Depuis lors il ne le vit plus. Six ans se passèrent.

Je pensais à tout autre chose qu'à ce malheureux,
continua le professeur, lorsqu'hier matin je vis arriver ici un inconnu mal vêtu avec une barbe noire déjà
grisonnante : — C'est vous, monsieur, le professeur un
tel ? me demanda-t-il. — Qui êtes-vous ? lui demandais-je.
— Je suis le prisonnier du numéro 78, celui auquel
vous avez enseigné à lire et à écrire, il y a six ans,
continua-t-il, et à la dernière leçon vous avez bien

voulu me donner la main... Maintenant j'ai fini ma
peine et je suis venu .. vous prier d'accepter un petit
travail que j'ai fait en prison... Voulez-vous le recevoir comme un témoignage de ma gratitude, monsieur
le professeur?

Je restai muet, et le pauvre homme crut que je ne
voulais pas agréer son cadeau ; il me regarda avec une
expression poignante qui semblait dire: « Six ans de
souffrance ne suffisent donc pas à purifier mon honneur? » J'eus pitié de mon ancien élève le prisonnier,
et je pris l'objet que voici.

Mon père et moi regardions avec attention l'encrier
que nous tendit le professeur. Il semblait avoir été
sculpté avec la pointe d'un clou et il avait fallu une
énorme patience pour l'achever. Cet encrier représentait un cahier sur lequel était jetée une plume, et on
voyait écrit: *A mon professeur* — *souvenir du numéro*
78. — *six ans !* — Et au-dessous, en petits caractères:
Étude et espérance...

Le professeur ne nous retint pas davantage et nous
partîmes. Mais pendant le trajet de Moncalieri à Turin
je ne pouvais plus penser à autre chose qu'au prisonnier caché derrière la lucarne, aux adieux qu'il adressa
à son professeur, à ce pauvre encrier sculpté en prison qui disait tant de choses... J'en rêvai la nuit et j'y
pensais encore le lendemain matin..... Bien loin de
m'imaginer la surprise qui m'attendait à l'école!
A peine entré à ma nouvelle place — à côté de Derossi — et après avoir écrit mon problème d'arithmétique
pour l'examen mensuel, je racontai à mon camarade
l'histoire du prisonnier, et comment l'encrier était fait,
et les inscriptions qu'il portait.

Derossi tressaillit aussitôt et, regardant tour à tour

Crossi et moi — Crossi, le fils de la fruitière en plein vent, assis sur le banc devant nous, le dos tourné, tout absorbé dans la solution de son problème: — Chut! me dit Derossi à voix basse en me serrant le bras, Crossi m'a dit avant-hier avoir aperçu dans les mains de son père, revenu d'Amérique, un encrier de bois, de forme conique, avec un cahier et une plume: ce doit être celui-là... Six ans! c'est juste le temps que son père passa, dit-il, en Amérique, — le malheureux était en prison. — Crossi, tout petit à l'époque du procès, ne s'en souvient pas; sa mère l'aura exprès induit en erreur. Il ne sait rien. Que jamais une syllabe de tout ceci ne nous échappe! pauvre petit! il faut respecter son ignorance...

Je restai pétrifié, les yeux fixés sur Crossi. Pendant ce temps Derossi résolut le problème, le passa sur le banc à Crossi avec une feuille de papier blanc. puis lui enleva des mains *l'Infirmier de Tata* le récit mensuel que le maître avait donné à copier. Derossi voulut éviter cette peine à Crossi. Il lui donna encore des plumes, passant affectueusement sa main sur l'épaule du pauvre enfant. Derossi me fit promettre sur mon honneur de ne souffler mot à personne de tout ce que je savais.

Quand nous sortîmes de l'école, il me dit vivement:

— Le père de Crossi est venu hier le prendre, il va être là ce matin... Fais comme je vais faire... Arrivés dans la rue, nous vîmes le père de Crossi, un homme à barbe noire, au teint bronzé, au visage soucieux et pâli, qui se tenait un peu à l'écart.

Derossi serra la main de Crossi, mais de façon à se faire voir et lui dit: — Au revoir, Crossi, en lui caressant le menton. Je fis de même. Derossi et moi étions devenus pourpres malgré nous, et le père de Crossi

nous regarda attentivement, avec des yeux bienveil-
lants, mais une expression inquiète et soupçonneuse
qui nous fit froid au cœur.

L'INFIRMIER DE TATA

RÉCIT MENSUEL

Un matin d'une pluvieuse journée de mars, un enfant
vêtu comme un paysan, trempé d'eau et souillé de
boue, un paquet d'effets sous le bras, se présenta devant le portier du grand hôpital de Naples et lui remit
une lettre en demandant son père.

Cet enfant avait un beau visage ovale, d'un brun
pâle, des yeux pensifs, et ses lèvres entr'ouvertes laissaient voir des dents d'une éclatante blancheur.

Il venait d'un village des environs de Naples. Son
père, parti l'année précédente pour aller chercher du
travail en France, était retourné en Italie et débarqué depuis peu à Naples, où une maladie soudaine l'a-
vait arrêté. A peine avait-il eu le temps d'écrire deux
mots à sa famille pour lui annoncer son arrivée et lui
dire qu'il entrait à l'hôpital. Sa femme, désolée de
cette nouvelle, ne pouvant pas quitter sa maisonnette
où la retenaient une mère infirme et un enfant tout
petit, envoya à Naples son fils aîné avec quelques sous
pour assister son père, son *tata* comme on dit là-bas.
L'enfant avait fait dix kilomètres à pied.

Le portier, après avoir jeté un coup d'œil sur la
lettre, appela un infirmier et lui dit de conduire l'enfant à son père.

— Qui est son père? demanda l'infirmier.

L'enfant, tremblant d'apprendre une triste nouvelle, dit son nom.

L'infirmier ne se rappelait pas ce nom.

— Est-ce un vieil ouvrier qui vient de l'étranger? demanda t-il.

— Ouvrier, oui, répondit l'enfant de plus en plus anxieux; pas vieux, mais venant de l'étranger.

— Quand est-il entré à l'hôpital?

L'enfant regarda la lettre.

— Depuis cinq jours environ, dit-il

L'infirmier réfléchit quelques instants; puis, comme se souvenant tout à coup:

— Ah! je sais! dit-il. La quatrième salle, le lit du fond...

— Est-il très malade? comment va-t-il? demanda l'enfant avec inquiétude.

L'infirmier le regarda sans répondre.

— Viens, dit-il seulement.

Ils montèrent deux étages, et au bout d'un large corridor se trouvèrent en face d'une porte : elle s'ouvrait sur un dortoir où s'allongeaient deux files de lits.

— Viens, répéta l'infirmier en entrant.

L'enfant le suivit en jetant à droite et à gauche des regards effrayés sur les visages pâles et décomposés des malades. Quelques-uns avaient les yeux fermés et semblaient morts, d'autres regardaient en l'air avec des yeux grands, fixes, épouvantés. D'autres gémissaient comme des enfants. La salle était obscure, l'air imprégné d'une odeur très forte de drogues pharmaceutiques. Deux sœurs de charité allaient et venaient, enant entre leurs mains des bouteilles de potions.

Arrivé au fond de la salle, l'infirmier s'arrêta au chevet d'un lit, ouvrit les rideaux et dit:

— Voici ton père.

L'enfant éclata en sanglots, et, laissant tomber son paquet, posa sa tête sur l'épaule du malade. Il saisit son bras, étendu sur la couverture. Le malade ne bougea pas.

L'enfant se leva, regarda son père, et se remit à pleurer une seconde fois. Alors le malade lui jeta un long regard et parut le reconnaître. Mais ses lèvres ne remuèrent pas. Pauvre *tata!* comme il était changé! Son fils ne l'aurait jamais reconnu. Ses cheveux avaient blanchi et sa barbe avait poussé, inculte. Le visage était gonflé, d'un rouge pourpre, la peau tendue et luisante, les yeux rapetissés, les lèvres grossies, la physionomie altérée. Il ne reconnaissait que le front de son père et l'arc de ses sourcils noirs. Le malade respirait avec effort.

— Tata, mon tata! dit l'enfant, c'est moi, vous ne me reconnaissez pas? Je suis François, votre François venu du pays, envoyé par maman. Regardez-moi bien, vous ne me reconnaissez pas? dites-moi une parole!

Mais le malade, après l'avoir regardé attentivement, ferma les yeux.

— Tata, tata! qu'avez-vous? je suis votre fils, votre François!

Le malade ne bougea plus et continua à respirer avec effort.

Alors l'enfant prit en pleurant une chaise, s'assit et attendit, sans quitter des yeux le visage de son père.

— Un médecin passera bien pour faire la visite, pensa t-il, il me dira quelque chose.

Et il retomba dans ses pensées tristes, se rappelant

une foule de choses de son bon père : le jour de son départ, quand il lui avait dit adieu dans le bateau, les
espérances que la famille avait fondées sur ce voyage,
la désolation de la mère à l'arrivée de la lettre. Il
pensa à la mort, la famille dans la misère. Il resta
quelque temps ainsi.

Tout à coup une main lui toucha légèrement l'épaule
en le faisant tressaillir. C'était une sœur de charité.

— Qu'a donc mon père? demanda-t-il aussitôt.

— C'est ton père? demanda-t-elle.

— Oui, c'est mon père, je suis venu le soigner. Qu'a-
t-il?

— Du courage, mon enfant! le docteur va venir,
répondit la sœur, et elle s'éloigna sans dire autre
chose.

Une demi-heure après, on entendit le son d'une
clochette et l'enfant vit entrer le docteur assisté d'un
interne; la sœur et l'infirmier les suivaient. Ils commencèrent la visite, s'arrêtant à chaque lit. Cette
attente parut sans fin au pauvre garçon, et chaque pas
que faisait le docteur en s'avançant augmentait son
appréhension.

Enfin il arriva au lit voisin. Le docteur était un
grand vieillard courbé, au visage grave. Avant qu'il
eût quitté le lit l'enfant s'était levé, et quand le médecin s'approcha, François se mit à pleurer.

— C'est le fils du malade, dit la sœur au médecin,
il est arrivé ce matin de son pays.

Le médecin posa une main sur l'épaule de François,
puis s'inclina sur le malade, lui tâta le pouls, lui toucha le front et fit quelques demandes à la sœur, qui
répondit : — Rien de nouveau. Il réfléchit un peu et
et dit : — Continuez comme auparavant.

L'enfant s'encouragea à demander, à travers ses pleurs :

— Qu'est-ce qu'a mon père?

— Aie du courage, mon ami, dit le docteur, en appuyant de nouveau sa main sur l'épaule de l'enfant. Ton père a un érysipèle facial. C'est grave, mais ce n'est pas encore désespéré. Assiste-le, ta présence peut lui faire du bien.

— Mais il ne me reconnait pas ! exclama l'enfant d'un ton désolé.

— Il te reconnaîtra... demain peut-être. Espérons, et aie du courage.

L'enfant aurait voulu demander autre chose encore, mais il n'osa pas ; le médecin passa outre.

Alors commença pour François sa vie d'infirmier. Ne pouvant faire grand'chose, il arrangeait les couvertures du malade, lui prenait la main de temps en temps, chassait les mouches, se penchait sur lui à chaque gémissement, et lorsque la sœur apportait à boire, il lui prenait des mains la tasse et la cuillère et les présentait au malade. Lui le regardait quelquefois, mais ne montrait en rien qu'il le connût, sinon que son regard s'arrêtait plus longuement sur François, surtout quand il portait son mouchoir à ses yeux.

Ainsi passa le premier jour.

La nuit, l'enfant dormit sur deux chaises et le matin il reprit son pieux office.

Ce jour là il sembla que les yeux du malade donnaient quelque signe de connaissance.

A la voix caressante de l'enfant apparaissait comme une expression vague de gratitude, qui brilla dans les pupilles dilatées du patient, et une fois il remua un peu les lèvres comme s'il voulait dire quelque chose.

Après chaque assoupissement, en ouvrant les yeux, le malade semblait chercher son petit infirmier. Le médecin, deux fois en passant, nota un peu d'amélioration. Vers le soir, comme le garçon approchait la tasse des lèvres du malade, il crut voir glisser un sourire sur sa bouche gonflée. Il commença alors à se réconforter un peu et à espérer. Pensant être entendu, au moins confusément, l'enfant parlait longuement à son père. Il lui parlait tout bas d'une voix tendre de sa maman, de ses petites sœurs, du retour à la maison et, l'exhortait à avoir du courage. Et, bien que François craignît souvent de n'être pas compris, il parlait tout de même, parce qu'il lui paraissait que le malade écoutait avec un certain plaisir le son de sa voix. Il passa ainsi le second et le troisième jour, et le quatrième fut un combat entre une légère amélioration et une aggravation subite. L'enfant était tellement absorbé par les soins qu'il prodiguait à son père que c'est à peine s'il mangeait deux fois par jour un peu de pain et de fromage. Il ne voyait pas ce qui se passait autour de lui : les malades moribonds, les sœurs accourant la nuit, les pleurs des visiteurs qui s'en allaient sans espoir, enfin toutes les scènes lugubres et douloureuses d'une vie d'hôpital, lesquelles en toute autre circonstance l'auraient atterré. Les heures, les jours passaient, et il était toujours là avec son *tata*, attentionné, anxieux, palpitant à chacun de ses soupirs et à chacun de ses regards, gaîté sans trève entre une espérance qui allégeait son chagrin et une désillusion qui glaçait son cœur.

A l'improviste, le cinquième jour, la maladie empira.

Le docteur, interrogé, baissa la tête comme pour dire que tout était fini ; l'enfant s'affaissa sur la chaise en éclatant en sanglots. Et cependant une chose le consolait. Il lui semblait, à lui, que, malgré l'état désespéré du malade, celui-ci reprenait de plus en plus sa connaissance. Le pauvre moribond regardait François toujours plus fixement, avec une expression croissante de douceur et d'intelligence. Il ne voulait plus boire ni prendre de médecine que de la main de son petit infirmier, et de plus en plus l'infortuné faisait un mouvement des lèvres comme s'il voulait prononcer une parole. Quelquefois ce mouvement était si visible que l'enfant lui serrait le bras avec violence et lui disait avec un accent presque joyeux : — Courage, courage, tata, tu guériras, nous sortirons d'ici, nous irons trouver maman et les petits...

Il était quatre heures du soir, et justement l'enfant venait de se laisser aller à un de ces élans de tendresse et d'espérance, lorsqu'au delà de la porte ouverte, hors la salle, il entendit des bruits de pas, puis une voix forte prononcer ces paroles :

— Au revoir, ma sœur !

Il tressaillit de la tête aux pieds au son de cette voix et se leva comme mû par un ressort.

Un homme suivi d'une religieuse entra en ce moment dans la salle, portant un gros paquet sous le bras.

En le voyant l'enfant poussa un cri aigu et resta cloué à sa place.

L'homme se retourna, le regarda un instant et jeta un cri, lui aussi :

— François !

Il s'élança vers l'enfant, qui tomba suffoqué dans les bras de son père.

Les sœurs, les infirmiers, les internes accoururent et restèrent frappés d'étonnement.

L'enfant ne pouvait recouvrer la voix.

— O mon François ! s'écria le père, après avoir fixé un regard attentif sur le malade, et embrassant son fils à plusieurs reprises.

Comment se fait-il qu'on t'ait conduit au lit d'un autre ? Et moi qui me désespérais de ne pas te voir ! car ta mère m'avait écrit qu'elle t'avait envoyé. Pauvre François ! Depuis combien de jours es-tu ici ? Comment cette erreur a-t-elle pu arriver ? Grâce à Dieu, ce que j'avais n'était pas dangereux ! Je suis guéri, tu vois ! et ta mère comment va-t-elle ? et Concettella ? et le poupon ? Je sors de l'hôpital, allons-nous-en donc... Seigneur Dieu, qui aurait jamais pu supposer une pareille méprise !

L'enfant répondit avec effort quelques paroles pour donner des nouvelles de la famille.

— Oh ! comme je suis content ! balbutia-t-il, comme je suis content ! Quels vilains jours je viens de passer !...

Il ne tarissait pas d'embrasser son père, mais ne bougeait point d'une semelle.

— Viens donc, lui dit le père, nous arriverons encore ce soir à la maison.

Et il l'attira vers lui.

L'enfant se tourna pour regarder son malade.

— Mais... viens-tu, ou ne viens-tu pas ? lui demanda l'ouvrier stupéfait.

François jeta encore un regard sur le malade, qui, en ce moment, ouvrit les yeux et le regardait fixement.

— Ecoute, tata, dit l'enfant avec volubilité, attends encore... voilà... je ne puis pas. Il y a ce vieux que je soigne depuis cinq jours. Il me regarde sans cesse... Je croyais que c'était toi, je l'aimais bien. Il me veut près

de lui, moi seul lui donne à boire, maintenant il est
bien mal... excuse-moi, mais je n'ai pas le courage de
l'abandonner... cela me ferait trop de peine. Je vien-
drai demain à la maison... Ce ne serait pas charitable
de le laisser, regarde, il semble m'appeler du regard.
Je ne sais pas qui il est, mais que veux-tu ? laisse-moi
rester ici, cher tata !

— Brave petit homme ! murmura l'interne.

Le père devint perplexe, regardant tour à tour l'enfant et le malade. — Qui est-ce ? demanda t-il.

— Un ouvrier comme vous, répondit l'interne, venu
de l'étranger et entré à l'hôpital le même jour que vous.
On l'apporta ici évanoui et il ne put dire un mot. Il a
sans doute une famille au loin, des enfants... il croit
peut-être que le vôtre est un des siens...

Le malade ne quittait pas François des yeux.

Le père lui dit : — Reste.

— Il n'a plus bien longtemps à rester dit l'interne.

— Reste, répéta le père. Tu as du cœur. Moi je vais
de suite à la maison pour rassurer ta mère. Voici un
écu pour tes besoins. Adieu, mon brave enfant, au
revoir !

Il l'embrassa sur le front et partit.

L'enfant retourna au chevet du lit du malade, qui
parut moins inquiet. François continua ses soins d'infirmier ; il ne pleurait plus, mais il avait les mêmes at-
tentions, la même patience qu'auparavant ; il recommença à lui donner à boire, à border ses couvertures,
à lui caresser la main, à lui parler doucement pour
lui donner du courage. Il l'assista ce jour-là, toute la
nuit, et le jour suivant. Mais la maladie s'aggravait
toujours. Le visage du patient devenait violacé, sa
respiration plus haletante, son agitation augmentait.

l s'échappait de sa bouche des cris inarticulés, l'enflure devenait monstrueuse ; à la visite du soir le médecin affirma qu'il ne passerait pas la nuit.

En entendant cette triste affirmation, François redoubla ses soins et ne perdit plus de vue le pauvre homme. Le malade le regardait, remuait les lèvres de temps en temps, avec grand effort, comme s'il voulait dire quelque chose. Une expression de douceur extraordinaire passait dans ses yeux, qui se rapetissaient et se voilaient de plus en plus. Cette nuit-là l'enfant veilla jusqu'à ce qu'il vît blanchir à la fenêtre la première lueur du jour. La sœur en entrant s'approcha du lit, donna un coup d'œil au malade et sortit à pas pressés

Peu d'instants après elle reparut avec l'interne et un infirmier.

— Il va mourir, dit l'interne.

L'enfant saisit la main du malade. Celui-ci ouvrit les yeux, regarda fixement François et ferma de nouveau ses paupières.

Il sembla à l'enfant qu'en ce moment suprême le malade venait de lui serrer la main.

— Il m'a serré la main! s'écria-t-il.

Le médecin resta un moment penché sur le moribond, puis se releva. La sœur détacha un crucifix qui était pendu au mur.

— Il est mort? cria l'enfant.

— Va, mon enfant dit le médecin, ton œuvre sainte, est remplie, va et sois heureux : car tu le mérites, Dieu te protégera. Adieu !

La sœur, qui s'était éloignée un moment, revint avec un bouquet de violettes, enlevé d'un verre posé sur le bord de la fenêtre ; elle le tendit à l'enfant en disant :

-— Je n'ai rien autre à t'offrir; prends ces fleurs en souvenir de l'hôpital.

— Merci, dit François, prenant le bouquet d'une main et s'essuyant les yeux de l'autre ; mais j'ai tant à marcher sur la grand'route que je le fanerais...

Et, ayant détaché les violettes, il les éparpilla sur le lit en disant: —Je les laisse en souvenir à ce pauvre homme... Merci, ma sœur ! merci monsieur le docteur !...

Puis se tournant vers le mort :

— Adieu .. — et tandis qu'il cherchait un nom à lui donner, il lui vint sur les lèvres le nom si doux qu'il lui avait donné pendant cinq jours : — adieu, pauvre Tata !

Cela dit, François mit sous son bras son paquet de hardes, et à pas lents, rompu de fatigue, il s'en alla...

L'aube apparaissait...

L'ATELIER

Samedi 18.

Precossi est venu hier soir me rappeler la visite promise à son atelier, et ce matin, en sortant, mon père a bien voulu m'y conduire un instant.

Arrivés au seuil de la porte, nous vîmes Precossi juché sur un tas de briques, en train d'étudier sa leçon, son livre sur ses genoux.

Il se leva en nous apercevant, et nous fit entrer dans une grande pièce remplie de poussière de charbon, les murs hérissés de marteaux, de tenailles, de chevilles, de ferrailles de toute sorte. Dans un coin brillait le feu d'un fourneau sans cesse animé par un soufflet de forge

que tirait un jeune garçon. Precossi père était près de
l'enclume et un ouvrier tenait une barre de fer dans le
brasier.

— Ah! voilà le brave enfant qui donne des trains de
chemins de fer à mon fils! s'écria-t-il dès qu'il nous vit ;
vous êtes venu voir un peu travailler, n'est-ce pas?
Vous voilà servi à souhait...

Il nous parlait en souriant, il n'avait plus le visage
hagard et les yeux troubles d'autrefois. Son ouvrier apporta la longue barre de fer rougie au feu à une extrémité, et le forgeron l'appuya sur l'enclume. — Il faisait
une de ces barres à volutes qui forment la rampe des
balcons. — Levant un gros marteau il commença à
frapper, poussant la partie rouge tantôt ici, tantôt là,
entre le coin de l'enclume et le milieu, et la tournant de
différentes manières. C'était merveille de voir, sous les
coups rapides et précis du marteau, le fer se courber,
s'onduler, et prendre peu à peu la forme gracieuse
d'un feuillage, d'une spirale, comme si on l'eût modelé
avec la main. L'enfant nous regardait avec une certaine
fierté pendant ce temps-là. Il avait l'air de dire : —
Voilà comment mon père travaille !

— Vous avez vu de quelle façon on s'y prend, mon
petit monsieur? me demanda le forgeron, quand il eut
achevé, tenant d'une main son barreau qui ressemblait maintenant à la crosse d'un évêque.

Puis, le mettant de côté, il en planta un autre dans
le feu.

— C'est réellement très bien, dit mon père ; donc...
on travaille à présent? la bonne volonté est revenue?

— Oui, elle est revenue, répondit l'artisan, en essuyant son front couvert de sueur et en rougissant un
peu. Et savez-vous qui l'a fait revenir?

Mon père feignit de ne pas comprendre,

— Ce brave enfant, ajouta le serrurier, en montrant du doigt son fils, ce brave enfant-là, qui étudiait et faisait honneur à son père tandis que son père... faisait la noce et le traitait comme un chien... Quand je vis cette médaille... ah! mon pauvre petit, pas plus haut qu'une botte, viens un peu ici que je te regarde bien en face...

L'enfant accourut aussitôt, le serrurier le prit dans ses bras et le mit debout sur l'enclume en le tenant sous les aisselles :

— Nettoyez tout de suite le front de cet animal de papa... lui dit-il.

Precossi couvrit de baisers le visage de son père, jusqu'à ce que lui-même il fût devenu tout noir.

— Ça va bien! dit le forgeron, et il remit son fils à terre.

— Tout à fait bien, Precossi ! s'écria mon père, tout content.

Et, disant au revoir à l'artisan et à son fils, il m'emmena.

Comme nous sortions, le petit Precossi me dit :

— Faites excuse !... et il me glissa dans la poche un paquet de clous. Je le remerciai et l'invitai à venir voir le carnaval de nos fenêtres.

— Tu lui as donné ton chemin de fer, me dit mon père en marchant, mais il eût été en or et plein de perles fines que c'eût été encore un maigre cadeau à offrir à ce fils admirable qui a regénéré le cœur de son père!

LE PETIT PAILLASSE

Lundi 20.

Toute la ville est en ébullition; le carnaval touche à sa fin. Sur toutes les places des baraques de saltimbanques et des carrousels sont dressés. Nous avons sous nos fenêtres un cirque en toile, où une petite compagnie vénitienne donne des spectacles. Il y a cinq chevaux. Le cirque est au milieu de la place, et dans un des angles se trouvent trois grandes voitures où les saltimbanques dorment et se travestissent, trois petites maisons sur roues avec leurs fenêtres, ayant chacune leur petite cheminée qui fume toujours. Entre les fenêtres sont tendues des cordes où sèchent des langes d'enfant. Il y a une femme qui nourrit un poupon, fait le dîner de la troupe et danse sur la corde. Pauvres gens! On dit *saltimbanques* comme une injure, et cependant ils gagnent leur pain honnêtement, pour amuser les autres, et en se fatiguant Dieu sait comme! Toute la journée ils courent du cirque aux voitures, vêtus seulement d'un tricot rose, par le froid qu'il fait! Ils mangent un morceau sur le pouce entre une représentation et une autre. Jamais le couvert n'est mis pour ces infortunés! Et quelquefois lorsque leur cirque est déjà plein de monde, le vent se lève, arrache les toiles et éteint les lampes... adieu le spectacle! Les saltimbanques doivent rendre l'argent aux badauds et passent toute la soirée à consolider la baraque.

Deux enfants travaillent dans ce cirque.

Mon père a reconnu le plus petit, tandis qu'il

traversait la place c'est le fils du patron, le même
que nous vîmes faire des tours à cheval, l'année dernière, dans un cirque de la place Victor-Emmanuel. Il
a grandi depuis ce temps, il doit avoir huit ans ; c'est
un bel enfant au visage arrondi, au teint brun, aux
cheveux noirs bouclés qui s'échappent en flots de son
chapeau pointu.

Il est vêtu en clown, emprisonné dans un espèce de
sac à manches bleu brodé de noir, et ses souliers sont
en toile. C'est un petit démon que ce paillasse. Il plaît
à tout le monde. Nous le voyons enveloppé dans un
châle, le matin de bonne heure, portant le lait à sa
maison roulante ; puis il va prendre les chevaux à l'é-
curie, rue Bertola. Il promène le bébé dans ses bras,
transporte les cerceaux, les escabeaux, les barrières et
les cordes, lave les voitures, allume le feu, et dans ses
rares moments de repos ne quitte pas sa mère. Mon
père le regarde toujours par la fenêtre et ne fait que
parler de lui et des siens, qui semblent de braves gens,
aimant bien leurs enfants. Un soir, nous sommes allés
au cirque ; il faisait froid, et il n'y avait presque personne ; le pauvre petit paillasse se démenait cependant
beaucoup pour tenir en haleine ce peu de monde. Il
faisait des sauts périlleux, s'attachait à la queue des
chevaux, marchait sur les mains, les pieds en l'air,
chantait, riait, et son joli visage brun lui gagnait toutes
les sympathies.

Le père du paillasse, habillé de rouge avec le caleçon
blanc et des bottes à l'écuyère, le fouet à la main, regardait le petit d'un air triste.

Mon père eut compassion de ces malheureux. Il en
parla le jour suivant au peintre Délis qui vint nous voir :
— Ces pauvres gens, dit-il, se tuent au travail et font

de si maigres recettes! Le petit garçon surtout est si
gentil! Que pourrait-t-on faire pour eux?

Le peintre eut une idée.

— Ecris un bel article dans la *Gazette*, dit-il, toi qui
es journaliste! Tu raconteras les mérites et les talents
du petit paillasse et moi je ferai son portrait. Tout le
monde lit la *Gazette*, et au moins pour une fois, cela
attirera la foule!

Sitôt dit, sitôt fait. Mon père écrivit un article très
amusant, qui racontait ce que nous voyions de nos
fenêtres, et donnait envie de voir et de caresser le petit
artiste. Le peintre croqua un petit portrait ressemblant
et plein de grâce, qui fut publié le samedi soir. Et voilà
qu'à la représentation de dimanche la foule accourut
au cirque. On avait annoncé une représentation *au bé-
néfice du petit paillasse*.

Mon père me conduisit aux premières. A l'entrée,
les saltimbanques avaient affiché la *Gazette*. Le cirque
était comble, beaucoup de spectateurs avaient le journal en main et se montraient le petit paillasse qui
courait tantôt vers l'un, tantôt vers l'autre, tout heureux. Le patron, lui aussi, était content, on n'en doute
pas! Jamais aucun journal ne lui avait fait tant d'honneur, et la caisse était pleine de sous et de pièces
blanches!

Mon père s'assit à côté de moi. Parmi les spectateurs
nous trouvâmes des connaissances. Il y avait, debout
à l'entrée, le maître de gymnastique, et en face de nous,
aux secondes, « le petit maçon » assis à côté de son
géant paternel. A peine ce gamin m'eut-il aperçu qu'il
me fit le « museau de lièvre ». Un peu plus loin je vis
Garoffi occupé à compter les spectateurs et à calculer
sur ses doigts la recette qu'avait dû encaisser la com-

pagnie. Il y avait encore, sur les chaises des premières, non loin de nous, le pauvre Robetti (celui qui sauva un enfant de dessous l'omnibus) avec ses béquilles entre les jambes. Son père, le capitaine d'artillerie, était à côté de lui, une main posée sur son épaule.

La représentation commença. Le petit paillasse fit merveille sur le cheval, sur le trapèze et sur la corde. Chaque exercice était salué par des applaudissements nourris.

Il y eut encore d'autres tours par des funambules et des jongleurs scintillant de paillettes d'argent.

Mais lorsque le paillasse n'était pas là, on eût dit que le public s'ennuyait.

A un certain moment je vis le maître de gymnastique, debout à l'entrée du cirque, qui parlait à l'oreille du patron. Celui-ci aussitôt porta ses yeux vers les spectateurs comme s'il cherchait quelqu'un. Son regard s'arrêta sur nous. Mon père s'en aperçut, comprit que le professeur venait de désigner l'auteur de l'article, et pour ne pas être remercié il s'en alla en me disant :

— Reste jusqu'à la fin, Henri, je t'attends à la sortie.

Le petit paillasse, après avoir échangé quelques paroles avec son père, fit encore un exercice.

Debout sur le cheval qui galopait, il changea quatre fois de costume et apparut tour à tour en pèlerin, en marin, en soldat et en acrobate. Chaque fois qu'il passait près de moi, il me regardait.

Quand il eut fini, il descendit de cheval et fit le tour du cirque, son chapeau de paillasse à la main. Tout le monde lui jetait des sous et des bonbons. Je tenais dans ma main deux sous pour les lui donner ; mais lorsqu'il fut près de moi, au lieu de me tendre son chapeau, il le retira et passa vivement. Je fus mortifié de cette façon d'agir. Pourquoi m'avoir fait cette impolitesse ?

La représentation terminée, le patron remercia le public, et tout le monde se leva et se dirigea vers la sortie. J'étais confondu dans la foule et près de sortir du cirque, quand je me sentis toucher la main. Je me retournai, et vis le petit paillasse dont le doux visage était tout souriant, ses mains pleines de bonbons. Je compris alors.

— Veux-tu, me dit-il, accepter ces dragées du petit paillasse ?

Je consentis et j'en pris trois ou quatre.

— Alors, ajouta-t-il, prends aussi ce baiser.

— Donne-m'en deux, répliquai-je en tendant la joue.

Il essuya du revers de sa manche son visage enfariné me passa le bras autour du cou et me planta sur les joues les deux baisers sonores en ajoutant :

— Tiens, et portes-en un à ton père !

LE DERNIER JOUR DE CARNAVAL

Mardi 2.

Aujourd'hui nous avons assisté, au moment du passage des masques, à une triste scène ! elle finit bien heureusement ; mais elle aurait pu causer un grand malheur.

La place Saint-Charles, toute décorée de guirlandes jaunes, roses et blanches, regorgeait de monde. Des masques de toute espèce passaient au milieu de la foule

Il y avait grand défilé de chars dorés couverts d'ori-
flammes, représentant des théâtres, des barques, des
pavillons, remplis d'arlequins et de guerriers, de cui-
siniers, de marins et de bergères. C'était une confusion
à ne plus savoir quoi regarder. Un bruit de trompettes,
de cors de chasse et de cymbales déchiraient les oreilles.
Les masques des chars buvaient et chantait, apostro-
phant les gens à pied et les curieux accoudés aux fenêtres, lesquels ripostaient à qui mieux mieux à travers
une pluie d'oranges et de bonbons, que l'on s'envoyait
de part et d'autre. Au-dessus des voitures et des
chars, on voyait au loin voltiger des bannières, scin-
tiller des casques, des plumes onduler et de grosses
têtes s'agiter sous des coiffes gigantesques ou des chapeaux étranges.

On eût dit une armée de fous.

Quand notre voiture entra sur la place Saint-Charles,
nous avions devant nous un char magnifique, traîné
par quatre chevaux recouverts de caparaçons brodés
d'or et tout enguirlandés de roses. Sur ce char se trouvaient quatorze ou quinze messieurs [1] déguisés en gen-
tilshommes de la cour de France, tout brillants d'or et
de soie, avec perruques blanches, chapeaux tricornes,
épée au côté et rubans moirés à l'épaule. Ils chantaient tous ensemble une chansonnette française et
jetaient des bonbons à la foule qui battait des mains
et les acclamait.

Tout à coup, sur notre gauche, nous vîmes un
homme soulever en l'air une fillette de quatre à cinq

1. On sait qu'en Italie les chars de carnaval appartiennent gé-
néralement à des jeunes gens de la noblesse, qui les construisent
à leurs frais et y montent pour s'amuser.

(*Note du traducteur.*)

ans, une pauvre petiote qui pleurait à chaudes larmes, agitant les bras, comme prise de convulsions. L'homme se fit jour jusqu'au char des seigneurs Louis XV ; un de ceux-ci se pencha et l'homme lui dit :

— Par charité prenez cette enfant, elle a perdu sa mère dans la foule, tenez-la dans vos bras ; la mère ne peut être loin, elle verra sa fille ; il n'y pas d'autre moyen de la retrouver.

Le seigneur Louis XV prit la fillette dans ses bras, ses compagnons cessèrent aussitôt de chanter. L'enfant parlait et se débattait, car elle avait peur ; aussitôt le seigneur enleva son masque, et le char continua à marcher lentement.

Pendant ce temps à l'extrémité opposée de la place une pauvre femme, à demi folle d'inquiétude, rompait la foule à coups de coudes en criant :

— Maria ! Maria ! Maria ! J'ai perdu ma fille, on me l'a volée ! on a étouffé ma fille !

Depuis un quart d'heure elle se remuait et se désespérait ainsi, allant ici et là, oppressée par la foule qu'elle ne pouvait traverser.

Le seigneur du char tenant toujours l'enfant dans ses bras, jetait les yeux tout autour de la place, cherchant à calmer la pauvre fillette qui se couvrait le visage de ses mains en pleurant, ne sachant point où elle se trouvait.

— Cherchez la mère ! criait le seigneur à la foule. Cherchez la mère !

Et tout le monde se tournait à droite et à gauche, et la mère ne se trouvait point. Enfin à quelques pas de la rue de Rome, on vit une femme s'élancer vers le char... ah ! jamais je ne l'oublierai !

Elle ne semblait plus une créature humaine : les cheveux épars, le visage décomposé, les vêtements déchirés ; elle jeta un cri qu'on pouvait prendre pour un cri de joie, d'angoisse ou de colère, et tendit les mains nerveusement, pour prendre sa fille.

Le char s'arrêta. — Voici l'enfant égarée, dit le seigneur. Il embrassa la fillette, et la déposa dans les bras de la pauvre femme qui serra son enfant sur son cœur avec furie... Mais une des petites mains était restée une seconde entre les mains du seigneur, qui, retirant de son doigt une bague ornée d'un gros diamant, la glissa dans la menotte de la petite en disant :

— Tiens, ce sera ta dot.

La mère resta pétrifiée et la foule éclata en applaudissements. Le seigneur remit son masque, les compagnons entonnèrent à nouveau une chanson française, et le char repartit lentement au milieu d'une tempête de bravos et de vivats.

LES ENFANTS AVEUGLES

Jeudi 24.

Notre professeur étant très malade, on nous a envoyé à sa place le professeur de quatrième, qui a été jadis attaché à l'Institution des jeunes aveugles. Il est le plus âgé des maîtres, et ses cheveux sont si blancs qu'on les prendrait pour une perruque de coton. Il parle d'une façon à lui, comme s'il chantait une romance mélancolique, mais il parle bien et il sait beaucoup. A peine entré dans la classe, voyant un enfant qui avait un œil bandé, il s'approcha de son banc et lui demanda ce qu'il avait.

— Fais attention à tes yeux! mon enfant, dit-il.
Derossi demanda aussitôt :

— Est-il vrai, monsieur, qui vous ayez été professeur
aux jeunes aveugles?

— Oui, pendant plusieurs années, répondit-il.

— Vous nous en raconterez quelque chose, n'est-ce
pas? dit Derossi à demi-voix.

Le professeur alla s'asseoir devant son pupitre. Coretti dit à haute voix :

L'Institution des aveugles est rue de Nice.

— Vous dites *aveugles*, dit le professeur, comme si
vous disiez malades ou pauvres. Comprenez-vous bien la
signification de ce mot « aveugle »? Pensez-y un peu!

Ne *jamais rien voir!* Ne pas distinguer le jour de la
nuit, ne voir ni le ciel, ni le soleil, ni ses parents, rien
de tout ce qui nous entoure et de ce que nous touchons.
Être plongé dans une obscurité perpétuelle et comme
enseveli dans les entrailles de la terre! Essayez un peu
de fermer les yeux et pensez s'il vous fallait rester toujours comme cela! Tout de suite il vous prendrait une
oppression douloureuse, une terreur à laquelle il vous
semblerait impossible de résister. Vous vous mettriez
à jeter les hauts cris, croyant devenir fous et mourir...

Et cependant... les pauvres enfants! quand on entre
pour la première fois à l'Institution des aveugles pendant la récréation, à les entendre jouer du violon et de
la flûte de tous côtés, parler fort et rire, monter et descendre en courant les escaliers, traverser les corridors
et les dortoirs avec assurance, on ne croirait jamais que
ces malheureux ne voient pas clair. Il faut les observer
pour les mieux connaître. Il y a des jeunes gens de
seize à dix-huit ans, robustes et allègres, qui supportent
la cécité avec une certaine désinvolture, presque de

hardiesse, mais on comprend par l'expression sévère et hautaine de leurs visages qu'ils ont dû souffrir horriblement avant de se résigner à leur malheur.

Il y en a d'autres, des visages pâles et doux, sur lesquels on lit une grande résignation mêlée à une grande tristesse, et on comprend qu'en secret, quelquefois, ils doivent pleurer abondamment. Ah ! mes enfants, pensez que plusieurs de ces infortunés ont perdu la vue en peu de jours, quelques-uns l'ont perdue après des années de martyre et après des opérations chirurgicales fort douloureuses. D'autres enfin sont nés ainsi : nés dans une nuit qui n'aura jamais d'aurore, entrés dans le monde comme dans une tombe immense, car ils ignorent comment est fait le visage humain. Figurez-vous ce qu'ils doivent souffrir quand ils comparent leur vie à celle de ceux qui voient, et comme ils doivent dire en eux mêmes :

— Pourquoi cette différence? nous n'avons aucune faute à nous reprocher !

Moi qui suis resté quelques années parmi les aveugles, continua le professeur, je ne puis penser à cette classe — où tous les yeux étaient fermés à jamais, les pupilles sans regards et sans vie, — et vous voir ensuite vous autres, aux yeux éveillés, sans me dire qu'il est impossible que vous ne soyez pas tous heureux. Songez qu'en Italie seulement on compte vingt-six mille aveugles. Vingt-six mille personnes qui ne voient pas la lumière, entendez vous? Un régiment qui mettrait quatre heures à défiler sous nos fenêtres !

Le professeur se tut. On n'entendait pas un souffle dans la classe. Derossi demanda s'il était vrai que les aveugles eussent le tact plus fin que nous.

— C'est vrai, reprit le maître. Tous les sens s'affinent en eux, justement parce que, devant suppléer à celui de la vue, les autres sont mieux exercés que chez les voyants. Le matin, dans le dortoir, un élève aveugle demande à un autre : — Fait-il du soleil? Et le plus leste court s'habiller et descend dans la cour où il agite ses mains en haut, pour sentir si le soleil tiédit l'atmosphère ; puis il rapporte en courant la bonne nouvelle :

— Il fait du soleil!

De la voix d'une personne ils se font une idée de sa stature. Nous jugeons le caractère d'un homme d'après son regard; eux, d'après sa voix. Ils se rappellent les intonations d'une voix pendant des années. S'il y a plusieurs personnes dans une chambre, ils s'en aperçoivent, même si une seule personne parle, les autres restant immobiles. A l'aide du tact les aveugles reconnaissent si une cuillère est très propre ou l'est médiocrement.

Les petites filles reconnaissent la laine teinte de celle qui ne l'est pas. En passant deux par deux dans les rues, ils reconnaissent presque toutes les boutiques à l'odeur. Ils jouent à la toupie, et rien qu'à entendre son ronflement ils vont tout droit la prendre sans se tromper. Ils courent avec le cerceau, jouent aux billes, sautent à la corde aussi adroitement que les enfants qui voient clair. De plus ils cueillent des violettes comme s'ils les voyaient, ils décorent des cassettes à l'aide de cailloux, fabriquent des nattes et des paniers, entrelacent les pailles de diverses couleurs extrêmement vite, tant leur tact est subtil! Le tact est leur seconde vue, et c'est un de leurs plus grands plaisirs que de toucher, de serrer, de deviner la forme des choses en les tâtant.

C'est émouvant de voir les aveugles lorsqu'on les

conduit au musée industriel, où on les laisse toucher ce qu'ils veulent. Avec quelle joie ils se jettent sur les modèles de maisons, sur les instruments, pour *voir* comment ils sont faits. Les aveugles disent ainsi.

Garoffi interrompit le professeur pour lui demander s'il était vrai que les aveugles apprissent à compter mieux que les autres.

— Très vrai, dit-il. Ils apprennent à compter et à lire. Ils ont des livres faits exprès avec des caractères en relief. En passant les doigts dessus ils reconnaissent les lettres et lisent couramment. Et il faut voir, les pauvres petits, comme ils rougissent lorsqu'ils se trompent! Ils écrivent aussi, sans encre. Ils écrivent sur un papier épais et dur, avec un poinçon de métal qui fait de petits points en creux, groupés selon un alphabet spécial. Ces petits points ressortent en relief sur le revers du papier de façon que l'élève en tournant sa page, et en passant les doigts sur les reliefs, peut lire ce qu'il a écrit. Les aveugles reconnaissent également l'écriture des autres, ils font ainsi des compositions et s'écrivent entre eux. De la même manière, ils écrivent les chiffres et font leurs calculs. Ils calculent de mémoire avec une facilité incroyable, n'étant pas distraits, comme nous, il est vrai, par la vue de ce qui les entoure. Et si vous saviez comme ils aiment entendre lire! comme ils sont attentifs, comme ils se rappellent tout et comme ils discutent entre eux, même entre petits, des choses d'histoire et de langue, assis quatre ou cinq sur le même banc, sans se tourner l'un vers l'autre, et conversant le premier avec le troisième, le second avec le quatrième, à haute voix et tous ensemble, sans perdre une parole, tant ils ont l'ouïe fine!

Ils donnent beaucoup plus d'importance que vous

aux examens, je vous assure, et ils affectionnent bien
davantage leurs professeurs. Ils reconnaissent leur
maître à son pas et à son odeur. Ils devinent s'il est de
bonne ou de mauvaise humeur, s'il se porte bien ou
mal, rien que par le son d'une seule parole! Ils tiennent
à ce que le professeur les touche quand il les encourage
et les félicite, et ils lui serrent les mains et les bras
pour lui exprimer leur gratitude.

Les écoliers aveugles s'aiment entre eux, ils sont
bons camarades. A la récréation les groupes se forment
presque toujours des mêmes. Chez les filles, par exemple, les groupes se forment de celles qui étudient le
même instrument: les violonistes, les pianistes, les flû-
tistes ne se séparent jamais. Les aveugles sont très
fidèles en amitié; ils trouvent là toute leur consolation.
Ils s'apprécient entre eux avec beaucoup de jugement;
ils ont du bien et du mal une idée nette et profonde.
Personne ne s'exalte plus qu'eux au récit d'une action
généreuse ou d'un haut fait.

Votini demanda s'ils étaient bons musiciens.

— Ils aiment passionnément la musique, répondit le
professeur. La musique est leur vie et leur joie. Les
petits enfants aveugles, à peine entrés à l'institution,
sont capables de rester des heures immobiles à écouter
jouer. Ils apprennent facilement, et jouent avec âme.
Si un professeur dit à un aveugle qu'il n'a pas de dis-
positions pour la musique, celui-ci en éprouve un grand
chagrin et se met à étudier en désespéré. Ah! si vous
entendiez jouer les aveugles, si vous les voyiez le front
levé, le sourire aux lèvres, le visage animé, tremblants
d'émotion, avides d'écouter l'homme qui emplit d'un
rayon l'obscurité infinie où ils sont plongés, vous com-
prendriez que la musique est une consolation divine !

Lorsqu'un professeur dit à l'un d'eux :

« Tu deviendras un artiste », rien ne peut dépeindre son bonheur. Pour eux, le premi r en musique, celui qui remporte tous les suffrages au piano ou au violon est comme un roi. Ils l'aiment et le vénèrent. Si une dispute s'élève entre deux camarades, on a recours à lui ; si deux amis se querellent, c'est lui qui les réconcilie. Les plus petits, auxquels il apprend la musique, le considèrent comme un père. Avant de dormir ils vont tous lui souhaiter une bonne nuit. Les aveugles parlent constamment de musique, même le soir quand ils sont couchés, fatigués par l'étude et le travail, et à demi-endormis ils parlent à voix basse des opéras, des maîtres, des instruments, de l'orchestre. Les priver de lecture ou de la leçon de musique est une si grande punition, ils en ressentent une si profonde douleur, qu'on n'a presque jamais le courage de les punir de cette façon. La musique est à leur cœur ce que la lumière est à nos yeux.

Derossi s'informa si on ne pouvait pas aller voir les aveugles.

— On le peut, répondit le professeur, mais vous, enfants, je ne vous engage pas à y aller ! Vous irez plus tard, quand vous serez en âge de comprendre toute l'étendue de leur infortune et de ressentir toute la pitié qu'elle mérite.

C'est un triste spectacle, mes enfants. Vous voyez quelquefois là des enfants assis à une fenêtre entr'ouverte, respirant l'air frais, le visage immobile comme s'ils regardaient la grande plaine verdie et les belles montagnes bleues que vous voyez, vous autres !.. et à penser qu'ils ne voient rien, qu'ils ne verront jamais rien de cette beauté splendide, le cœur se serre tout comme si à ce moment l'on était devenu aveugle soi-même.

Ceux qui sont aveugles-nés, qui n'ont jamais vu le monde sont moins à plaindre : ils ignorent ce dont ils sont privés. Mais il y a des enfants aveugles depuis quelques mois seulement, qui se rappellent tout et qui comprennent tout ce qu'ils ont perdu! et ceux ci ont en plus la douleur de voir s'obscurcir peu à peu dans leur mémoire les images les plus chères. Un de ces malheureux me disait un jour avec une tristesse inexprimable : — Je voudrais recouvrer la vue rien qu'une fois, une seule minute, pour revoir le visage de maman dont je ne me souviens plus!

Lorsque leur mère va les voir, ils passent leurs mains sur son visage, n'oubliant de suivre aucun trait avec leurs doigts, pour sentir comment elle est, et ils se persuadent à peine qu'ils ne peuvent plus la voir, et ils l'appellent plusieurs fois par son nom comme pour la prier de se laisser voir encore une fois!

Combien de gens, même des gens au cœur dur, sortent de là en pleurant! Et quand on les quitte, il semble qu'on soit une exception, et qu'on jouisse du privilège immérité de voir le monde, les maisons, le ciel. Oh! il n'est aucun de vous, mes enfants, j'en suis certain, qui en sortant de là, ne serait disposé à se priver d'un peu de sa vue pour en donner un éclair au moins à tous ces pauvres enfants, pour qui le soleil n'a point de lumière, et la mère point de visage...

LE PROFESSEUR MALADE

Samedi .5.

Hier soir, en sortant de l'école, je suis allé faire visite à mon professeur malade, malade d'avoir trop travaillé. Il a cinq heures de leçons par jour, plus une heure de gymnastique, plus deux heures de classe du soir : ce qui revient à dormir peu, manger à la hâte et s'époumoner du matin au soir, la ruine de la santé, assure maman. Ma mère eut la bonté de m'attendre dans le vestibule, tandis que je montais prendre des nouvelles de M. Perboni. Dans l'escalier je rencontrai le professeur à la barbe noire, M. Coatti, celui qui épouvante tout le monde et ne punit personne. Il me regarda de ses grands yeux, et pour plaisanter, mais sans rire, il imita le rugissement du lion. J'en riais encore au quatrième étage, quand je sonnai chez mon professeur ; mais j'en restai là quand la servante me fit entrer dans une pauvre chambre mal éclairée où mon professeur était couché. Il était sur un petit lit de fer, la barbe longue. Ayant placé sa main au-dessus de son front pour mieux y voir, il s'écria gaiement en m'apercevant.

— Tiens! c'est Henri ! — Je m'approchai du lit, M. Perboni laissa retomber sa main sur mon épaule et me dit :

— Merci, mon fils, tu as bien fait de venir voir ton pauvre professeur. Je suis dans un piteux état, tu le vois, mon Henri ! Eh bien, comment va la classe? et les élèves? Pour le mieux, n'est-ce pas? Vous vous passez joliment de votre vieux maître?

Je voulais dire non, mais M. Perboni m'interrompit.

— Bien! bien! je sais que vous m'aimez tout de même! Et il soupira.

Comme je regardais certaines photographies pendues au mur:

— Tu vois là, me dit-il, des portraits de mes élèves. Voilà plus de vingt ans qu'ils me les ont donnés. De braves garçons!... ce sont mes souvenirs. Lorsque je mourrai, mon dernier regard sera pour eux. Tu me donneras aussi ton portrait, Henri, quand tu auras fini tes élémentaires?

Il prit une orange sur la table de nuit, me la mit dans la main en me disant:

— Je n'ai rien autre à offrir, c'est le don d'un malade...

Je le regardai, le cœur serré, je ne sais pourquoi.

— Attention!... reprit-il... J'espère m'en tirer, mais si je ne guérissais pas... attention à l'arithmétique, qui est ton faible!... Fais un effort, il ne s'agit que d'un premier effort, parce que quelquefois ce n'est pas manque d'aptitude, c'est un préjugé qu'on a, c'est comme un arrêt de l'esprit.

Tout en parlant, M. Perboni haletait, on sentait qu'il souffrait.

— J'ai une grosse fièvre, soupira-t-il, je suis à moitié rendu... Je te le recommande donc, Henri: pioche l'arithmétique et les problèmes. Si l'on ne réussit pas du premier coup, on se repose un peu et l'on recommence. Si l'on échoue encore, on y revient après un nouveau repos. Et en avant! mais tranquillement, sans se fatiguer, sans se monter la tête.

Va, salue ta mère de ma part, et ne monte plus mes étages, nous nous reverrons à l'école. Et si nous ne nous revoyons plus... souviens-toi quelquefois de ton professeur de *troisième*, qui t'aimait.

A ces mots, des larmes me vinrent aux yeux.

— Baisse la tête, me dit-il.

— J'obéis, il m'embrassa sur les cheveux, puis il me dit :

— Vas ! et il se retourna du côté du mur.

Je descendis quatre à quatre ; j'avais besoin d'embrasser ma mère.

DANS LA RUE

Samedi 25.

Je t'observais de la fenêtre, ce soir, quand tu revenais de chez ton professeur. Tu as heurté une dame. Sois plus attentif quand tu marches dans la rue. Là aussi, il y a des devoirs. Si tu mesures tes faits et gestes à la maison, pourquoi ne pas faire la même chose dans la rue, qui est le passage de tous ? Penses-y, Henri : chaque fois que tu rencontres un vieillard, un pauvre, une femme ayant un enfant dans les bras, un estropié avec des béquilles, un homme courbé sous une charge, une famille en deuil, tu dois leur céder le pas avec respect. Nous devons respecter *la vieillesse, la misère, l'amour maternel, les infirmités, la fatigue et la mort*.

Chaque fois que tu vois une personne en danger d'être écrasée par une voiture préviens-la si c'est un homme, et sauve-la si c'est un enfant. Demande toujours ce qu'il a à un enfant seul que tu vois pleurer ; ramasse le bâton qu'un vieillard laisse tomber. Si deux enfants se battent, sépare-les. Si ce sont deux hommes, éloigne-toi pour ne pas assister au spectacle de la violence brutale qui endurcit le cœur. Quand un homme passe, les mains liées, entre deux gendarmes, n'ajoute pas ta curiosité cruelle à celle de la foule. C'est peut-être un innocent. Cesse de parler et de rire avec tes compagnons quand passe une civière ou un convoi mortuaire : demain, il pourrait sortir de chez toi. Regarde avec déférence tous ces enfants des Institutions de charité, qui passent deux par deux : les aveugles, les sourds-muets, les rachitiques, les orphelins, les abandonnés ; pense en les voyant que c'est le malheur et la charité humaine qui passent. N'aie pas l'air de t'apercevoir d'une difformité ridicule ou répugnante. Eteins toujours les allumettes enflammées que tu pourras trouver sous tes pas, elles peuvent coûter la vie à quelqu'un.

Réponds poliment au passant qui te demande son chemin. Ne ris au nez de personne, ne cours pas, ne bouscule pas les gens arrêtés ; ne crie pas, respecte la rue ! — L'éducation d'un peuple se juge d'après son maintien dans la rue. Où tu verras la grossièreté dans la rue, tu es sûr de trouver la grossièreté dans les maisons. Etudie le mouvement de la rue, de la cité que tu habites. Si demain tu étais obligé de partir au loin, tu serais bien aise d'avoir toujours présente à la mémoire ta ville natale, la patrie de ton enfance, qui fut pendant tes premières années le seul monde que tu connusses !

Dans cette ville tu as fait tes premiers pas, conduit

par la main vigilante de ta mère ; tu y as fait tes premières études, trouvé tes premiers amis. Aime-la donc,
aime ses rues et ses habitants, et si jamais tu l'entends
calomnier, défends-la !

TON PÈRE.

MARS

LES CLASSES DU SOIR

Papa m'a conduit hier à la section Baretta pour assister aux cours du soir. Quand nous sommes arrivés les classes étaient déjà éclairées et les élèves commençaient à venir.

Le directeur était furieux parce qu'on venait de casser une vitre à coups de pierres ; le portier s'était élancé aussitôt au dehors et avait arrêté un gamin, lequel protestait, en pleurant, de son innocence.

Stardi, qui demeure en face de l'école, arriva sur ces entrefaites :

— Ce n'est pas lui ! dit-il en désignant le petit garçon tout en larmes ; c'est Franti qui a jeté les pierres. Je l'ai vu, de mes yeux vu. Il m'a menacé de me battre si je parlais, mais je n'ai pas peur de Franti !

Aussitôt on relâcha le gamin, et le directeur dit à papa que demain, sans rémission, Franti sera chassé de l'école.

Certes, je n'aime pas Franti, c'est un mauvais camarade ; mais cette menace m'a serré le cœur.

Je n'avais jamais vu les classes du soir. C'est très intéressant, très édifiant surtout.

Il y avait la près de deux cents ouvriers de tout âge : des garçons de douze à treize ans et des hommes portant la barbe, qui revenaient de leur travail et venaient étudier, des menuisiers, des mécaniciens à la figure noircie, des maçons aux mains blanchies de chaux, des garçons boulangers aux cheveux enfarinés. Il s'exhalait de la classe une odeur indéfinissable de vernis, de cuir, d'huile, de goudron... enfin une odeur de tous les métiers réunis.

Il entra des artilleurs, vêtus de l'uniforme et conduits par un caporal.

Il fallait voir comme ces écoliers étaient lestes à prendre place sur nos bancs ! et avec quelle application ils se mettaient à leurs devoirs ! Quelques-uns, munis de leur cahier ouvert, allaient demander des explications au professeur, et je vis le jeune professeur que nous appelons le « petit avocat » entouré de trois ou quatre ouvriers dont il corrigeait les devoirs : il riait en montrant à un garçon teinturier son cahier maculé de taches rouges et bleues.

Je vis aussi M. Perboni, mon cher maître, qui est guéri, et reprendra demain sa classe.

J'en fus tout content.

Les portes des classes restaient ouvertes. Les leçons commencèrent.

Je fus surpris et émerveillé de l'attention avec laquelle ces hommes... ces élèves écoutaient attentivement le professeur.

Parmi eux, il s'en trouvait, paraît-il, qui n'avaient pas eu le temps de rentrer chez eux dîner : ils devaient avoir faim après avoir travaillé toute la journée !

Les petits, par exemple, au bout d'une demi-heure de leçon tombaient de sommeil, la tête sur le pupitre.

Le professeur les éveillait doucement en les caressant du bout de sa plume d'oie.

Mais les grands étaient attentifs, les yeux fixés sur le professeur : on aurait entendu une mouche voler quand il expliquait la leçon.

J'étais fier de voir nos places d'écoliers enfants occupées par ces hommes. Cela me relevait à mes propres yeux. Ah ! si nous pouvions imiter les élèves du soir et nous tenir comme eux !

A mon banc, sur mon pupitre se trouvait un jeune homme à moustaches et barbiche, un ouvrier mécanicien sans doute : il avait un des doigts de la main droite blessé, entouré de linges, et pourtant il s'efforçait à écrire doucement, pour faire comme les autres.

Quel exemple pour moi !

Ce qui me fit le plus de plaisir, ce fut de voir la place du *petit maçon* occupée par son père. Ce géant était mal à son aise dans le petit coin où il serrait ses coudes. C'est lui, paraît-il, qui a demandé au directeur la faveur de s'assoir à la place de son petit « museau de lièvre » (c'est ainsi qu'il appelle son fils, et on lui a accordé de tout suite ce qu'il désirait.

Je restai là, avec papa, jusqu'à la fin du cours. C'était une leçon aussi pour moi : une leçon d'attention et de maintien dont je ferai mon profit.

A la sortie, il se trouvait beaucoup de femmes, avec un bébé sur les bras, qui attendaient leur mari, et aussitôt que celui-ci paraissait à la porte de l'école, l'enfant tendait ses petites mains vers le père qui le prenait en l'embrassant. La femme, en échange, portait les livres et les cahiers. Plus d'une disait : Dépêchons-nous, la soupe va refroidir !

Et ils s'en allaient par groupe, vers leur demeure. La

rue fut pendant un instant pleine de bruit et de monde ;
puis chacun partit de son côté, le silence se fit, et je
ne vis plus que la silhouette du directeur, dont la démarche lente trahissait la fatigue.

Le premier à arriver, le dernier à partir de l'école,
ce cher directeur !

Oh ! comme je vais bien travailler ce matin pour
ressembler aux écoliers d'hier soir !

———

LA LUTTE

Dimanche 5.

Il fallait s'y attendre. Franti, chassé par le directeur,
a voulu se venger. Il attendait Stardi à un coin de rue,
à l'heure où il revient avec sa sœur, qu'il va prendre à
sa pension de la rue Dora Grossa. Ma sœur Silvia, en
sortant de la sienne, vit le coup et revint à la maison
tout effrayée. Voici ce qui était arrivé : Franti, coiffé
de sa casquette de toile cirée, inclinée sur l'oreille, courut sur la pointe du pied derrière Stardi, et pour le
provoquer tira violemment la natte de sa petite sœur, si
violemment qu'il jeta presque la fillette par terre. L'enfant poussa un cri, son frère se retourna. Franti, qui
est beaucoup plus grand et plus fort que Stardi, pensait : Ou il ne soufflera mot ou je lui casserai les
côtes.

Mais Stardi ne réfléchit pas une seconde ; petit et
lourdaud comme il est, il s'élança sur le grand vau-
rien et commença à lui lancer une grêle de coups de
poing. Il n'y réussissait guère, d'ailleurs, et il en re-
cevait plus qu'il n'en donnait. Dans la rue il n'y avait

que des fillettes, personne pour les séparer. Stardi jeté
par terre, mais relevé aussi vite, se lance de nouveau
sur l'autre. Franti tapait dessus comme sur une porte.
En un moment il lui arrache la moitié de l'oreille, et
lui poche un œil; Stardi saignait du nez, mais il s'a-
charnait et rugissait:

— Tu me tueras, mais je te le ferai payer cher !

Une femme cria d'une fenêtre:

— Bravo ! le petit !

D'autres disaient:

— C'est un frère qui défend sa sœur: courage ! tape
dur !

Et elles criaient à Franti:

— Grand tyran ! grand lâche !

Mais Franti, enragé, donna un croc en jambe à
Stardi, qui tomba sous lui:

Franti dessus, à coups de pieds et à coups de poings;
Stardi dessous à coups de tête et à coups de talons.

— Rends-toi !

— Non.

— Rends-toi !

— Non !

Et d'un bond Stardi se remit sur pied, s'accrocha à
la taille de Franti, d'un furieux effort le jeta sur la
chaussée et lui mit le genou sur la poitrine.

— Oh! l'infâme, qui tire son couteau! cria un
homme accourant pour désarmer Franti.

Déjà Stardi, hors de lui, avait pris le bras de Franti
à deux mains et l'avait mordu si fort au poignet que
le couteau était tombé de ses doigts.

D'autres personnes étaient accourues, on entourait les
enfants, on les relevait, Franti s'enfuit, fort maltraité.
Stardi demeura sur le champ de bataille, le visage en

sang, l'œil poché, mais vainqueur. Sa petite sœur pleurait à ses côtés, tandis que des fillettes recueillaient les
livres et les cahiers éparpillés dans la rue.

— Bravo, le petit qui a défendu sa sœur ! disait-on
autour de lui.

Stardi, qui pensait plus à sa gibecière qu'à sa victoire, se mit tout de suite à examiner l'un après l'autre
ses livres et ses cahiers pour s'assurer qu'il n'y manquait rien, qu'il n'y avait rien de gâté. Il essuya le
tout avec sa manche, regarda son porte-plume, remit
chaque objet à sa place ; puis tranquille et sérieux
comme toujours, il dit à sa sœur :

— Allons-nous-en vite, j'ai un problème de quatre
opérations à faire.

LES PARENTS

Lundi 6.

Ce matin, le gros M. Stardi père attendait son fils,
de peur d'une nouvelle rencontre avec Franti. On dit
cependant que nous ne le verrons plus, ce gamin, et
qu'il sera mis dans une maison de correction.

Il y avait beaucoup de parents, ce matin, dans le vestibule, entre autres, le marchand de bois, le père de
Coretti : tout le portrait de son fils, svelte, allègre, avec
ses moustaches grisonnantes et son ruban à la boutonnière. Je finis par connaître tous les parents, à force
de les voir toujours là. Il y a une grand'mère courbée,
coiffée d'un bonnet blanc qui, par la pluie ou la neige,
vient quatre fois par jour accompagner son petit fils,

élève de *première supérieure*. Elle lui ôte son pardessus,
le lui remet, lui arrange sa cravate, l'époussète, lui
lisse les cheveux, garde ses cahiers. On comprend
qu'elle n'a pas d'autre pensée, qu'elle ne voit rien de
plus beau au monde.

Il vient souvent aussi le capitaine d'artillerie, le père
de Robetti, de celui qui a sauvé un enfant. Et comme
tous les camarades en passant près de lui font une caresse à l'héroïque petit blessé, le père rend les saluts
et les poignées de main à tous les amis de son fils,
sans en excepter un seul. Plus ils sont petits ou mal habillés,. plus il paraît content et les remercie.

On voit quelquefois des choses tristes, par exemple
une dame qui ne venait plus depuis un mois parce
qu'elle a perdu un enfant et qui envoyait chercher l'autre par la bonne. Elle est venue hier ; mais, en revoyant la classe et les camarades de son petit mort,
elle a éclaté en sanglots ; le directeur l'a prise par le
bras et entraînée dans son bureau.

Il y a des pères et des mères qui connaissent par
cœur tous les noms des camarades de leurs fils. Il y a
des jeunes filles de la section voisine, des élèves des ly-
cées voisins qui viennent attendre leurs frères. Il y a
un vieux colonel en retraite qui, lorsqu'un enfant laisse
tomber une plume ou un cahier, le lui ramasse. On
voit aussi des dames très bien mises qui parlent des
choses de l'école avec des femmes coiffées de fichus, le
panier sous le bras, et qui disent : — Ah ! le problème
était terrible, cette fois ! — Il y avait une leçon de
grammaire à n'en plus finir, ce matin !

Et lorsqu'il y a un malade dans une classe, elles le,
savent toutes et se réjouissent quand il va mieux. Justement, ce matin, elles étaient huit ou dix ouvrières et

dames, autour de la mère de Crossi, la fruitière ambulante, pour lui demander des nouvelles d'un pauvre petit
de la classe de mon frère, qui habite dans sa cour, et
qui est en danger de mort. On dirait que l'école égalise
les positions et fasse des amis de tout monde.

LE NUMÉRO 78

Mercredi 8.

J'ai assisté hier à une scène émouvante. Depuis quelques jours, chaque fois que la fruitière passait près de
Derossi, elle le regardait avec une expression de
grande affection. Il faut dire que depuis que Derossi a
fait la découverte de l'encrier et du prisonnier n° 78,
il a pris en amitié Crossi, son fils, celui qui a les
cheveux rouges et le bras inerte. Il l'aide à faire ses
devoirs à l'école, lui souffle les réponses, lui donne du
papier, des plumes, des crayons, en somme le traite
comme un frère, pour le compenser du malheur arrivé
à son père, et que le fils ignore. Il y avait donc plusieurs
jours que la fruitière ne quittait pas des yeux Derossi :
car c'est une brave femme, qui ne vit que pour son garçon, et, grâce à Derossi, ce fils chéri est aidé, et bien
noté grâce à Derossi, qui est un monsieur et qui est le
premier de la classe. Derossi pour elle, c'est un roi,
c'est un saint.

Elle le regardait toujours comme si elle eût voulu
lui dire quelque chose, sans oser le faire.

Hier matin, cependant, elle l'arrêta sous une porte
et lui dit:

— Excusez-moi, mon jeune monsieur, mais vous êtes si bon pour mon fils que vous me ferez la grâce d'accepter ce petit souvenir d'une pauvre mère.

Et elle tira de son panier d'herbes une boîte de carton doré.

Derossi rougit et refusa net.

— Donnez cela à votre fils, dit-il, je n'accepte rien.

La femme demeura honteuse et s'excusa en balbutiant:

— Je ne pensais pas vous offenser, ce ne sont que des caramels.

Mais Derossi fit encore un signe de refus; alors, timidement, elle tira de son panier une botte de radis et murmura:

— Acceptez au moins cela, ils sont frais, et vous les porterez à votre maman.

Derossi sourit et répondit:

— Non, merci, je ne veux rien, je ferai toujours ce que je pourrai pour Crossi, mais je ne puis rien accepter; merci quand même!

— Je ne vous ai pas offensé? demanda anxieusement la fruitière.

Derossi dit: Non, non, en souriant et, s'en alla, tandis qu'elle s'écriait toute joyeuse: — Oh! le bon garçon! Je n'ai jamais vu un brave et beau garçon comme celui-là!

On aurait cru que c'était fini; mais voilà que le soir, à quatre heures, au lieu de la mère de Crossi, ce fut le père qui se trouva là, avec sa mine triste et mélancolique. Il arrêta Derossi, et, de la façon dont il le regarda, je compris qu'il le soupçonnait de connaître son secret; il le regarda fixement et puis il lui dit d'un son de voix triste et affectueux:

— Vous aimez mon fils... Pourquoi l'aimez-vous tant ?

Derossi devint rouge comme le feu, il aurait voulu répondre : — Je l'aime parce qu'il est malheureux, parce que vous aussi, son père, vous avez été plus malheureux que coupable, parce que vous avez expié votre faute, parce que vous êtes un homme de cœur.

Pourtant le courage lui manqua pour le dire.

Au fond il éprouvait encore une certaine frayeur, une certaine répugnance à parler à un homme qui avait versé le sang d'un autre et qui était resté six ans en prison.

Mais l'autre devina tout, et, baissant la voix, il dit à l'oreille de Derossi d'une voix tremblante :

— Vous aimez l'enfant, mais vous ne haïssez pas, vous ne méprisez point le père, n'est-ce pas?

— Oh ! non, non, tout au contraire ! s'écria Derossi avec un grand élan de cœur.

Alors l'homme eut un geste impétueux comme pour prendre Derossi dans ses bras, mais il n'osa pas, et se contenta de toucher de ses doigts l'une des boucles blondes de l'écolier, puis, la lâchant, il mit sa main sur sa bouche et en baisa la paume en regardant Derossi avec des yeux humides, comme pour lui dire que ce baiser était pour lui. Ensuite, il prit son fils par la main et s'en alla à pas pressés.

LE PETIT MORT

Lundi 13.

Le petit enfant qui demeurait dans la cour de la fruitière, le camarade de mon frère à la classe de *première*
supérieure, vient de mourir. L'institutrice Delcati arriva
samedi tout affligée annoncer la nouvelle à M. Perboni,
et aussitôt Garrone et Coretti s'offrirent pour porter le
cercueil. C'était un brave enfant, ce pauvre petit! il
avait obtenu la médaille la semaine précédente. Il aimait bien mon frère et lui avait donné une tirelire cas-
sée. Maman le caressait toujours quand elle le rencontrait. Il portait une casquette avec deux rayures de drap
rouge. Son père est portefaix au chemin de fer. Hier
soir, dimanche, à quatre heures et demie, nous sommes
allés à la maison mortuaire pour accompagner à l'église
le petit cadavre. La cour était pleine d'enfants de la *pre-*
mière supérieure avec leurs mères; cinq ou six maîtresses
et quelques voisins portaient des cierges. L'institutrice à
la plume rouge et Mme Delcati étaient entrées et par la
fenêtre ouverte nous les voyions pleurer. On entendait
aussi la pauvre mère qui pleurait à fendre l'âme. Deux
dames, mères de deux compagnons d'école, avaient apporté des guirlandes de fleurs. A cinq heures précises
nous nous mîmes en route. Devant, marchait un enfant
de chœur portant la croix, puis un prêtre, puis venait
le cercueil, tout petit, pauvre enfant! lequel était voilé
d'un drap noir recouvert par les guirlandes fleuries. Sur le drap noir on avait attaché la médaille
et trois mentions honorables que l'enfant avait gagnées

à l'école pendant l'année. Garrone, Coretti et deux garçons du quartier portaient le cercueil. Mme Delcati le suivait, pleurant comme si l'enfant eût été le sien, et derrière elle les autres maîtresses, puis leurs élèves, dont les plus petits avaient des bouquets de violettes d'une main et donnaient l'autre main à leurs mères, qui portaient le cierge pour eux.

Ils regardaient le cercueil tout étonnés et j'en entendis un qui demanda : — Et maintenant, est-ce qu'il ne viendra plus à l'école?

Quand la bière sortit de la maison on entendit de la fenêtre un cri désespéré : c'était la mère, que l'on fit rentrer tout de suite dans la chambre.

Arrivés dans la rue nous rencontrâmes les élèves d'un collège qui cheminaient en double file, et tous, voyant le cercueil, la médaille et les maîtresses, s'inclinèrent respectueusement.

Pauvre petit mort! il va dormir pour toujours avec sa médaille, nous ne verrons jamais plus sa petite casquette à galons rouges!... Il se portait bien. En quatre jours il a disparu! Le dernier jour il s'efforça encore de se lever pour faire son devoir et il voulut avoir sa médaille sur son lit, de peur qu'on ne la lui prît. Personne ne te le prendra plus, pauvre enfant! Adieu, adieu! Nous nous souviendrons toujours de toi à la section Baretta. Dors en paix, petit enfant!

LA VEILLE DU 14 MARS

Aujourd'hui la journée a été des plus gaies. 13 mars! la veille de la distribution des prix au théâtre

Victor-Emmanuel, la belle fête de tous les ans! —
Cette fois les enfants qui doivent aller sur la scène présenter la liste des élus aux messieurs qui distribuent les
prix, n'ont pas été nommés au hasard.

Le directeur vint nous dire ce matin après le *finis :*

— Mes enfants, une bonne nouvelle !

Puis il appela :

— Coraci !

Le Calabrais se leva.

— Veux-tu être au nombre de ceux qui portent les
listes aux autorités, demain, au théâtre?

Le Calabrais répondit affirmativement.

— C'est bien, fit le directeur, comme cela il y aura
aussi un représentant des Calabres. La municipalité a
voulu cette année que les dix ou douze enfants qui pré-
sentent les prix aux autorités appartinssent à différentes provinces d'Italie et fussent pris dans diverses écoles publiques de Turin. Nous avons vingt sections et
cinq succursales, sept mille élèves. Dans un nombre
aussi grand il n'est pas difficile de trouver des enfants
de chacune des régions italiennes. Dans la section *Tor-
quato-Tasso* on a trouvé deux représentants des Iles, un
Sarde et un Sicilien. L'École *Buoncompagni* a donné un
petit Florentin, fils d'un sculpteur sur bois. On a choisi
un Romain dans la section *Tommaseo;* puis il a été facile de trouver des Vénitiens, des Lombards, des Roma-
gnols. La section *Monviso* présente un Napolitain, fils
d'un officier; nous, à la section *Baretta,* nous donnons
un Génois et un Calabrais. C'est beau, n'est-ce pas? ce
seront nos frères de toutes les parties de l'Italie qui of-
friront les prix! Faites attention qu'ils apparaîtront
sur la scène, tous les douze ensemble, et accueillez-les
par des vivats. Ce sont des enfants, mais ils représen-

tent leur pays comme s'ils étaient des hommes; une
petite banderole tricolore n'est-elle pas le symbole de
l'Italie tout autant qu'un grand drapeau? Applaudissez
donc chaudement! Faites voir que vos jeunes cœurs
s'allument, et que vos âmes de dix ans s'exaltent devant
l'image sainte de la Patrie!

Cela dit, le directeur s'en alla et le professeur ajouta
en souriant :

— Donc, Coraci, tu es le député des Calabres!

Tous, nous battîmes des mains en riant, et lorsque
nous fûmes dans la rue, on entoura Coraci, on le prit
par les jambes, et on le porta sur les épaules en
triomphe. On criait : Vive le député des Calabres! mais
c'était gaieté, ce n'était point moquerie, au contraire;
on faisait fête à Coraci ; c'est, en effet, un garçon qui
nous plaît à tous. Souriant de son triomphe, il fut porté
ainsi jusqu'au coin d'une rue ou l'on se trouva nez à
nez avec un monsieur à barbe noire, lequel se mit à
rire.

— C'est mon père! dit le Calabrais.

Et alors les camarades lui mirent son fils dans les
bras et se sauvèrent dans toutes les directions.

LA DISTRIBUTION DES PRIX

14 mars.

Vers deux heures le grand théâtre était plein: parterre, galeries, loges, scène. On voyait des milliers de
visages : enfants, dames, professeurs, ouvriers, femmes
du peuple, bébés. C'était une agitation de têtes et de

mains, un ondoiement de plumes, de rubans et de boucles, un murmure continuel et gai qui vous mettait
en belle humeur.

Le théâtre était orné de guirlandes aux couleurs na
tionales. Dans l'orchestre, on avait construit deux escaliers : un à droite par lesquels les lauréats devaient
monter, un à gauche par lequel ils devaient descendre.
Sur le devant de la scène se trouvait une rangée de fauteuils de velours rouge, et sur le dossier de celui du milieu pendait une petite couronne de lauriers. D'un côté
était placée une table couverte d'un tapis vert où des
livres reliés attachés par des rubans tricolores atti-
raient la convoitise des écoliers.

La musique était à sa place habituelle, devant la scène.
Les professeurs et les institutrices remplissaient la moitié de la première galerie, réservée à leur intention.
Sur les banquettes du parterre avaient été placés une
centaine d'enfants qui devaient chanter et tenaient leur
morceau de musique à la main. Au fond et tout autour
du théâtre on voyait aller et venir des maîtres et des
maîtresses qui classaient les lauréats entourés à leur
tour par les parents mettant une dernière main à la
cravate ou à la coiffure.

A peine entré avec les miens au balcon, je vis à la
galerie de face l'institutrice à la plume rouge qui riait,
avec ses belles fossettes aux joues, et près d'elle l'institutrice de mon frère et la *petite religieuse*, toute vêtue
de noir, ainsi que ma bonne maîtresse de première supérieure. Mais elle était si pâle, la pauvre femme, et
toussait si fort qu'on l'entendait d'un côté à l'autre du
théâtre. Au parterre j'aperçus bien vite le cher Garrone
et à côté de lui, appuyée à son épaule, la tête blonde
de Nelli. Un peu plus loin je vis Garoffi avec son n e
15.

en b c de corbin ; il se donnait beaucoup de mal pour
avoir la liste imprimée des lauréats, et en avait cependant déjà un gros paquet... pour spéculer encore là-
dessus, sans doute, à sa façon... Près de la porte se
trouvaient le marchand de bois et sa femme, en habit
des dimanches, assis près de leur fils Coretti qui a un
troisième prix ; cette fois Coretti ne portait plus son
jersey loutre et son béret en poil de chat, il était habillé comme un petit monsieur. A une galerie, je vis un
instant Votini, avec une grande collerette dentelée ;
puis il disparut. Il y avait dans une avant-scène pleine
de monde le capitaine d'artillerie Robetti, le père de
celui qui porte béquilles, et qui a sauvé l'enfant
tombé sous l'omnibus.

A deux heures sonnant, la musique commença à
jouer, et en même temps on vit monter sur la scène
par l'escalier de droite : le maire, le préfet, l'assesseur,
le proviseur et beaucoup d'autres messieurs en habit
noir qui allèrent s'asseoir sur les fauteuils rouges. La
musique ayant cessé de jouer, le directeur de la classe
de chant s'avança, une baguette à la main. Sur un signe
qu'il fit, tous les enfants se levèrent au parterre ; sur
un autre signe, ils se mirent à chanter.

Ils étaient sept cents à chanter une fort belle chanson,
sept cents voix d'enfants chantant à la fois. Quelle belle
chose ! Tout le monde était immobile à les écouter, et ce
qu'ils chantaient semblait un chant d'Église, tant c'était
doux, simple et lent. Quand ils se turent on applaudit,
puis le silence se rétablit.

La distribution des prix allait commencer : mon
maître de *seconde*, avec ses cheveux roux et ses yeux
vifs, s'était déjà avancé sur la scène, pour lire le nom
des lauréats. On attendait l'entrée des douze enfants

qui devaient présenter les prix. Les journaux avaient
annoncé que ce seraient des enfants de toutes les provinces de l'Italie, On le savait donc et, en les attendant,
on regardait curieusement le côté d'où ils devaient
venir; le maire lui-même et les autres notabilités
paraissaient attentifs et le théâtre entier se taisait...

Tout à coup on vit la députation arriver au pas de
course jusqu'au bord de la scène, où ils restèrent plantés là tous les douze, en souriant.

Tout le théâtre, trois mille personnes, se leva d'un
bond et éclata en applaudissements semblables à un
coup de tonnerre. Les enfants demeurèrent un instant
déconcertés.

Je reconnus de suite Coraci, le Calabrais, vêtu de noir
comme toujours. Un membre du conseil municipal qui
était avec nous et connaissait les enfants les indiquait
à ma mère.

— Ce petit blond, disait-il, est le représentant de Venise ; le Romain est celui qui est grand et frisé.

Il y en avait deux ou trois très élégamment vêtus
les autres étaient fils d'ouvriers; mais tous étaient bien
mis. Le Florentin se trouvait être le plus petit ; il portait une écharpe bleue autour de la taille. Ils défilèrent
tous les uns après les autres devant le maire qui les
embrassa, tandis qu'un monsieur disait au fur et à mesure qu'ils passaient : — Florence, Naples, Bologne,
Palerme...

Et à chaque enfant qui passait le théâtre battait des
mains. Puis ils coururent à la table verte prendre les
prix, et le maître commença à lire la liste, disant les
sections, les classes, les noms; les lauréats montèrent
sur la scène et se mirent à défiler.

Les premiers étaient à peine montés, qu'on entendit

venir des coulisses une musique légère et douce jouée
par des violons.

Cette musique dura tout le temps du défilé: c'était un
air si doux, si égal, si charmant qu'on eût dit un murmure de voix, les voix de toutes les mères, de tous les
professeurs et des maîtresses, qui donnent des conseils
ou font des reproches affectueux.

Et les lauréats venaient les uns après les autres devant
les messieurs qui leur remettaient les prix et disaient
à chacun une parole aimable ou leur faisaient une caresse. Du parterre et des galeries les enfants applau-
dissaient chaque fois qu'il passait un lauréat très jeune,
ou un de ceux qui, par ses vêtements, semblait être
pauvre. Il y en avait appartenant à la petite classe, qui,
arrivés sur la scène, ne savaient que faire, paraissaient
embarrassés et tournaient sur eux-mêmes aux éclats
de rire du théâtre. Il en vint un tout petiot entre autres,
avec un grand nœud rose retenant ses cheveux bouclés,
qui marchait timidement et tomba en se prenant les
pieds dans le tapis. Le préf   releva et on se mit à
rire en applaudissant. Un   tomba dans les escaliers en descendant. On enten it des cris, mais il ne
s'était fait aucun mal. Il passa des enfants de toute
sorte, au visage fripon, à la mine épouvantée, d'autres
rouges comme des cerises, et de tous petits aux joues
bouffies qui souriaient à tout le monde. A peine descendus au parterre, ceux-là étaient pris dans les bras de
leur papa ou de leur maman qui les emportaient dehors.

Quand vint le tour de notre section, c'est alors que je
fus content : on en appela beaucoup que je connaissais.
D'abord vint Coretti, vêtu de neuf des pieds à la tête,
son beau visage épanoui, montrant ses dents blanches

dans un sourire. (Et qui sait pourtant combien de m i
ryagrammes de bois il avait portés le matin!) Le maire,
en posant la main sur son épaule, lui demanda, tout
en lui donnant son prix, quelle était la marque rouge
qu'il avait sur le front. Je cherchais des yeux au parterre son père et sa mère et je vis qu'ils riaient en se
couvrant la bouche de leur main. Derossi passa à son
tour, vêtu d'un habit bleu foncé à boutons d'acier;
svelte, élégant, le front haut, inondé par ses cheveux
blonds bouclés; si beau et si sympathique que je lui
aurais volontiers envoyé un baiser. Ces messieurs vou-
lurent tous lui parler et lui serrer la main. Puis le
maître appela : *Jules Robetti!*

On vit venir alors avec ses béquilles le fils du capitaine d'artillerie. Des centaines d'élèves savaient la
cause de son accident, le bruit s'en répandit aussitôt et
une salve d'applaudissements éclata, ébranlant tout le
théâtre. Les hommes se levèrent, les femmes agitèrent
leur mouchoir et le pauvre enfant confus et tremblant
s'arrêta au milieu de la scène...

Le maire attira Robetti à lui, l'embrassa, détacha du
dossier de son fauteuil la couronne de laurier qui y
était attachée et l'enfila dans la traverse d'une des béquilles; puis il l'accompagna jusqu'à l'avant-scène où
était le capitaine d'artillerie, le père du valeureux enfant, et celui-ci l'enleva et le porta dans la loge accompagné des vivats et des bravos.

La musique douce et légère jouait toujours et les enfants continuèrent à défiler : ceux de la section de la
Consolata, presque tous fils de petits marchands ; ceux
de la section de Vauchiglia, fils d'ouvriers; ceux de la
section Buoncompagni, en grand nombre fils d'agricul-
teurs, enfin ceux de l'école Ragneri, qui fut la dernière.

Vers la fin, les sept cents enfants placés au parterre
entonnèrent une autre chanson fort belle. Puis le
maire fit un petit discours et après lui l'assesseur ter-
mina en disant :

— Ne sortez pas d'ici, mes enfants, sans envoyer un
salut et un remerciement à ceux qui se fatiguent tant
pour vous, à ceux qui vous ont consacré toutes les forces de leur intelligence et de leur cœur, qui vivent et
meurent pour vous, et que voici : — l'assesseur désigna
les professeurs et les institutrices placés aux galeries. — A ce touchant appel qui répondait si bien à leurs
sentiments, les enfants se levèrent et tendirent leurs
bras vers les maîtres et les maîtresses, qui répondirent
en agitant leurs chapeaux et leurs mouchoirs, tous debout, émus certainement de cette manifestation sympathique de la part des écoliers.

La musique de l'orchestre joua un nouveau morceau,
et le public salua une dernière fois les douze petits représentants des provinces italiennes qui s'avancèrent
sur la scène, les mains entrelacées, et auxquels on lança
des bouquets de fleurs.

UNE DISPUTE

Lundi 20.

Eh bien ! non, ce n'est point par envie, parce qu'il a
eu un prix et moi pas, que je me suis disputé ce matin
avec Coretti. Ce n'est pas par envie, mais j'ai eu tort.

Le maître l'avait mis à côté de moi : j'écrivais sur
mon cahier de calligraphie ; Coretti me heurta avec son

coude et me fit faire un crochet affreux et tacher d'encre le récit mensuel : *Sang Romagnol*, que je copiais pour le petit maçon qui est malade. Je me mis en colère et dis une sottise. Coretti me répondit en riant :

— Je ne l'ai pas fait exprès. —

Je devais le croire, car je le connais; mais son sourire me déplut et je pensai : — Maintenant qu'il a obtenu un prix, il est devenu orgueilleux. —

Un peu après, pour me venger, je le poussai si bien qu'il abîma sa page d'écriture.

Alors, tout rouge de colère :

— Toi, tu l'as fait exprès! me dit-il, en levant sur moi la main. Le professeur le regardait : il baissa sa main, mais ajouta :

— Je t'attends à la sortie!

J'étais contrarié, ma colère s'était calmée et je me repentais déjà.

Non, Coretti ne pouvait pas m'avoir poussé exprès, car il est bon. Je me le rappelais, lorsque je le vis chez lui, travaillant tout en soignant sa mère malade; et puis, je l'avais si bien reçu à la maison, mon père l'avait trouvé si fort à son goût!

Que n'aurais-je pas donné pour ne pas avoir prononcé la sottise qui m'était sortie de la bouche! pour ne pas avoir eu ce vilain mouvement de vengeance!

Je pensai au conseil que m'aurait donné mon père. — Tu as tort? — Oui. — Eh bien, fais-lui des excuses.

Faire des excuses! je n'en avais pas le courage, j'avais honte de m'humilier. Je regardais Coretti de côté, je voyais son jersey décousu à l'épaule, peut-être parce qu'il avait porté du bois, et je sentais que je l'aimais, je me disais : *Courage*! mais le mot: *Excuse-moi* me restait à la gorge.

Lui, me regardait à la dérobée de temps en temps ;
il me semblait plus affligé que colère. Mais moi, je le
regardais de travers pour qu'il ne crût pas que j'eusse
peur.

Il me répéta : — Nous nous reverrons dehors!

Et je répétais :

— Nous nous reverrons dehors.

Pourtant je pensais à ce que mon père m'avait dit
un jour : — Si tu as tort, défends toi, mais ne frappe
pas. — Et je me disais en moi-même. Je me défendrai,
mais je ne frapperai pas. Je continuais à être de mauvaise humeur, triste, je n'écoutais plus la leçon. Enfin
le moment de sortir arriva.

Quand je fus seul dans la rue, je vis que Coretti me
suivait. Je m'arrêtai et l'attendis, ma règle en main.
Il s'avança, je levai ma règle...

— Mon Henri, me dit-il avec un bon sourire, en éc..r-
tant ma règle, redevenons amis comme avant.

Je demeurai stupéfait un moment, puis je sentis
comme une main qui me poussait, et je me trouvai
dans ses bras.

Il m'embrassa en disant :

— Nous ne nous querellerons jamais plus, n'est-ce
pas?

— Jamais plus, jamais plus! répondis-je.

Et nous nous séparâmes contents. Mais lorsque, arrivé à la maison, je racontai tout à mon père, croyant
lui faire plaisir, il me gronda en disant :

— C'est toi qui aurais dû lui tendre le premier la
main puisque tu avais tort.

Il ajouta :

— Tu ne devais pas lever la règle sur un enfant
meilleur que toi, sur le fils d'un soldat !

Et, m'arrachant la règle des mains, mon père la brisa en deux morceaux.

SANG ROMAGNOL

RÉCIT MENSUEL

Ce soir-là, la maison de Ferruccio était plus tranquille qu'à l'ordinaire. Son père, qui tenait une petite boutique de mercerie, était allé à Forli faire quelques achats, et sa femme l'avait accompagné ainsi que Luigina, leur petite fille, qu'ils conduisaient chez l'oculiste, pour une opération à l'œil. Ils ne devaient revenir que le lendemain matin. Minuit allait sonner. La femme de ménage était partie après le dîner et il ne restait à la maison que la grand'mère, paralysée des jambes, et Ferruccio, un garçon de treize ans.

La maison n'était composée que d'un rez-de-chaussée, et se trouvait sur la grand'route, à une portée de fusil d'un village peu éloigné de Forli, ville de la Romagne. A côté de la maisonnette il n'existait qu'une maison déserte, en ruine, qu'un incendie avait dévastée deux mois auparavant, et sur les murs de laquelle on lisait encore l'enseigne d'une hôtellerie.

Derrière la maisonnette se trouvait un jardin potager entouré d'une haie où s'ouvrait une petite porte rustique. La porte de la boutique, qui servait aussi de porte d'entrée, donnait sur la grand'route. Tout autour s'étendait la campagne solitaire, de grands champs plantés de mûriers.

Minuit allait sonner. Il pleuvait, le vent mugissait.

Ferruccio et sa grand'mère, encore levés, se trouvaient
dans la salle à manger. Une chambre encombrée de
vieux meubles séparait cette pièce du jardin potager.

Ferruccio n'était rentré qu'à onze heures, après
s'être échappé plusieurs heures, pendant lesquelles la
grand'mère l'avait attendu pleine d'anxiété, clouée
dans un large fauteuil sur lequel la pauvre vieille passait toute la journée et souvent la nuit entière, une
douloureuse oppression l'empêchant de demeurer couchée.

Il pleuvait et le vent fouettait la pluie contre les vitres. La nuit était obscure, impénétrable. Ferruccio
était rentré fatigué, crotté, la jaquette déchirée, et le
front meurtri par un coup de pierre. On s'était battu
à coups de pierres d'abord, pour rire, avec les amis, et
puis on en était venu aux mains, comme cela arrive toujours. Et pour comble Ferruccio avait joué et perdu
tous ses sous, et son béret était tombé dans un fossé.

Bien que la cuisine ne fût éclairée que par une petite
lampe à l'huile, posée sur le coin d'une table, près du
fauteuil, la pauvre grand'mère avait vu tout de suite
l'état pitoyable de son petit fils et, d'après ses demi-
aveux, elle avait deviné une partie de ses mécomptes.
Il avait enfin confessé le reste et, comme elle aimait
Ferruccio de toute son âme, elle se mit à pleurer.

— Oh! non, dit-elle après un long silence, tu n'aimes point ta pauvre grand'mère, car sans cela tu n'aurais pas profité de l'absence de tes parents pour agir
ainsi que tu l'as fait. Tu m'as laissée toute la journée
seule! Tu n'as pas eu pour moi un peu de compassion!
Prends garde, Ferruccio, tu prends un mauvais chemin
qui te conduira à une triste fin! J'ai vu des enfants
commencer comme toi qui sont devenus ensuite de

fieffés mauvais sujets. On commence à se sauver de la maison, à se battre avec les camarades, à perdre son argent, puis peu à peu des coups de pierres on passe aux coups de couteau, du jeu aux autres vices, et du vice... au vol!

Ferruccio écoutait, debout à quelques pas de sa grand'mère, appuyé contre une armoire, le menton sur la poitrine, les sourcils froncés, tout bouillant encore de la colère où la rixe l'avait mis. Ses cheveux châtains bouclés ombrageaient son front et ses grands yeux bleus immobiles.

— Du jeu au vol! répéta la grand'mère continuant à pleurer. Penses-y, Ferruccio, pense à ce mauvais sujet du pays, à ce Victor Mozzoni, maintenant vagabond à la ville, qui, à vingt-quatre ans, a été deux fois déjà en prison. Il a fait mourir de chagrin sa pauvre mère que je connaissais. De désespoir, son père s'est enfui en Suisse. Pense à ce triste sujet auquel ton père a honte de rendre un salut, qu'on voit toujours en compagnie de malandrins pires que lui, jusqu'au jour où il ira aux galères. Eh bien, je l'ai connu enfant, ce Mozzoni, il a commencé comme toi! et tu réduiras peut-être ton père et ta mère à la triste fin de ses parents...

Ferruccio se taisait. Il n'avait point un méchant cœur, au contraire; ses escapades provenaient plutôt d'une surabondance de vie et d'audace que d'un mauvais naturel. Son père en cela l'avait trop gâté; car, sachant qu'il était capable, au fond, des sentiments les plus nobles et même d'une action grande et généreuse à l'occasion, il lui avait laissé la bride sur le cou, attendant qu'il devînt raisonnable de lui-même.

Ferruccio était bon, mais obstiné, et d'un caractère difficile; il avait beau avoir le cœur serré par le regret

de déplaire à sa grand'mère, il ne lui sortait point de
la bouche ces bonnes paroles qui font pardonner :
« Oui, j'ai tort, je ne le ferai plus, je te le promets,
pardonne-moi! » L'orgueil les renfermait dans son
âme, avec la tendresse qui la remplissait pourtant.

— Ah! mon enfant, continua la vieille en voyant
Ferruccio rester muet, tu ne dis pas un mot de repentir! Tu vois cependant en quel état je suis réduite;
bonne à enterrer. Tu ne devrais pas avoir le cœur de
faire pleurer la mère de ta mère, si vieille et si voisine
de son dernier jour! ta pauvre *nonna* [1] qui t'a toujours
tant aimé, qui te berçait des nuits entières quand tu
étais petit, se privant de manger pour te porter dans
ses bras! Je me disais toujours : « Cet enfant sera ma
consolation » et au contraire tu me fais mourir d'inquiétude. Je donnerais volontiers le peu de vie qui me reste
pour te revoir bon et obéissant comme jadis. Te rappelles-tu, Ferruccio, quand je te conduisais à l'église?
tu emplissais mes poches de cailloux et d'herbes et je
te ramenais à la maison endormi dans mes bras! Tu
aimais bien ta grand'mère alors! A présent que je suis
paralysée, j'aurais besoin de ton affection comme de
l'air que je respire; songe que je n'ai rien, plus rien
au monde qui m'intéresse, pauvre demi-morte que je
suis, mon Dieu !

Ferruccio allait s'élancer vers sa grand'mère, vaincu
par l'émotion, quand il lui sembla entendre un léger
bruit, un craquement provenant de la chambre voisine
qui donnait sur le potager. Mais il n'aurait su dire si
c'étaient les volets secoués par le vent ou tout autre
cause.

1. En italien, grand'mère.

Il tendit l'oreille.

La pluie augmentait.

Le bruit recommença. La grand'mère l'entendit à son tour.

— Qu'est-ce que c'est? demanda-t-elle troublée,

— La pluie, murmura l'enfant.

— Ferruccio, dit la vieille en s'essuyant les yeux, me promets-tu d'être bon et de ne plus faire pleurer ta pauvre *nonna*?

Un nouveau craquement l'interrompit.

— Mais ce n'est pas la pluie! s'écria-t-elle en pâlissant... va voir!

Puis elle ajouta aussitôt: — non, reste ici, et elle prit la main de Ferruccio dans la sienne.

Ils restaient tous deux, retenant leur souffle. On n'entendait que le bruit de l'eau.

Puis ils frissonnèrent tout à coup, car ils crurent l'un et l'autre entendre un bruit de pas dans la pièce à côté.

— Qui est là? demanda Ferruccio haletant.

Personne ne répondit.

— Qui est là? répéta l'enfant glacé par la peur.

Mais il avait à peine prononcé ces trois mots que la grand'mère et le petit fils poussèrent un cri de terreur.

Deux hommes avaient bondi dans la chambre.

L'un saisit l'enfant, posant une main sur sa bouche; l'autre serra la vieille à la gorge.

Le premier dit: — Tais-toi si tu ne veux pas mourir! Le second: — Chut! et il leva un couteau. L'un et l'autre de ces hommes avaient un masque noir sur le visage. Pendant un moment on n'entendit que des respirations haletantes et la pluie qui tombait toujours plus serrée.

La grand'mère râlait et avait les yeux hors de la tête.

L homme qui tenait l'enfant lui dit à l'oreille :

— Où ton père met-il son argent ?

L'enfant répondit à voix basse tandis que ses dents s'entre-choquaient :

— Là-bas .. dans l'armoire.

— Viens avec moi, dit l'homme.

Il traîna Ferruccio dans la petite chambre, le tenant serré à la gorge. Sur le parquet était une lanterne sourde.

— Où est l'armoire ? demanda-t-il.

L'enfant la lui indiqua du doigt.

Alors, pour s'assurer de l'enfant, l'homme le jeta à genoux devant l'armoire, le serra entre ses jambes de façon à pouvoir l'égorger s'il appelait, tint son couteau avec ses dents, et prit la lanterne d'une main tandis que de l'autre il tirait de sa poche une pince qu'il glissa dans la serrure. Il appuya dessus, la brisa, ouvrit les battants, bouleversa tout, emplit ses poches, referma, ouvrit une seconde fois, chercha encore; puis il reprit l'enfant par la gorge et le repoussa dans la pièce où l'autre voleur tenait encore la vieille, demi-pâmée, la tête renversée, la bouche ouverte:

Celui-ci demanda à voix basse : — As-tu trouvé?

Son compagnon répondit : — J'ai trouvé, et il ajouta:
— Va à la porte...

Celui qui tenait la vieille courut à la porte du potager voir s'il n'y avait personne et appela de la petite chambre d'une voix aiguë comme un sifflet : — Viens!

L autre, qui était resté et tenait encore Ferruccio, montra le couteau à l'enfant et à la vieille qui ouvrait les yeux et leur dit:

— **Pas un cri ou je reviens vous tuer !**

A travers les trous de son masque ses yeux se fixèrent menaçants sur tous les deux.

En ce moment on entendit au loin, sur la grand'route, des gens qui venaient en chantant.

Le voleur tourna rapidement la tête vers la porte, et ce mouvement brusque fit tomber son masque.

— Mozzoni! s'écria la vieille!

— Maudite! rugit le voleur reconnu, tu vas mourir!

Et il se tourna, le couteau levé, sur la vieille qui s'évanouit.

L'assassin lança le coup.

Mais par un mouvement rapide, jetant un cri désespéré, Ferruccio s'était élancé sur sa grand'mère et l'avait couverte de son corps. L'assassin s'enfuit, heurtant la table et renversant la lampe qui s'éteignit. L'enfant glissa lentement de dessus la grand'mère et tomba à genoux, restant ainsi, les bras à la taille de la vieille femme, la tête appuyée sur son sein.

Il se passa quelques instants. Il faisait très obscur. Le chant des paysans se perdait dans l'éloignement. La vieille revint à elle.

— Ferruccio! appelle-t elle d'une voix à peine intelligible.

— Nonna! répondit l'enfant.

La vieille fit un effort pour parler, mais la terreur lui paralysait la langue.

Elle resta un moment silencieuse, tremblant de tous ses membres. Puis elle put articuler:

— Ils n'y sont plus?

— Non.

— Ils ne m'ont pas tuée... murmura la vieille d'une voix étouffée.

— Non... vous êtes sauvée, dit Ferruccio faiblement,

chère nonna, ils ont emporté l'argent. Mais papa.....
avait pris presque tout avec lui.

La grand'mère respira.

— Grand'mère, dit Ferruccio, toujours agenouillé et
la serrant à la taille, chère grand'mère, vous m'aimez
bien, n'est-ce pas?

— Ferruccio! mon pauvre fils! répondit-elle en lui
mettant une main sur la tête, comme tu as dû avoir
peur! O mon Dieu! Seigneur miséricordieux! Allume
un peu la lampe... Non, restons dans l'obscurité, j'ai
encore peur...

— Grand'mère, reprit l'enfant, je vous ai causé toujours de l'ennui...

— Non, Ferruccio, non, ne dis pas cela, je n'y pense
plus, j'ai tout oublié, je t'aime tant!

— Je vous ai toujours causé de l'ennui, continua
l'enfant d'une voix tremblante et avec effort, mais... je
vous ai toujours beaucoup aimée, me pardonnez-
vous?... Pardonnez-moi, nonna.

— Oui, mon enfant, je te pardonne, je te pardonne
de tout cœur. Peux-tu en douter! Relève-toi, mon
chéri. Je ne te gronderai plus, tu es bon, tu es si bon!
Allumons la lampe. Ayons un peu de courage, lève-
toi, Ferruccio...

— Merci, grand'mère, dit l'enfant d'une voix toujours plus faible... A présent... je suis content. Vous
vous souviendrez de moi, nonna? n'est-ce pas?... vous
vous souviendrez toujours de moi... de votre Ferruccio.

— Mon Ferruccio! exclama la vieille, stupéfaite et
inquiète, lui mettant les mains sur les épaules et penchant la tête comme pour le voir en face.

— Souvenez-vous de moi, murmura encore l'enfant

d'une voix qui semblait un souffle. Donnez un baiser à
maman... à papa... à Luigina... Adieu... nonna...

— Au nom du ciel, qu'as-tu ? s'écria la grand'mère
palpant avec anxiété la tête de l'enfant alourdie sur
ses genoux. Puis elle cria de toutes ses forces, avec
désespoir:

— Ferruccio ! Ferruccio ! Ferruccio ! mon enfant !
mon amour ! Anges du paradis ! au secours !

Mais Ferruccio ne répondit pas. Le petit héros, le
sauveur de la mère de sa mère, frappé d'un coup de
couteau dans le dos avait rendu à Dieu sa belle âme,
son âme courageuse.

LE PETIT MAÇON EN DANGER

Mardi 18.

Le pauvre petit maçon est gravement malade, le
maître nous a dit d'aller le voir, et tous trois, Garrone,
Derossi et moi, nous sommes convenus d'y aller. Nous
avons invité le fier Nobis pour savoir ce qu'il répon-
drait. Il nous a dit « non » sèchement. Votini s'est ex-
cusé aussi, peut être pour ne point blanchir de chaux
son bel habit. A la sortie, vers quatre heures, nous allâmes chez le maçon. Il pleuvait à verse. Garrone s'arrêta dans la rue et nous dit, la bouche pleine de pain :

— Qu'allons-nous lui acheter? et il fit sonner deux
sous qu'il avait en poche. Nous mîmes chacun deux
sous pour acheter trois grosses oranges. Nous montâmes à la mansarde. Arrivés devant la porte, Derossi
enleva sa médaille et la mit dans sa poche. Je lui de-
mandai pourquoi.

— Je ne sais pas, c'est pour ne pas avoir l'air..., il me semble plus délicat d'entrer sans médaille.

Nous frappâmes à la porte, le père nous ouvrit, — cet homme paraît un géant, — il avait le visage bouleversé.

— Qui êtes-vous? demanda-t-il.

Garrone répondit:

— Nous sommes camarades de classe d'Antonio et nous lui apportons des oranges.

— Ah! mon pauvre Tonino, s'écria le maçon en secouant la tête. J'ai peur qu'il ne puisse plus les manger, vos oranges!

Et il s'essuya les yeux du revers de sa manche.

Il nous fit passer devant lui. Nous entrâmes dans une chambre mansardée où le « petit maçon » dormait sur un lit de fer. Sa mère était agenouillée auprès du lit, le front dans les mains; c'est à peine si elle se tourna pour nous regarder.

Au mur étaient pendus des brosses, une pioche et un tamis à chaux. Sur les pieds du malade la jaquette du maçon, blanche de plâtre.

Le pauvre enfant, amaigri, pâle, le nez effilé, respirait difficilement.

Ce cher Tonino, si gentil, si gai, mon petit compagnon, combien aurais-je donné pour te voir faire encore le *museau de lièvre*, pauvre petit maçon!

Garrone mit une orange sur l'oreiller, auprès de son visage. L'odeur le réveilla. Il prit l'orange, mais la laissa tomber et regarda fixement Garrone.

— C'est moi, Garrone, dit celui-ci, me reconnais-tu?

Un sourire effleura les lèvres du malade, il tendit avec effort sa main à Garrone qui la prit entre les siennes, y posa un baiser en disant:

— Courage, courage, Antonio! tu guériras bientôt, tu reviendras à l'école et M. Perboni te mettra à côté de moi. Es-tu content?

Le petit maçon ne répondit pas.

La mère éclata en sanglots.

— Oh! mon pauvre Tonino, si bon et si **gentil**, Dieu veut nous le reprendre!

— Tais-toi, lui cria le maçon désespéré, tais-toi ou je perds la tête.

Puis s'adressant à nous :

— Merci, merci, mes enfants, dit-il. Allez chez vous, que venez-vous faire ici?

L'enfant avait refermé les yeux, il semblait mort.

— Puis-je vous être utile en quelque chose? demanda Garrone.

— Non, mon cher monsieur, merci, répondit le maçon.

Et, sur ces mots, il nous reconduisit et ferma la porte.

Mais nous n'étions pas à moitié de l'escalier que nous l'entendîmes appeler ;

— Garrone! Garrone !

Nous remontâmes en hâte tous les trois.

— Garrone! cria le maçon transfiguré, Tonio t'a appelé; voilà trois jours qu'il ne parlait pas et il t'a nommé deux fois. Ah! mon Dieu, si c'était bon signe!

— Au revoir, nous dit Garrone, je reste.

Et il suivit le maçon.

Derossi avait les yeux pleins de larmes.

Je lui dis : — Tu pleures pour Tonio?... Il a parlé, il guérira !

— Je le crois, répondit Derossi, mais je ne pensais pas à lui... Je pensais à Garrone. Est-il bon! et a-t-il une belle âme !

AVRIL

LE PRINTEMPS

Samedi 1er.

Le premier Avril! — Nous n'avons plus que trois mois d'école! — La matinée a été une des plus belles de l'année. J'étais content, parce que Coretti m'a invité à aller après-demain voir l'entrée du Roi avec son père, *qui le connaît;* puis, maman m'a promis de me conduire visiter l'asile du cours Valdocco... Et, ce qui me fit grand plaisir encore, ce fut d'apprendre que le « petit maçon » allait mieux. Hier soir, M. Perboni a dit à mon père en passant:

— Il va bien, il va bien.

Quelle belle matinée de printemps!

On voyait le ciel bleu par les croisées de la classe, les arbres du jardin tout couverts de bourgeons, et les fenêtres des maisons grandes ouvertes, avec leurs pots de fleurs déjà verdissants.

Le professeur ne riait pas, parce qu'il ne rit jamais ; pourtant il était de bonne humeur, à ce point qu'on n'apercevait presque plus cette ride profonde qui creuse son front. Il expliquait un problème sur l'ar-

17

doise, et on voyait qu'il respirait avec plaisir l'air embaumé de terre humide et de feuilles fraîches qui arrivait en bouffées par les fenêtres ouvertes. Ce beau temps faisait déjà penser aux promenades à la campagne. Pendant que le maître expliquait le problème on entendait un forgeron qui battait l'enclume dans une rue voisine, et de la maison en face arrivait le chant d'une mère qui endormait son poupon. Au loin, à la caserne de la Tchernaia, sonnaient les clairons. Tout le monde enfin paraissait gai et content, jusqu'à Stardi, le farouche Stardi. A un certain moment le forgeron frappa plus fort, la femme chanta plus haut. Le maître s'interrompit et prêta l'oreille. Puis il dit lentement, et regardant par la fenêtre :

— Le ciel sourit, une mère chante, un brave homme travaille, des enfants étudient.., voilà certes de belles choses réunies...

Au sortir des classes, nous nous aperçûmes que les autres écoliers étaient aussi gais que nous. Ils marchaient tous à la file, frappant du pied et chantant, comme à la veille d'un jour de grandes vacances. Les maîtresses riaient; celle à la plume rouge sautillait derrière ses élèves comme une fillette. Les parents parlaient entre eux, souriants, et la maman de Crossi, la fruitière, avait son panier si plein de violettes qu'il embaumait tout le vestibule. Je ne vis jamais autant de joyeux sourires que dans cette matinée, où ma bonne mère vint à ma rencontre.

—Je suis content, lui dis-je en allant vers elle. Pourquoi donc suis-je si content ce matin?

Ma mère me répondit en souriant que c'était parce qu'il faisait beau et que j'avais la conscience tranquille.

L'ASILE

Ainsi qu'elle me l'avait promis, maman m'a conduit hier après déjeuner à l'asile, pour recommander à la directrice la petite sœur de Precossi. Je n'avais jamais vu un asile, et celui-ci me plaît infiniment.

Il y avait là deux cents enfants, petits garçons et petites filles, auprès desquels nos bambins de la petite classe sont des hommes.

Nous arrivâmes au moment où les enfants entraient au réfectoire. On y voit deux longues tables percées de trous, et dans chaque trou une écuelle noire, pleine de riz et de haricots, une cuillère d'étain à côté.

En entrant, quelques-uns tombaient sur le plancher et restaient là, étendus, jusqu'à ce qu'une maîtresse accourût les ramasser. Beaucoup s'arrêtaient devant une écuelle, persuadés que c'était la leur, et déjà ils avalaient une cuillerée, quand la maîtresse arrivait et leur disait : — En avant, et, quatre pas plus loin, v'lan, les mêmes avalaient une cuillerée nouvelle, et encore une autre plus loin, jusqu'à ce qu'ils arrivassent à leur place, après avoir becqueté ainsi à la volée la moitié d'un potage.

Cependant, à force de les pousser, de leur crier : — Avancez donc! avancez! on les rangea tous, et la prière commença. Mais ceux qui se trouvaient obligés de tourner le dos à leur écuelle pour prier, se donnaient des torticolis pour ne pas la perdre de vue, afin que personne n'y pêchât, et s'ils priaient les mains jointes et les yeux au ciel, leur cœur était à la soupe.

Enfin, ils se mirent à manger. Quel gracieux tableau!
L'un mangeait avec deux cuillères, l'autre avec les
mains; beaucoup ôtaient les haricots un à un et se les
mettaient en poche, d'autres au contraire les enveloppaient étroitement dans un coin de leur tablier et
appuyaient dessus pour les écraser. Il y en avait qui
oubliaient de manger pour regarder voler les mouches; d'autres, en toussant, éparpillaient une pluie de
riz autour d'eux. On aurait dit un poulailler; mais
c'était gentil quand même, cette double file de minois
roses, les fillettes surtout, avec leurs cheveux noués sur
le haut de la tête par des rubans rouges, bleus, verts.

Une maîtresse demanda à un groupe de huit fillettes :

— Où naît le riz?

Toutes les huit ouvrirent une bouche pleine de soupe
et répondirent d'une voix chantante:

— Il — naît — dans — l'eau.

La maîtresse commanda:

— Les mains en l'air!

Et alors s'élevèrent tous ces jolis petits bras qui, il y
a quelques mois, étaient encore dans des langes et
ces petites mains qui ressemblaient à autant de papillons blancs et roses.

On alla ensuite en récréation; mais d'abord tous prirent leurs paniers où était enfermé le déjeuner et qui
étaient accrochés au mur. Ils sortirent dans le jardin
et s'éparpillèrent pour tirer leurs provisions des paniers:
du pain, des pruneaux, un petit morceau de fromage,
un œuf dur, une poignée de pois bouillis, une aile de
poulet.

En un instant le jardin fut parsemé de miettes,
comme si on les eût jetées pour attirer les moineaux. Ils

mangeaient dans les postures les plus étranges, on
aurait dit des lapins, des rats et des chats, rongeant,
léchant, suçant... Un bébé tenait un grissini[1] sur sa
poitrne et le lissait avec une nèfle. Les fillettes couraient et se poursuivaient leur panier entre les dents,
comme des petits chiens. J'en vis trois qui creusaient
un œuf dur à l'aide d'un petit bâton, croyant y dé-
couvrir des trésors : ils en répandaient la moitié par
terre, la ramassaient miette par miette, avec une
grande patience, comme s'il se fût agi de ramasser
des perles. Et autour de ceux qui avaient pour déjeuner quelque chose d'extraordinaire, huit ou dix autres
se tenaient la tête baissée, pour regarder dans le
panier : on aurait cru qu'ils regardaient la lune dans
un puits. Ils étaient bien une vingtaine autour d'un
bambin qui avait un cornet de sucreries, lui faisant mille
grâces afin d'obtenir la faveur d'y frotter leur pain,
et lui l'accordait aux uns, et à d'autres qui l'avaient
prié bien fort, il donnait seulement son doigt à suçer.

Ma mère était venue au jardin pour caresser tantôt
l'un, tantôt l'autre. Beaucoup l'entouraient. l'assié-
geaient tendant leur visage en l'air, comme s'ils regardaient à un troisième étage, pour avoir un baiser. Un
petit lui offrit un quartier d'orange mordillé, un autre
une croûte de pain, une petite fille donna une feuille.
On lui mettait sous les yeux, en fait de merveilles, des
insectes microscopiques ; je ne sais comment ils avaient
pu les recueillir.

Pendant ce temps, il arrivait çà et là mille accidents
qui faisaient accourir les maîtresses. Des fillettes pleu-
raient parce qu'elles ne pouvaient dénouer le nœud de

1. Petit gâteau sec.

leur mouchoir, d'autres se disputaient à coups d'ongles et à grands cris deux pépins de pommes. Un enfant qui était tombé sur un petit banc renversé sanglotait, sans pouvoir se relever.

Avant de s'en aller, maman en prit dans ses bras trois ou quatre, et alors ils accoururent de tous les côtés pour se faire prendre, malgré leur figure teinte de jaune d'œuf et de jus d'orange; c'était à qui lui prendrait les doigts pour regarder ses bagues, lui tirerait sa chaine pour voir sa montre; d'autres voulaient l'attraper par ses nattes.

— Faites attention! ils vont abîmer votre robe, disaient les maitresses à maman.

Mais maman, à qui cela était bien égal, continuait à les caresser et tous voulaient arriver à elle, les bras tendus, se disputant pour parvenir les premiers et criant tous : — Adieu! adieu!

Enfin nous pûmes nous échapper du jardin, et les enfants se mirent alors le nez contre les grillages, afin de nous voir passer. Ils sortaient leurs petits bras dehors pour saluer maman, lui offrant encore croûtons de pain, croûtes de fromage et morceaux de nèfles en criant tous ensemble :

— Adieu, adieu! reviens demain!

Ma mère en s'en allant passa encore ses mains sur les centaines de petites mains qui se tendaient vers elle comme sur une haie de roses vivantes, et sortit dans la rue toute couverte de miettes et de taches, les mains pleines de fleurs et les yeux pleins de larmes, heureuse comme si elle fût revenue d'une fête, et on entendait encore à l'intérieur de l'asile un gazouillement d'oiseaux qui disait :

— Adieu! adieu! reviens une autre fois, *Madame!*

A LA GYMNASTIQUE

Mercredi 5.

Le temps continuant à être très beau, on nous a fait passer de la gymnastique en chambre à celle des agrès, installée dans le jardin.

Garrone se trouvait hier dans le cabinet du directeur quand la mère du petit Nelli vint pour le faire dispenser des nouveaux exercices de gymnastique. Chaque parole lui coûtait un effort, et elle appuyait sa main sur la tête de son fils tout en disant au directeur :

— Il ne peut pas...

Nelli se montrait très attristé d'être exclu des trapèzes, de subir encore cette humiliation.

— Tu verras, maman, disait-il, je ferai comme les autres.

La mère le regardait en silence, avec pitié et douceur, puis elle dit avec une certaine hésitation : — Je crains que ses compagnons... Elle voulait dire : « ne se moquent de lui ». Nelli répondit : — Cela ne me fait rien, j'ai Garrone. Il me suffit que lui ne rie pas de moi...

On le laissa donc venir à la gymnastique. Le maître nous conduisit d'abord aux barres verticales, qui sont très hautes ; il faut grimper jusqu'en haut et se mettre droit ensuite sur la poutre transversale.

Derossi et Coretti grimpèrent comme deux singes. Le petit Précossi monta également très bien, quoiqu'il fût gêné par sa grande jaquette qui lui tombe jusqu'aux genoux.

Pour le faire rire pendant qu'il montait on lui répétait sa phrase habituelle :

— Excusez-moi, excusez-moi...

Starli s'essoufflait, devenait rouge comme un dindon, serrait les dents comme un chien enragé, voulait parvenir en haut, dût il y rester ensuite. Il y arriva en effet. Quand Nobis fut arrivé à son tour sur la barre d'en haut, il y prit une pose d'empereur. Votini glissa deux fois, malgré son beau costume neuf à rayures bleues, fait tout exprès pour la gymnastique. Pour monter plus facilement nous nous étions tous barbouillé les mains avec de la colophane en poudre. On savait que Garoffi, ce faiseur d'affaires, en fournissait à tous moyennant un sou le paquet, en gagnant certainement quelque chose sur la quantité.

Arriva le tour de Garrone, qui grimpa tout en mangeant son pain comme si de rien n'était, et je crois qu'il aurait été capable de porter quelqu'un sur ses épaules, tant il est fort, ce petit taureau.

Après Garrone, voilà Nelli. A peine le vit-on embrasser la barre de ses mains longues et frêles qu'on se mit à rire et à chuchoter.

Mais Garrone croisa ses bras sur sa poitrine et lança autour de lui un regard qui promettait si clairement des taloches, que chacun se tut comme par enchantement. Nelli commença à grimper avec beaucoup de peine, le pauvre petit avait le visage en feu, la sueur coulait sur son front.

Le maître lui dit : — Descendez !

Mais il s'obstinait, s'efforçait... Je m'attendais d'un moment à l'autre à le voir dégringoler en bas, à demi mort. Je songeais que si j'avais été à sa place et que ma mère m'eût vu, elle en aurait tant souffert ! et, en

y pensant, je me sentais aimer plus encore mon pauvre
camarade! j'aurais donné je ne sais quoi pour qu'il
réussît à monter jusqu'en haut; si j'avais pu le pousser
sans qu'on le vît!... Pendant ce temps, Derossi, Coretti
et Garrone disaient :

— Monte, monte. Nelli! encore un peu de courage...

Nelli fit encore un violent effort, poussa un gémissement et se trouva à deux doigts de la poutre.

— Bravo! cria-t-on. Courage! encore une poussée...

Et voilà Nelli qui empoigne la poutre.

On battit des mains.

— Bravo, dit le maître, mais c'est assez, descendez!

Nelli n'écouta pas, il voulait monter dessus comme
les autres. Après quelques efforts il réussit à y poser
les coudes, puis les genoux, et enfin les pieds, alors il
s'y dressa debout, soufflant et triomphant, et nous
regarda.

Nous l'applaudîmes de nouveau. Il jeta alors un
coup d'œil dans la rue. Je me tournai de ce côté, et à
travers les plantes qui couvrent la grille du jardin je
vis sa mère qui se promenait sur le trottoir sans oser
regarder.

Nelli descendit et tout le monde lui fit fête. Il était
excité, animé, ses yeux brillaient, il semblait trans-
formé.

Quand sa mère vint à sa rencontre à la sortie et lui
demanda un peu inquiète en l'embrassant:

— Eh bien! mon pauvre fillot, comment cela a-t-il
été?

Ses camarades répondirent pour lui:

— Très bien, il a très bien monté. Il a monté aussi
bien que nous; il est fort, allez! il est leste, il fait
comme les autres....

Il fallait voir la joie de la pauvre dame! Elle voulut nous remercier et balbutia, serra la main à trois ou quatre d'entre nous, caressa Garrone et emmena son fils. Et nous les vîmes marcher vite en parlant et en gesticulant, tous deux contents comme nous ne les avions jamais encore vus.

LE PROFESSEUR DE MON PÈRE

Mardi 11.

Quelle belle promenade j'ai faite hier avec mon père!... Voici à quelle occasion.

Avant hier, à dîner, en lisant le journal, mon père poussa tout à coup un cri de surprise et nous dit :

— Et moi qui le croyais mort depuis vingt ans! mon premier professeur de classe élémentaire, ce pauvre Vincenzo Crosetti, est encore vivant? il a quatre-vingt-quatre ans!

Je viens de lire que le ministre lui a donné la médaille du *Mérite* pour ses soixante ans d'enseignement. *Soixante ans,* comprenez-vous? Il n'y a que deux ans qu'il a pris sa retraite. Pauvre Crosetti! Il habite à une heure de chemin de fer de Tonio, à Condove, au pays de notre ancienne jardinière de notre villa de Chiéri.

Il ajouta :

— Henri, nous irons le voir.

Et pendant toute la soirée papa ne parla que de son professeur. Le nom de son maître d'élémentaire ramenait à sa mémoire mille choses de ses jeunes années, de ses premiers camarades, de sa pauvre mère.

— Crosetti! disait-il, il me semble le voir encore.

Il avait quarante ans lorsque j'étais avec lui:

Un petit homme déjà un peu courbé, aux yeux clairs, le visage imberbe, sévère, mais de manières polies, qui nous aimait comme un père et ne nous laissait pas passer une faute.

De paysan il était devenu professeur à force d'études et de privations. Ma mère l'aimait beaucoup, mon père le traitait comme un ami.

Comment de Turin est-il allé finir à Condove?... Il ne me reconnaîtra plus, certainement; n'importe! je le reconnaîtrai, moi!... Quarante-quatre ans ont passé... Quarante-quatre ans, Henri! Nous irons le voir demain.

Hier, à neuf heures, nous étions à la gare de Suze. J'aurais voulu que Garrone vînt avec nous, mais il n'a pas pu, parce que sa mère est malade.

C'était une belle journée de printemps! On traversait des champs verdoyants et des haies en fleur qui parfumaient l'air. Mon père était content; de temps en temps, il passait son bras autour de mon cou et me parlait comme à un ami, tout en regardant la campagne.

— Pauvre Crosetti! disait-il, c'est lui après mon père qui m'a le plus aimé et fait le plus de bien. Je n'ai jamais oublié ses bons conseils, et même certains reproches durs, qui me faisaient m'en retourner à la maison la gorge serrée. Je le vois encore quand il entrait dans la classe, mettant sa canne dans un coin et accrochant son pardessus au porte-manteau, toujours avec le même geste. Il avait l'humeur égale, l'esprit consciencieux, était plein de bonne volonté, et attentif!... comme si chaque jour, il faisait sa classe pour la première fois.

Je me rappelle lorsqu'il m'appelait :

— Bottini, eh ! Bottini ! l'index et le médius sur la plume...

A peine descendus à Condove, nous allâmes à la recherche de notre ancienne jardinière de Chiéri, qui a une petite boutique dans une impasse.

Nous la trouvâmes au milieu de ses enfants, elle nous fit fête et nous donna des nouvelles de son mari, qui doit revenir de Gênes où il est allé travailler depuis trois ans, et de sa fille sourde-muette qui est à l'Institution des sourds-muets à Turin. Puis elle nous enseigna l'adresse du professeur Crosetti, lequel est connu de tout le village.

Nous sortîmes du pays et nous prîmes un sentier montueux encadré de haies fleuries.

Mon père ne parlait plus, absorbé dans ses souvenirs; parfois il souriait, ou bien secouait mélancoliquement la tête.

Tout à coup il s'arrêta : — Le voilà ! Je parie que c'est lui, dit-il.

Un petit vieillard à barbe blanche, coiffé d'un chapeau à larges bords, appuyé sur un bâton, descendait le sentier au-devant de nous. Sa démarche était incertaine, ses mains tremblaient.

— C'est lui, répéta mon père en pressant le pas.

Quand nous fûmes près du vieillard, nous nous arrêtâmes; lui aussi s'arrêta et regarda mon père.

Ce bon vieux avait le visage encore frais et les yeux brillants.

— N'est-ce pas au professeur Vincent Crosetti que j'ai l'honneur de parler ? fit mon père en soulevant son chapeau.

Le vieillard salua .

— A lui-même, répondit il d'une voix un peu tremblante, mais sonore.

— Eh bien, ajouta mon père en prenant une des mains du vieillard, permettez à un de vos anciens élèves de vous serrer la main. Je suis venu de Turin pour vous voir.

Le vieillard regarda mon père avec étonnement :

— Vous me faites beaucoup d'honneur... Je ne sais.. Quand étiez-vous mon élève ? Excusez-moi, votre nom, s'il vous plaît ?

Mon père se nomma : Albert Bottini, et précisa la date de son entrée à l'école ; il ajouta : — Peut-être ne vous souvenez-vous pas de moi ; c'est naturel, mais moi je vous reconnais si bien !

Le professeur baissa la tête et se mit à réfléchir en murmurant deux ou trois fois le nom de mon père, qui continuait à le regarder en souriant avec des yeux attendris.

Le vieillard se souvint tout à coup, leva la tête, et dit lentement : — Albert Bottini, le fils de l'ingénieur Bottini qui habitait place de la Consolata ?

— C'est cela ! fit mon père tendant les mains.

— Alors, permettez-moi, cher monsieur... et s'étant avancé le vieillard embrassa mon père ; la tête blanche de Crosetti arrivait à peine à l'épaule de son élève qui appuya ses lèvres sur son front vénérable.

— Ayez la bonté de venir avec moi, dit le professeur.

Et, sans parler davantage, il reprit le sentier qui conduisait chez lui. En quelques minutes nous arrivâmes à un petit jardin précédant une maisonnette à deux portes, dont l'une était encadrée d'une bande de badigeon.

Le professeur ouvrit celle-là et nous fit entrer dans

une chambre aux quatre murs blancs. Dans un coin
un lit de camp avec un couvrepied à carreaux bleus et
blancs, plus loin un bureau surmonté d'une petite
bibliothèque, quatre chaises et une vieille carte de
géographie clouée au mur, c'était là tout le mobi-
lier...

Nous nous assîmes; mon père et le professeur se regardèrent quelques moments en silence.

— Bottini! s'écria enfin le professeur, fixant ses yeux
sur le carrelage dont le soleil faisant un échiquier, oh !
je me rappelle bien, madame votre mère était une si
bonne dame !

La première année vous étiez placé sur le premier
banc à gauche près de la fenêtre. Voyez un peu si je
me souviens ! Je vois encore votre tête bouclée....

Il fit une pause, réfléchit, et continua :

— Vous étiez un garçon très vif, hein? la seconde
année vous avez eu le croup, et votre pauvre maman
vous ramena à l'école maigri et enveloppé d'un châle.
Quarante ans sont passés depuis, n'est-ce pas? Vous
avez été bien bon de vous souvenir de votre vieux professeur...

D'anciens élèves comme vous sont venus me voir les
années précédentes: il y en a qui sont prêtres, colonels,
enfin de conditions très diverses.

M. Crosetti demanda à mon père quelle était sa profession : en l'apprenant il s'écria :

— Je suis content! très content!...

Puis il reprit :

— Il y a déjà quelque temps que je ne vois plus
personne, et je crains bien que vous soyez mon dernier
visiteur, cher monsieur !

— Que dites-vous! fit mon père, vous êtes encore

fort et bien portant, vous ne devez pas dire cela!

— Eh non, voyez ce tremblement? répondit le professeur en montrant ses mains, voilà un mauvais indice.. il m'a pris il y a trois ans lorsque je faisais encore la classe. D'abord je n'y pris pas garde, je croyais que cela passerait, mais au contraire le tremblement augmenta.

Il vint un jour où il me fut impossible d'écrire:

Ah! ce fut un coup porté au cœur, cher monsieur, lorsqu'un pâté tomba sur le cahier d'un de mes élèves!

Je traînai encore un peu, puis je dus, après soixante ans d'enseignement, renoncer à l'école, à mes élèves, au travail!

C'était dur, voyez-vous, très dur. La dernière fois que je donnai ma leçon, tous les écoliers m'accompagnèrent à la maison, me firent fête; malgré ces démonstrations, j'étais triste, je comprenais que la vie était finie pour moi... L'année précédente, j'avais perdu ma femme et mon fils unique, il ne me restait que deux neveux. Maintenant je vis avec une pension de quelques centaines de francs, je ne fais plus rien, les journées sont sans fin pour moi; ma seule satisfaction est de feuilleter mes vieux livres d'école, des recueils de journaux scolaires, quelques volumes dont on m'a fait cadeau.

Là, dit le vieillard en montrant la bibliothèque, là sont enfermés tous mes souvenirs, tout mon passé! Il ne me reste rien d'autre au monde.

Puis soudain d'un ton gai:

— Je vais vous faire une surprise, cher monsieur Bottini.

Il se leva, s'approcha de son secrétaire, ouvrit un tiroir qui contenait une quantité de petits paquets liés

par des cordons de soie et sur chacun desquels étaient
inscrits un nom et une date.

Après avoir cherché un peu, il en ouvrit un, feuilleta
quelques papiers, et tira une feuille jaunie qu'il tendit
à mon père. C'était un de ses devoirs! daté de quarante ans passés!

En tête, on lisait:

Albert Bottini : Dictée du 3 avril 1838.

Mon père reconnut aussitôt sa grosse écriture d'enfant et se mit à lire en souriant; mais soudain ses yeux
se mouillèrent de larmes; je me levai et je lui deman-
dai ce qu'il avait.

Il me passa un bras autour de la taille et, me serrant
à son côté, il me dit:

— Regarde cette page, tu vois? voilà des corrections
faites de la main de ma pauvre mère! Elle renforçait
toujours mes *l* et mes *t*, les dernières lignes sont entièrement de sa main. Elle avait appris à imiter mon
écriture et quand j'étais fatigué et que j'avais sommeil,
elle terminait mon devoir! Ma sainte mère!

Et papa baisa la page.

— Cela, dit le professeur en nous montrant les autres paquets, ce sont mes mémoires. Chaque année,
j'ai mis de côté un devoir de chacun de mes élèves,
ils sont là en ordre et numérotés. Quelquefois je les
feuillette, je lis une ligne ici, une ligne là, qui me
rappellent mille choses, et il me semble que je revis
dans mon passé. Que d'élèves, cher monsieur!

En fermant mes yeux je vois visages derrière d'autres visages, classes après classes, centaines et centaines
d'enfants. Qui sait combien sont déjà morts! Je me
souviens surtout des meilleurs et des pires, de ceux qui
m'ont donné des satisfactions et de ceux qui m'ont con-

tristé : car dans le nombre, vous savez, il y a eu des serpents. Mais maintenant, vous comprenez, c'est comme
si j'étais déjà de l'autre monde; je les aime tous également.

Il se rassit et prit une de mes mains dans les siennes.

— Et de moi, demanda mon père en souriant, vous
ne vous rappelez aucune gaminerie?

— De vous, monsieur? répondit le vieillard en souriant, non, pas pour le moment; cela ne veut pas dire
que vous n'en ayez point fait. Vous étiez sérieux pour
votre âge.

Je me souviens de la grande affection que vous portait Mme votre mère... Savez vous que vous avez été
bien bon et bien gentil de venir me voir? Comment avez-
vous pu laisser vos occupations pour venir visiter un
pauvre vieux professeur?

— Écoutez, monsieur Crosetti, répondit vivement mon
père, je n'ai pas oublié le jour de mon entrée à l'école.
Ma pauvre mère me conduisait. C'était la première fois
qu'elle se séparait de moi pour deux heures, qu'elle me
laissait hors de la maison entre des mains étrangères.
Pour cette excellente mère mon entrée à l'école était
comme mon entrée dans le monde, le commencement
d'une longue série de séparations nécessaires et douloureuses; c'était la société qui lui arrachait son fils
pour ne jamais le lui rendre tout entier. Elle était émue,
moi aussi. Elle me recommanda à vous, cher maître,
d'une voix tremblante, et quand, en s'allant, elle me
sourit encore par la fente de la porte, les yeux pleins
de larmes, vous lui fîtes un signe de la main pour la
rassurer, comme pour lui dire : — Madame, comptez
sur moi. Eh bien, ce mouvement, ce regard qui me fit
comprendre que vous vous associiez à l'émotion de ma

mère, cette main posée par vous sur votre cœur pour donner courage à la pauvre femme, ce geste d'indulgence, de bonté et de sympathie, je me le suis toujours rappelé, il m'est resté gravé là pour toujours. C'est ce souvenir qui m'a fait quitter Turin pour venir vous dire, après quarante-quatre ans : — Merci, cher maître !

Le maître ne répondit pas, il me caressait les cheveux avec sa main qui tremblait, et passait de mes cheveux sur le front, du front à l'épaule.

Pendant ce temps-là mon père regardait les murs nus, le lit mesquin, un morceau de pain posé près d'une bouteille d'huile sur le rebord de la fenêtre, et il avait l'air de penser :

— Pauvre maître, après soixante ans de travail c'est là toute la récompense !

Pour le bon vieillard, il était content et recommença à parler avec vivacité de notre famille, d'autres professeurs de ce temps là et des compagnons d'école de mon père.

Celui-ci rompit la conversation pour prier le professeur de descendre à Condove, où il déjeunerait avec nous.

— Non, je vous remercie, dit-il, et comme il paraissait indécis, mon père lui prit les deux mains et le pria encore de venir.

— Comment ferais-je pour manger avec ces pauvres mains qui dansent de cette façon? dit-il, c'est une pénitence pour moi et pour les autres.

— Nous vous aiderons, maître, dit mon père.

Alors il accepta en hochant la tête avec un sourire.

— Voici pour moi une belle journée, dit-il en fermant la porte, une belle journée, cher monsieur Bottini; je vous assure que je m'en souviendrai tant que je vivrai.

Mon père offrit son bras au vieux professeur, dont je pris la main, et nous descendîmes le sentier.

Nous rencontrâmes deux fillettes nu-pieds qui conduisaient des vaches et un garçonnet portant une charge de paille sur l'épaule.

Le maître nous raconta que ces enfants étaient écoliers de seconde, qu'il menaient le matin les bestiaux au pré et le soir mettaient leurs souliers et venaient à l'école.

Il était près de midi lorsque nous arrivâmes à l'auberge ; nous nous assîmes à une grande table, on plaça le professeur entre nous deux et nous commençâmes à déjeuner.

L'auberge était silencieuse comme un couvent. Le pauvre vieillard, lui, était très gai, et, l'émotion augmentant son tremblement, il ne pouvait presque pas manger. Mon père lui coupait sa viande et son pain, mettait le sel dans son assiette. Pour boire, le bon vieux devait tenir son verre à deux mains et encore battait-il contre ses dents.

Il parlait beaucoup et avec chaleur des livres de lecture de sa jeunesse, des horaires d'alors, des éloges que ses supérieurs lui avait faits, tout cela avec un rire presque jeune.

Et mon père le regardait, le regardait avec la même expression que je surprends quelquefois sur son visage à la maison, quand il me regarde et sourit à sa pensée intérieure.

En parlant, le professeur répandit du vin sur son gilet ; mon père se leva et l'essuya avec sa serviette tandis qu'il se défendait en disant :

— Mais non, monsieur, je ne permets pas... — Et il riait, en prononçant des mots latins.

A la fin, il leva son verre et dit avec gravité :

— A votre santé, cher monsieur! à vos enfants! à la mémoire de votre bonne mère !

— A la vôtre, mon cher maître! répondit mon père en lui serrant la main

Au fond de la salle, l'aubergiste et ses gars nous regardaient d'un air satisfait, fiers de voir fêter ainsi le professeur du pays.

A deux heures nous sortîmes et le professeur voulut nous conduire à la gare. Mon père lui donna le bras de nouveau, et moi je repris sa main et lui portai son bâton. Les passants s'arrêtaient à nous regarder : car tout le monde connaissait M. Crosetti et le saluait.

A un certain endroit nous entendîmes d'une fenêtre ouverte des voix d'enfants qui lisaient ensemble, épelant. Le vieillard s'arrêta et son front se rembrunit.

— Voilà, cher monsieur Bottini, dit-il, ce qui me fait de la peine ; entendre la voix des enfants de l'école et ne plus y être, penser qu'ils ont un autre professeur... J'ai entendu pendant soixante ans cette musique de voix enfantines et mon cœur s'y était habitué.... A présent je suis sans famille, je n'ai plus d'enfants.

— Non, maître, reprit papa, en continuant de marcher, vous avez encore beaucoup d'enfants répandus dans le monde. Ils se souviennent de vous comme je m'en suis toujours souvenu.

— Non, non, dit le vieux avec tristesse, je n'ai plus d'école, je n'ai plus d'enfants, et sans enfants je ne vivrai pas longtemps.

— Ne dites pas cela, répondit mon père, vous avez fait tant de bien, vous avez si noblement employé votre vie!

Le pauvre vieux inclina un instant sa tête blanche sur l'épaule de mon père et me serra la main.

Nous entrâmes à la station : le train allait partir.

— Adieu, maître ! dit mon père en embrassant M. Croselti sur les deux joues.

— Adieu et merci ! répondit le vieillard, prenant dans ses mains tremblantes une des mains de mon père et la serrant sur son cœur.

Lorsque je l'embrassai, je sentis son visage humide de larmes. Mon père me poussa dans le wagon, et au moment de monter enleva rapidement le bâton grossier sur lequel s'appuyait le maître et lui mit à la place sa belle canne à pommeau d'argent où sont gravées ses initiales.

— Conservez-la en souvenir de moi, lui dit-il.

Le vieillard essaya de la rendre et de reprendre son bâton ; mais mon père était monté dans le compartiment et refermait la portière.

— Adieu, mon bon maître !

— Adieu, mon fils ! répondit-il, tandis que le train s'ébranlait, Dieu vous bénisse pour la joie que vous avez procurée à un pauvre vieillard !

— Au revoir ! cria mon père d'une voix émue.

Mais le maître baissa la tête comme pour dire :
— Nous ne nous verrons plus.

— Si, si, répéta papa, au revoir !

Pour toute réponse le vieux leva sa main tremblante :
— Là-haut ! fit-il.

Et il disparut à nos yeux, la main toujours tendue vers le ciel.

CONVALESCENCE

Qui m'aurait dit, quand je revenais tout content de ce petit voyage avec mon père, que pendant dix jours je ne verrais plus ni campagne ni ciel! — Je viens d'être très malade, en danger de mort. J'ai entendu maman sangloter, j'ai vu mon père tout pâle qui me regardait avec égarement; ma sœur Silvia et mon frère parlaient à voix basse, et le docteur était toujours près de moi, me disant des choses dont je n'ai pas souvenir. Vraiment j'ai été sur le point de dire adieu à tout le monde.

Ah! pauvre maman! Trois ou quatre jours ont passé dont je ne me souviens plus, c'est comme si j'avais fait un rêve obscur et embrouillé.

Il me semble avoir vu près de mon lit ma bonne maitresse de première supérieure, qui s'efforçait d'étouffer sa toux avec son mouchoir.

Je me rappelle confusément mon professeur qui se penchait sur moi pour m'embrasser et me piquait un peu avec sa barbe. J'ai vu passer comme à travers un brouillard la tête rouge de Crossi, les boucles blondes de Derossi, le Calabrais vêtu de noir, Garrone qui m'apporta une mandarine ayant ses feuilles, et s'enfuit tout de suite parce que sa mère est bien malade. Puis je me réveillai comme d'un long sommeil, et je compris que j'allais mieux en voyant mon père et ma mère qui souriaient, et en entendant Silvia qui chantonnait. **Oh! quel triste rêve!...**

Je me sens mieux, pourtant, de jour en jour.

Le « petit maçon » est venu, il m'a fait rire pour la première fois en faisant son museau de lièvre ; comme il le fait bien, depuis que son visage s'est allongé par la maladie, le pauvre petit! Coretti est venu ; Garoffi est venu ; il m'a fait cadeau de deux billets d'une nouvelle loterie pour « un crayon à cinq surprises », qu'il a acheté d'un revendeur de la rue Bertola. Hier, pendant que je dormais, Précossi est venu, il a mis ses lèvres sur mes mains pour ne point me réveiller, et comme il venait de l'atelier de son père, le visage noirci de charbon, il a laissé une marque noire sur ma manche. J'ai été heureux de la voir en m'éveillant.

Comme les arbres sont devenus verts en ce peu de jours! Et quelle envie me font les enfants que je vois courir à l'école, leurs livres sous le bras, quand papa me porte jusqu'à la fenêtre.

Dans quelques jours, j'y retournerai moi aussi, je suis si impatient de revoir tous ces chers écoliers, mon banc, le jardin, la rue, de savoir tout ce qui s'est passé pendant ma maladie, de me remettre à mes livres et à mes cahiers!

Il me semble qu'il y a un an que je ne les ai vus! Pauvre maman! comme elle a pâli et a maigri! Pauvre papa! comme il a l'air fatigué! Et mes bons amis qui sont venus me voir, marchant sur la pointe du pied et m'embrassant sur le front! Je suis triste maintenant en pensant qu'il faudra nous séparer un jour... Je sais bien que je continuerai mes études avec Derossi et quelques autres encore ; mais Garrone, Précossi, Coretti ne viendront plus, leur quatrième achevée ; adieu! Nous les perdrons de vue, ils ne viendront point auprès de mon lit, si je tombe encore malade.

Quoi! tant de braves enfants, mes bons et chers compagnons, ne plus les revoir jamais!

LES AMIS OUVRIERS

Jeudi 20

Pourquoi *plus jamais*, Henri? cela dépendra de toi. Ta *quatrième* finie, tu entreras au collège et tes camarades seront ouvriers, mais vous resterez dans la même ville pendant beaucoup d'années peut-être encore, et pourquoi alors ne vous reverriez-vous plus? Quand tu seras au lycée, tu iras chercher tes amis dans leur boutique ou à leur atelier, car tu auras du plaisir à y retrouver les compagnons de classe — des hommes — au travail. Tu iras passer quelques instants en leur compagnie et tu verras, en étudiant la vie et le monde, combien de choses tu pourras apprendre d'eux, que tu n'apprendrais de personne autre, sur leur art, leur société et ton pays. Songe bien que si tu ne conserves pas ces amitiés d'enfance, il te sera difficile d'en faire de semblables, je veux dire hors de la classe à laquelle tu appartiens. Et ainsi tu vivrais dans une seule classe sociale, et tu serais comme l'homme d'étude qui ne lirait qu'un seul livre. Propose toi dès à présent de te conserver ces bons amis, même lorsque vous serez séparés, et cultive-les de préférence, justement parce qu'ils sont fils d'ouvriers. Vois: les hommes de classe supérieure sont les officiers, et les ouvriers sont les soldats du travail; dans la société comme dans l'armée, le soldat n'est pas moins noble que l'officier, parce que la noblesse est dans le travail et non dans le salaire, dans la valeur et non dans le grade et s'il y a plus de mérite, c'est du côté du soldat, de l'ouvrier, qui tirent moins d'avantage de leur travail. Aime donc et respecte par-dessus tous les fils des soldats du travail, honore en eux les peines et les sacrifices de leurs parents. Aime Garrone, Coretti, Precossi, le *petit maçon* qui dans leur poitrine de petits ouvriers renferment des cœurs de princes! et jure-toi que nul changement de fortune ne pourra arracher de ton âme ces saintes amitiés de l'enfance; qu'après quarante ans, si tu passes dans une station de chemin de fer et reconnais dans les habits noircis du mécanicien ton vieil ami Garrone... — Ah! Je n'ai pas besoin que tu le jures! — Je suis sûr que tu sauteras sur la machine et que tu embrasseras ton ami, même si tu es sénateur du royaume!

LA MÈRE DE GARRONE

Samedi 29

A peine rentré en classe j'apprends une triste nouvelle. Depuis plusieurs jours Garrone ne venait plus parce que sa mère était gravement malade. Elle est morte samedi soir. Lorsque nous entrâmes hier à l'école le professeur nous dit:

— Le plus grand malheur qui puisse arriver à un enfant vient d'atteindre Garrone: il a perdu sa mère. Il viendra demain en classe, je vous prie dès à présent, mes enfauts de respecter sa cruelle douleur. Quand il entrera, accueillez-le avec affection et soyez sérieux, surtout que personne ne rie ou ne plaisante avec lui, je vous en prie.

Ce matin, en effet, un peu après les autres, Garrone entra. Je me sentis frappé au cœur en le voyant pâle, les yeux rouges, les jambes mal assurées. On aurait dit qu'il sortait d'une longue maladie, tant il était méconnaissable. Ainsi tout vêtu de noir il faisait pitié.

Personne ne souffla mot, et tous nous le regardâmes avec compassion.

A peine entré, en revoyant cette classe où sa mère était venue le chercher presque chaque jour, ce pupitre sur lequel elle s'était tant de fois inclinée, les jours d'examen, pour lui faire une dernière recommandation et où il avait tant pensé à *elle*, impatient de finir pour courir à sa rencontre, Garrone éclata en sanglots désespérés.

M. Perboni l'attira à lui, le serra sur son cœur:
— Pleure, pleure, mon pauvre enfant, lui dit il, mais prends courage. Ta mère n'est plus ici, mais elle te voit, elle t'aime encore, elle vit encore près de toi, et un jour tu la reverras, car tu as une âme bonne et honnête comme la sienne, courage, mon enfant!

Cela dit, il accompagna Garrone à son banc, près de moi. Je n'osais regarder Garrone. Il prit ses livres et ses cahiers qu'il n'avait pas ouverts depuis plusieurs jours, mais en ouvrant le livre de lecture il tomba sur une vignette représentant une mère donnant la main à son enfant et il éclata en sanglots une seconde fois, la tête inclinée sur son bras.

Le Maître nous fit signe de respecter ses pleurs, et il commença la leçon.

J'aurais voulu dire quelque chose à Garrone mais

je ne ne savais quelle consolation lui donner. Je posa
ma main sur son bras et murmurai :

— Ne pleure pas, Garrone.

Il ne répondit pas, et sans lever la tête du pupitre
mit sa main dans la mienne pendant quelques instants.

A la sortie, personne n'osa parler au pauvre garçon
on tournait autour de lui en silence, avec respect. Je
vis ma mère qui m'attendait et je courus pour l'embrasser, mais elle m'écarta en voyant Garrone. Je ne
compris pas tout de suite pourquoi ; mais je m'aperçus ensuite que Garrone me regardait avec une tristesse indescriptible, il semblait me dire : — **Tu em-
brasses ta mère et je n'embrasserai jamais plus la
mienne, tu as ta mère et la mienne est morte !**

Je compris alors pourquoi maman m'avait écarté
et je sortis sans lui prendre la main.

VALEUR CIVIQUE

RÉCIT MENSUEL

A midi nous étions avec notre professeur devant la
préfecture pour voir donner la médaille de la valeur
civique à un enfant qui avait sauvé un de ses camarades qui se noyait dans le Pô.

Un grand drapeau tricolore flottait au balcon de la
façade.

Nous entrâmes dans la cour.

Il y avait déjà beaucoup de monde. On voyait au
fond une table couverte d'un tapis rouge où s'amoncelaient des papiers, puis une file de fauteuils dorés

pour le maire et les conseillers municipaux. A droite
de la cour était rangé un peloton de la garde civique
où figuraient plusieurs hommes médaillés; d'un autre
côté se trouvaient les pompiers en grand uniforme, et
des soldats de toutes armes venus là par curiosité. Il y
avait des messieurs, des paysans, des officiers, des dames et des enfants. Nous nous mîmes dans un coin où
il y avait déjà beaucoup d'élèves d'autres sections avec
leurs professeurs, et non loin de nous se trouvaient des
enfants de dix à douze ans qui riaient et parlaient
fort, c'étaient des écoliers du Faubourg-Pô, amis ou
camarades du petit héros qui devait recevoir la médaille. A toutes les fenêtres donnant sur la cour étaient
accoudés des employés de la préfecture. La terrasse de
la bibliothèque se trouvait également pleine de monde
et du côté opposé au-dessus, de la porte d'entrée étaient
nichées un grand nombre de filles des écoles publiques. On aurait dit un théâtre avec toutes ses loges et
son parterre encombré. On parlait joyeusement, regardant de temps à autre du côté de la table pour voir si
personne n'apparaissait ; la musique jouait doucement
au fond du portique; et sur le haut des murs le soleil
brillait.

Tout à coup on entendit des applaudissements partir
de la cour, de la terrasse et des fenêtres.

Je me soulevai sur la pointe des pieds pour mieux
voir.

La foule qui était devant la table rouge s'était ouverte livrant passage à un homme et à une femme.
L'homme tenait un enfant par la main.

Cet enfant était celui qui avait sauvé son camarade.

L'homme était son père. Un maçon, habillé comme
aux jours de fêtes, la femme sa mère petite et blonde,

portait une robe noire, l'enfant blond et petit, lui aussi, avait une jaquette grise.

En voyant tant de monde, en entendant tous ces applaudissements ils restèrent interdits tous les trois, sans oser ni regarder ni se mouvoir. Un huissier de la ville les poussa près de la table, à droite.

On resta silencieux un moment puis les bravos reprirent de plus belle. Le garçon regardait les fenêtres, tenant son chapeau à la main. Il me sembla qu'il ressemblait un peu à Coretti. Son père et sa mère tenaient les yeux fixés sur la table.

Cependant les enfants du Faubourg-Pô, qui se trouvaient près de nous, s'avancèrent faisant des signes à leur camarade pour se faire voir, l'appelant à voix basse.

— Pin ! Pin ! Pinot !

A force de l'appeler ils se firent entendre, le garçon les regarda et se mit à sourire derrière son chapeau qu'il tenait à la main.

A ce moment, les gardes municipales firent le mouvement du *Garde à vous*. Le maire entra, accompagné de plusieurs messieurs, il se mit debout devant la table, son écharpe tricolore à la ceinture, les autres messieurs se rangèrent autour de lui.

La musique cessa de jouer, le maire fit un geste, tout le monde se tut.

Il commença à parler. Je n'entendis pas bien les premières phrases mais je compris qu'il racontait le trait de courage de l'enfant.

Peu à peu la voix s'éleva et se répandit claire et sonore dans toute la cour de façon que je ne perdis pas un mot :

— ... Lorsqu'il vit de la rive son camarade qui se débattait dans le fleuve déjà aux prises avec la mort, il arracha ses vêtements et accourut sans hésiter un moment. On lui cria : « Tu vas te noyer ! »

Il ne répondit pas. On voulut l'arrêter : il repoussa ses amis, on l'appela : il était déjà dans l'eau. Le fleuve était houleux, le danger terrible, même pour un homme.

Mais il s'élança contre la mort de toute la force de son petit corps et de son grand cœur.

Il rejoignit et saisit à temps le malheureux qui était déjà sous l'eau, il l'éleva au-dessus et lutta furieusement contre le courant qui voulait l'entraîner, tandis que son camarade tentait de l'enlacer. Plus d'une fois il disparut, et il revint à la surface par un effort désespéré. Obstiné, invincible dans sa noble entreprise — non comme un enfant qui veut sauver un autre enfant, mais comme un homme, comme un père sauvant son fils qui est son espérance et sa vie ! — Enfin, Dieu permit qu'une prouesse si généreuse ne fut pas inutile, le petit nageur arracha la victime au fleuve géant et le rapporta à terre.

Il lui prodigua encore, avec d'autres, les premiers soins. Puis il s'en retourna chez lui, seul et tranquille, raconter ingénûment ce qu'il avait fait.

Messieurs ! L'héroïsme de l'homme est beau et vénérable ; mais dans l'enfant, où aucune visée d'ambition ou d'intérêt n'est encore possible, dans l'enfant qui doit déployer d'autant plus d'audace qu'il a moins de force, dans l'enfant — à qui nous ne demandons rien, qui n'est tenu à rien, et que nous trouvons suffisamment noble et aimable, quand seulement il comprend, sans en être capable, le sacrifice d'autrui, — dans l'enfant, dis-je, l'héroïsme est divin ! Je n'ajouterai rien, messieurs, je ne veux pas décorer de louanges superflues

une si simple grandeur. Le voilà devant vous ce noble
et vaillant sauveur !

Soldats, saluez-le comme un frère. Mères, bénissez-
le comme un fils ! enfants, souvenez-vous de son nom,
imprimez son visage dans votre mémoire et dans votre
cœur.

Approche, mon garçon, au nom du roi d'Italie,
je te donne la médaille de la valeur civique.

Un bravo formidable, poussé par mille bouches,
ébranla les airs.

Le maire prit la médaille sur la table et l'attacha à
la poitrine de l'enfant. Puis il l'embrassa à plusieurs
reprises.

La mère porta la main à ses yeux, le père baissait la
tête. Après avoir serré la main de ces heureux parents,
le maire prit le décret de la décoration, noué par un
ruban et le tendit à la femme. Se tournant ensuite vers
le garçon :

— Que le souvenir de ce jour si glorieux pour toi, si
doux pour ton père et ta mère te maintienne pour
toute ta vie sur le chemin de la vertu et de l'honneur,
Adieu Pinot !

Le maire sortit, la musique se mit à jouer, et tout
semblait fini, lorsque le détachement des pompiers
s'ouvrit, livrant passage à un enfant de huit à neuf ans,
qui s'élança vers le héros de la fête et tomba dans ses
bras.

Des applaudissements et des cris firent de nouveau
résonner la cour, on avait compris que c'était l'enfant
sauvé du fleuve qui venait remercier son sauveur. Après
l'avoir embrassé, l'enfant prit le bras du petit Pinot
pour l'accompagner. Tous deux marchaient devant
suivis par le père et la mère, se frayant un chemin en

tre la haie humaine pressée pour les voir et les saluer.
Ceux qui se trouvaient le plus près de l'enfant lui tendaient la main, et lorsqu'il passa devant les écoliers
ceux ci agitèrent en l'air leur béret. Les camarades du
Faubourg-Pô firent au petit héros une véritable ova-
tion, le tirant par le bras ou la jaquette en criant :

— Vive Pinot ! bravo Pinot !

Je vis Pinot passer tout près de moi, le visage enflammé par la joie, la médaille attachée par le ruban
tricolore. Sa mère riait et pleurait à la fois ; d'une main
émue et tremblante, comme s'il avait la fièvre, le père
se tortillait la moustache.

D'en haut, aux fenêtres et aux balcons on se penchait
et on applaudissait. Tout à coup, au moment où les
Pinot allaient passer sous le portique de la préfecture,
il tomba sur eux, du balcon où se tenaient les filles des
écoles, une véritable pluie de fleurs, des bouquets de
pensées, de violettes et de marguerites qui s'éparpillèrent sur la tête de l'enfant, du père, et de la mère avant
de tomber à terre. On se mit vite à recueillir les fleur
et on les tendit à la mère... et la musique continuait à
jouer un air admirable qui semblait le chant de voix
argentines, emportées au loin par le courant d'un
fleuve.

MAI

LES ENFANTS RACHITIQUES

Aujourd'hui j'ai eu congé parce que j'étais un peu souffrant, et maman m'a conduit avec elle à l'institution des enfants rachitiques, où elle allait recommander la fillette de notre portier : mais elle n'a pas voulu me laisser entrer dans l'établissement...

« Tu n'as pas compris, mon Henri, pourquoi je ne t'ai pas laissé entrer? C'était pour ne point montrer à ces malheureux un enfant sain et robuste comme toi. Ils ont déjà trop d'occasion de faire de douloureuses comparaisons! Quelle triste chose! Il me monta aux yeux des larmes amères en entrant là... Figure toi une soixantaine de garçons et filles, Pauvres petits corps contrefaits, petits membres tordus et délicats! Leurs visages cependant étaient gracieux, leurs yeux pleins d'intelligence et de bonté, il y avait entr'autres une petite figure d'enfant, le nez aigu et le menton avançant, qui ressemblait à une vieille et son sourire pourtant avait une suavité céleste. Certains enfants, vus de face, sont beaux et paraissent sans défaut, mais lorsqu'ils se tour-

nent... le cœur se serre à les voir. Et penser qu'ils sont
maintenant à la période la meilleure de leur maladie,
qu'ils ne souffrent presque plus. Mais qui peut dire ce
qu'ils ont souffert durant la déformation de leur corps,
quand leurs infirmités en croissant, diminuait l'affection
autour d'eux ? pauvres enfants laissés seuls pendant des
heures dans le coin d'une chambre ou d'une cour, mal
nourris, et quelquefois injuriés, ou bien tourmentés par
des bandages et des appareils inutiles ! Maintenant cependant, grâce aux soins, à la bonne alimentation et à
la gymnastique, beaucoup d'enfants ont une meilleure
santé. La maîtresse leur fit faire de la gymnastique
devant moi, et c'était pitié, à certains commandements
de voir s'étirer sous les bancs toutes ces jambes ban-
dées et contrefaites ! des jambes que l'on aurait cou-
vertes de baisers ! Quelques-uns ne pouvaient point se
lever et restaient là, la tête appuyée sur un bras, caressant de la main leurs béquilles. D'autres, en faisant
l'extension des bras, perdaient la respiration et retom-
baient assis, pâles, mais souriant pour dissimuler leur
mal : Ah ! mon Henri, vous autres enfants bien por-
tants, vous n'appréciez pas la santé et cela vous semble
peu de chose que de vous bien porter ! Je pensais à ces
beaux enfants que les mères promènent dans leurs bras
en triomphe, fières de leur santé florissante, et repor-
tant mes regards sur les pauvres rachitiques je me
disais que si j'étais seule je resterais à les soigner, je
leur consacrerais ma vie entière. Et ils chantaient, les
infortunés ! ils chantaient avec des voix douces et faibles qui allaient au cœur. Les maîtresses leur ayant
fait des compliments, les pauvres petits se montrèrent
contents, et ils baisaient les mains de leur institutrice
lorsqu'elle passait entre les bancs, car ils sont très re-

connaissants de tout ce que l'on fait pour eux. Et puis
ces enfants sont intelligents et étudient avec plaisir,
me dit la maîtresse. Cette institutrice, jeune et gentille,
a un visage plein de bonté. Une certaine expression de
tristesse cependant assombrit ses traits — reflet des douleurs qu'elle caresse et console — Chère jeune fille !
entre toutes les créatures qui gagnent leur vie en travaillant, il n'y en pas une qui la gagne plus saintement
qu'elle ! »

TA MÈRE.

SACRIFICE

Mardi 9.

Ma mère est bonne et ma sœur Silvia a le même
cœur ouvert et généreux. J'étais occupé hier à copier
une partie du récit mensuel intitulé : *Des Appennins aux
Andes.* (Il est si long que le maître nous en a donné à
chacun quelques pages,) lorsque Silvia entra sur la
pointe du pied et me dit tout bas :

— Viens avec moi chez maman. J'ai entendu ce matin papa et maman qui parlaient. Le père avait, parait-
il, une affaire importante qui vient de se terminer très
mal pour lui, il était désespéré, maman le consolait ;
mais nous sommes ruinés, Henri, comprends-tu ? nos
parents n'ont plus d'argent. Or, il faut que nous fassions
des sacrifices, nous aussi, n'est-ce pas ? Es-tu prêt ?
Bien. Je parlerai à maman et toi tu me jures de faire ce
que je te dirai ? — Je le lui promis.

Silvia me prit alors par la main et me conduisit dans

la chambre de maman, qui cousait, toute pensive.
Je m'assis près d'elle sur le sopha, Silvia s'assit de
l'autre côté et dit aussitôt :

— Ecoute maman, j'ai à te parler. Nous avons à te
parler tous les deux.

Maman nous regarda, surprise.

— Notre père est ruiné, n'est-ce pas? commença Silvia.

— Que dis-tu? fit maman en rougissant. Ce n'est pas
vrai! qui te l'as dit? Comment le sais-tu?

— Je le sais, dit Silvia d'un accent résolu, eh bien,
écoute maman : Nous devons faire des sacrifices, nous
aussi. Tu m'avais promis un éventail pour la fin du
mois et Henri attendait une boîte de couleurs. Nous
n'en voulons plus, nous ne voulons pas qu'on dépense
de l'argent pour nous, comprends-tu?

Maman essaya de parler, mais Silvia continua :

— Nous avons décidé cela, Henri et moi. Et tant que
notre père n'aura pas d'argent, nous ne voulons plus
de dessert; la soupe nous suffira, et le matin, nous
mangerons du pain. Comme cela on dépensera moins
pour la table, et nous te promettons que tu nous verras
tout aussi contents. N'est-ce pas vrai, Henri?

Je répondis affirmativement.

— Et s'il y a d'autres sacrifices à faire, fit encore
Silvia en mettant une main sur la bouche de maman
pour l'empêcher de parler, nous les ferons volontiers,
sur la toilette ou autre chose. On peut vendre aussi
tout ce qu'on nous a donné en cadeau; moi, d'abord
je te donne tout ce que j'ai. Je te servirai de bonne;
nous ne donnerons plus rien à faire dehors, je coudrai
toute la journée. Je suis prête à faire tout ce que tu
voudras, tout! s'écria-t-elle en se jetant au cou de
maman. Il suffit que père et toi ne soyez plus tour-

mentés, que je vous sache tous deux tranquilles, de
bonne humeur entre vos deux enfants, Silvia et Henri
qui donneraient leur vie pour vous!

Je ne vis jamais maman plus heureuse qu'en entendant parler ainsi ma sœur... elle nous embrassa sur
le front en riant et en pleurant sans pouvoir parler ;
puis enfin elle assura à Silvia qu'elle avait mal compris,
que nous n'étions pas ruinés comme elle l'avait cru,
heureusement, et elle nous remercia mille fois, pauvre
mère. Le soir, elle fut gaie, heureuse, et raconta à papa
notre démarche. Lui, n'ouvrit pas la bouche, le pauvre
père! Mais ce matin, en nous asseyant à table nous
éprouvâmes à la fois un grand plaisir et une grande
surprise :

Silvia trouva son éventail sous sa serviette et moi...
ma boîte de couleurs!

L'INCENDIE [1]

Ce matin, comme je venais de copier ma part du
récit mensuel, je cherchais un sujet pour la composition libre que le professeur nous a donnée à faire, lorsque j'entendis dans l'escalier un bruit de voix inusité,
et peu après, deux pompiers entrèrent dans notre appartement, demandant à mon père la permission de
visiter les foyers et les poêles, parce qu'il y avait un
feu de cheminée sur le toit et qu'on ne savait d'où il
venait. Mon père donna la permission demandée bien
que nous n'eussions rien d'allumé. Les pompiers allè-

1. Ce fait advint à Turin dans la nuit du 27 janvier 1880.

rent dans toutes les chambres, écoutant aux murailles,
pour entendre si le feu venait des tuyaux qui passaient
par notre appartement et communiquaient avec les
cheminées voisines. Mon père me dit : Tiens, Henri,
voici un sujet pour ta composition : les pompiers. Tu
vas écrire ce que je vais te raconter, je les ai vus à
l'œuvre il y a deux ans. Un soir que je sortais du théâtre Balbo, vers minuit, en entrant dans la rue de Rome
je vis une lueur insolite et une foule de gens qui couraient. Une maison était en feu. Des langues de feu et
des nuages de fumée sortaient des fenêtres et du toit.
Hommes et femmes apparaissaient aux balcons et dis-
paraissaient en jetant des cris désespérés. Devant la
porte d'entrée il y avait un grand tumulte, la foule
criait — au secours! ils brûlent vifs! les pompiers! les
pompiers!

Il en arriva justement quatre en voiture, les premiers qui se fussent trouvés à la mairie, et s'élancèrent dans la maison. Ils étaient à peine entrés que l'on
vit une chose horrible. Une femme parut à la fenêtre
du troisième étage, en poussant de grands cris, elle en-
jamba la balustrade de fer et resta ainsi accrochée,
presque suspendue dans le vide, le dos courbé sous
les avalanches de feu et de fumée qui frôlaient sa tête.
La foule poussa un cri d'épouvante. Les pompiers, arrêtés à tort au second étage par les locataires effrayés,
avaient déjà abattu un mur et s'étaient précipités dans
une chambre quand cent voix les avertirent.

— Au troisième! au troi-ième!

Ils volèrent à l'étage supérieur où semblait gronder
l'enfer. Les poutres écroulaient, les corridors flam-
bäient, la fumée s'étendait... Pour arriver dans la
chambre où étaient réfugiés les locataires il ne restait

d'autre chemin que le toit. Les pompiers s'élancèrent
aussitôt, et au bout d'une minute on vit comme un
fantôme noir sauter sur le toit, à travers la fumée.
C'était le caporal des pompiers, arrivé le premier. Mais
pour se rendre sur la partie du toit qui correspondait
à l'appartement incendié il fallait passer par un chemin
étroit, entre une lucarne et la gouttière. Tout le reste
flambait, et ce petit espace était couvert de neige et de
glace, sans aucun point d'appui pour se retenir...

— C'est impossible ! il ne passera pas ! cria la foule
en bas.

Le caporal s'avança sur le bord du toit.

Tous, nous le regardâmes, anxieux, la respiration
suspendue.

Il passa — un immense *bravo* monta au ciel.

Le caporal reprit sa course et arrivé au point menacé il commença à briser à grands coups de hache les
tuiles, les lattes, les solives pour s'ouvrir un trou et
descendre au troisième. Pendant ce temps la femme
restait suspendue hors de la fenêtre, le feu rasait sa
tête, une minute encore et elle allait être précipitée
dans le vide .. Le trou fut ouvert, on vit le pompier
enlever sa ceinture, et s'en servir pour descendre, les
autres pompiers, qui l'avaient suivi, le rejoignirent...

En ce moment arriva une grande échelle de sauve-
tage, que l'un appuya contre la corniche de la maison,
au dessous des fenêtres d'où sortaient des flammes et des
cris furieux. On croyait que ce secours venait trop
tard, que les malheureux étaient brûlés vifs : Les
pompiers brûlent ! — c'est fini ! — ils sont morts. ! —
disait-on.

Tout à coup on vit apparaître à la fenêtre où se trouvait le balcon, la figure noire du caporal, illuminée

par les flammes. La femme s'accrocha à son cou, il la prit par la taille et la tira dans la chambre.

La foule jeta un cri qui couvrit pour une minute le fracas de l'incendie. Mais les autres? — Et descendre? L'échelle appuyée à une haute fenêtre était éloignée de la corniche. Comment pouvait-on l'atteindre ?

Pendant qu'on se disait cela, un des pompiers apparut à une des fenêtres, mit un pied sur la corniche et un autre sur l'échelle, et debout ainsi entre la maison et l'échelle il prit un à un les locataires que les autres lui tendaient du dedans et les remit à d'autres pompiers qui montaient de la rue sur l'échelle et descendaient ensuite, chacun avec son précieux fardeau. On vit passer d'abord la femme qui s'était suspendue au balcon, puis une petite fille, une autre dame, un vieillard.

Tous étaient saufs. Après le vieillard les pompiers restés dans la maison descendirent, le dernier à descendre fut le caporal qui avait été le premier à accourir. La foule les accueillit tous par des explosions de bravos. Mais quand parut le dernier, l'avant-garde des sauveurs, celui qui avait affronté l'abîme pour montrer l'exemple aux camarades, celui qui serait mort, si l'un d'eux avait dû mourir, la foule le salua comme un triomphateur, criant et tendant les bras dans un élan d'admiration et de gratitude.

En peu d'instants son nom obscur — Giuseppe Robbino courut de bouche en bouche.

Voilà ce qui s'appelle du courage Henri! Le courage du cœur qui ne raisonne pas, qui ne fléchit pas, qui va droit où il entend un appel désespéré !

Je te conduirai un jour voir les exercices des pompiers et je te ferai voir le caporal Robbino. Tu seras **très content de le connaître n'est-ce pas ?**

Je répondis que oui.

— Le voici, dit mon père.

Je me tournai en sursaut. Les deux pompiers, leur besogne terminée, traversaient la chambre pour sortir.

Mon père m'indiqua le plus petit qui portait les galons d'or et me dit :

— Serre la main au caporal Robbino.

Le caporal s'arrêta, me tendit la main en souriant, je la lui serrai. Il salua et sortit.

— Rappelle-toi, dit mon père, que sur des milliers de mains que tu serreras dans ta vie, il n'y en aura peut-être pas dix, qui vaudront celle de ce brave pompier !

———

DES APPENNINS AUX ANDES

RÉCIT MENSUEL

Il y a quelques années un garçon gênois de treize ans, fils d'un ouvrier, s'en alla de Gênes en Amérique — seul — pour chercher sa mère.

Sa mère était partie deux années auparavant pour Buenos-Ayres, capitale de la république Argentine, afin de se placer dans une maison riche et gagner ainsi en peu de temps, de quoi relever sa famille, tombée, par suite de différents malheurs, dans la pauvreté.

Elles ne sont pas rares, les femmes courageuses qui font ainsi un long voyage pour atteindre le même but; et qui, grâce aux gages élevés que l'on donne là-bas aux gens de service, reviennent ensuite dans leur pays, avec quelques milliers de francs.

Le pauvre mère avait pleuré des larmes de sang en

se séparant de ses fils, dont l'un était agé de dix-huit ans, et l'autre de onze. Mais elle était partie avec courage et pleine d'espérance. Le voyage avait été heureux.

A peine arrivée à Buenos-Ayres elle avait trouvé de suite — par l'entremise d'un cousin de son mari, boutiquier gênois établi dans la ville depuis longtemps — une place bien rémunérée, dans une excellente famille Argentine, qui la traitait avec beaucoup d'égards. Pendant quelques temps elle avait correspondu régulièrement avec les siens. Ainsi qu'il avait été convenu entre eux, le mari adressait ses lettres à son cousin qui les faisait parvenir à la femme, et celle-ci remettait ses réponses au boutiquier qui les envoyait à Gênes, après y avoir ajouté quelques lignes de sa main.

Gagnant quatre-vingts francs par mois et ne dépensant rien pour elle, la gênoise envoyait chaque trois mois une belle somme avec laquelle le mari, qui était très honnête, payait peu à peu les dettes contractées et rétablissait sa bonne réputation.

Il travaillait, lui aussi, content de son sort, espérant surtout que sa femme ne tarderait pas à revenir, car la maison paraissait vide sans elle. Le fils cadet qui adorait sa mère s'en attristait de plus en plus et ne pouvait se résigner à l'attente...

Une année après son départ, on reçut une lettre brève où la gênoise disait être assez souffrante, puis on ne reçut plus de ses nouvelles. On écrivit une fois au cousin. Le cousin ne répondit pas. On écrivit à la famille Argentine où la femme était en service, mais la lettre n'était peut-être pas arrivée parce que le nom avait été estropié sur l'adresse, on n'eut pas de réponse. Craignant un malheur, on écrivit au consul d'Italie à

Buenos-Ayres pour qu'il voulut bien faire des recherches. Trois mois après, le consul fit répondre que, malgré les avis publiés dans les journaux, personne ne s'était présenté, même pour donner quelque renseignement.

Et ceci, pour une bonne raison, c'est que la génoise n'avait pas donné son véritable nom à la famille Argentine où elle s'était placée, sans doute pour sauver le décorum des siens, qu'elle croyait abaisser en faisant le métier de domestique. Quelques mois passèrent encore sans nouvelles. Père et fils étaient consternés, et le plus petit accablé par une mélancolie qu'il ne pouvait vaincre.

Que faire ? à quoi recourir ? La première pensée du père avait été de partir, d'aller en Amérique chercher sa femme. Mais son travail ? qui aurait soutenu ses fils ? Le fils aîné, lui aussi, ne pouvait partir, car il commençait à peine à gagner quelque chose et il était nécessaire à la famille.

Au milieu de cette angoisse qui les oppressait tous les trois, les pauvres gens passaient une bien triste existence.

Un soir, Marco, le plus petit, dit résolûment,

— J'irai, moi, en Amérique, chercher maman !

Le père baissa la tête et ne répondit pas. C'était de la part de l'enfant une pensée généreuse mais d'exécution impossible. A treize ans faire seul le voyage d'Amérique qui demande un mois de traversée !

L'enfant insista patiemment. Il insista ce jour-là, le jour suivant et tous les jours, raisonnant comme un homme et aplanissant les difficultés.

— D'autres y sont allés, disait-il, et plus petits que moi. Une fois que je serai sur le bâtiment j'arriverai en Amérique comme un autre.

Arrivé là, je n'ai qu'à me mettre à la recherche de
la boutique du cousin. Il y a tant d'italiens là-bas on
m'enseignera bien l'adresse! Le cousin trouvé, je retrouve maman, et si je ne la trouve pas j'irai chez le
consul, je chercherai la famille Argentine. Quoi qu'il
puisse m'arriver, il y a là-bas de l'ouvrage pour tout
le monde. Je trouverai du travail, au moins de quoi
gagner le prix de mon retour.

Et ainsi, peu à peu, il réussit à persuader son père.
Le père estimait Marco il savait qu'il avait beaucoup
de raison et beaucoup de courage, qu'il était habitué
aux privations et aux sacrifices et que toutes ces
bonnes qualités prendraient, plus de force dans un
cœur enflammé de ce saint espoir : retrouver une mère
adorée !

Sur ces entrefaites il advint qu'un capitaine de
navire, ami d'une de leurs connaissances, ayant entendu parler de ce trait d'amour filial, s'offrit à faire
obtenir à Marco un billet de 3e classe gratis pour la
République Argentine. Après un peu d'hésitation, le
père consentit, le voyage fut décidé. On emplit d'effets
une valise on mit dans la poche de Marco quelques
écus, l'adesse du cousin, et un beau soir du mois d'avril
on l'embarqua.

— Marco, mon cher fils, dit le père en lui donnant le
dernier baiser, les larmes aux yeux, sur l'escalier du
bateau qui allait partir : Aie du courage ! tu pars avec
un but généreux. Dieu t'aidera !

Pauvre Marco ! Il avait le cœur bien trempé, préparé
aux plus rudes épreuves pendant son voyage, cependant
quand il vit disparaître à l'horizon, sa belle ville natale,
et se trouva en pleine mer, seul sur ce grand navire
rempli de paysans émigrants, ne connaissant personne,

n'ayant que sa petite valise qui renfermait toute sa
fortune, un découragement subit l'assaillit. Pendant
deux jours il resta accroupi à l'avant, sans presque
manger, oppressé par le besoin de pleurer. Toutes
sortes de pensées tristes lui passaient par la tête, et la
plus terrible, la plus obstinée était que sa mère fut
morte. Dans ses rêves pénibles il voyait toujours le visage d'un inconnu, qui murmurait à son oreille : *ta
mère est morte*. Il se réveillait en sursant en jetant un
cri.

Pourtant, après avoir passé le détroit de Gibraltar,
à l'entrée de l'océan Atlantique, Marco reprit un peu
de courage et d'espoir : mais ce fut un soulagement de
peu de durée. Cette mer immense et toujours égale, la
chaleur croissante, la mélancolie de tous les pauvres
gens qui l'entouraient, le sentiment de sa solitude, lui
causèrent une rechute. Les jours se succédaient vides et
monotones, ils se confondaient dans sa mémoire comme
il arrive aux malades.

Il lui semblait qu'il était en mer depuis un an. Et
chaque matin, en s'éveillant, il éprouvait un étonnement nouveau à se trouver là seul au milieu de cet
océan, voyageant vers l'Amérique.

Les beaux poissons volants qui venaient de temps à
autre tomber sur le bâteau, les merveilleux couchers
du soleil des tropiques, avec leurs énormes nuages couleurs de braise et de sang, et la phosphorescence nocturne qui semblait faire de l'Atlantique une mer de
lave, tout cela ne lui paraissait pas réel, c'était comme
autant de prodiges vus en rêve. Il y eut aussi des jours
de mauvais temps où l'on restait enfermé dans le dortoir, tandis que tout dansait et se brisait au milieu d'un
chœur épouvantable d'imprécations et de cris. Il croyait

alors que sa dernière heure avait sonné. Et le voyage
ne finissait point : mer et ciel, ciel et mer, aujourd'hui
comme hier, hier comme demain. — Encore — toujours
— éternellement — Marco restait de longues heures
appuyé au bordage, regardant cette mer sans fin,
étourdi, pensant vaguement à sa mère jusqu'à ce que
ses yeux appesantis de sommeil se fussent fermés, il
renvoyait alors ce visage inconnu qui le regardait avec
une pitié réelle, lui répétant à l'oreille. — Ta mère est
morte ! — A cette voix, Marco se réveillait en sursaut
pour recommencer à rêver, les yeux ouverts sur l'horizon immuable. Le voyage dura vingt-sept jours ! Les
derniers furent les meilleurs. Le temps était beau et
l'air frais. L'enfant avait fait la connaissance d'un bon
vieux lombard qui allait en Amérique retrouver son
fils, cultivateur près de la ville de Rosario. Marco lui
avait raconté toute son histoire et le vieux lui répétait
de temps à autre, en posant une main sur sa nuque :
— Courage, garçon, tu trouveras ta mère bien por-
tante et contente

La compagnie du bon vieux réconfortait Marco, ses
pressentiments tristes étaient devenus gais. Assis à l'a-
vant, près du paysan qui fumait sa pipe, sous un beau
ciel étoilé, au milieu d'un groupe d'émigrants qui
chantaient, il se représentait son arrivée à Buenos-
Ayres. Il se voyait dans une certaine rue, trouvait la
boutique et s'élançait au devant du cousin.

— Comment va maman? où est-elle? allons-y tout
de suite !

Ils couraient ensemble, montaient un escalier... une
porte s'ouvrait ..

Ici le rêve s'arrêtait, son imagination se perdait dans
un sentiment de tendresse inexprimable qui lui faisait

tirer une petite médaille suspendue à son cou, qu'il baisait dévotement tout en récitant sa prière.

Le vingt-septième jour après le départ de Gênes on arriva à Buenos Ayres. Une belle aurore de mai, rouge et brillante, embrasait le ciel, quand le bâtiment jeta l'ancre dans l'immense fleuve de la Plata, sur une des rives duquel s'étend la capitale de la république Argentine. Ce temps splendide parut de bon augure à Marco. Il était hors de lui de joie et d'impatience ! Sa mère n'était plus qu'à quelque distance ! Dans quelques heures, il allait la voir, et il se trouvait en Amérique, dans le Nouveau Monde où il avait eu la hardiesse de venir seul ! Ce long et pénible voyage semblait avoir passé comme un éclair. Il lui semblait avoir volé en rêvant et de s'être réveillé au port. Marco était si heureux qu'il ne s'alarma point lorsqu'en fouillant dans ses poches il ne trouva plus son porte-monnaie.., heureusement il avait divisé en deux parts son petit trésor pour être plus sûr de ne pas tout perdre. On lui avait volé son porte-monnaie, il ne lui restait que quelques francs, mais que lui importait ? N'était-il pas maintenant près de sa mère ?

Sa valise à la main il descendit avec d'autres italiens dans un petit bateau à vapeur qui les porta à peu de distance de la rive. Du bateau il sauta dans une barque qui portait le nom d'*Andrea Doria*, fut débarqué au môle, serra la main de son vieil ami le lombard, et s'avança à grands pas dans la ville.

Arrivé à l'entrée de la première rue il arrêta un homme qui passait et le pria de lui indiquer quel chemin il fallait prendre pour aller rue de *Los artes*. Il avait arrêté justement un ouvrier italien. Celui-ci le regarda avec curiosité et lui demanda s'il savait lire.

Le garçon fit signe que oui. — Eh bien, dit l'ouvrier en lui indiquant la rue de laquelle il sortait, va droit devant toi, et en lisant à tous les coins de rues les noms de celles-ci tu finiras par trouver la tienne.

Le garçon le remercia et se mit à parcourir la rue qui s'ouvrait devant lui.

C'était une rue droite et interminable, mais étroite, flanquée de maisons basses et blanches, qui ressemblaient à autant de petites villas.

Une foule de passants, de voitures et de charrettes faisaient un bruit assourdissant, et çà et là flottaient des bannières de toutes couleurs, annonçant en gros caractères le départ de bateaux pour des villes inconnues. A chaque vingt pas, en se tournant à droite et à gauche, Marco voyait deux autres rues qui fuyaient à perte de vue, bordées de maisons basses et blanches pleines aussi de monde et de véhicules. Ces villes d'Amérique sont toutes composées ainsi en lignes droites sur la plaine immense aussi vaste que l'océan.

La ville semblait interminable, à Marco et il eût parié qu'on pouvait marcher des jours et des semaines voyant toujours à droite et à gauche des rues semblables à celle-ci, et que toute l'Amérique devait en être couverte.

Il regardait attentivement les noms des rues qui croisaient celle qu'il suivait, des noms étrangers qu'il avait quelque peine à épeler. A chaque nouvelle rue son cœur battait en pensant que ce pouvait être celle qu'il cherchait. Il regardait toutes les femmes dans l'espoir de voir sa mère.

Il en vit une devant lui qui le fit tressaillir, il la rejoignit, la regarda, c'était une négresse.

Il marchait, marchait, pressant le pas.

Arrivé à un carrefour, il lut, et resta comme cloué sur le trottoir : c'était la rue de *Los artes*.

Il se tourna, vit le numéro 117, la boutique du cousin était au n° 175 ; il pressa encore le pas.

Au numéro 171 il dût s'arrêter pour reprendre haleine, et murmura :

— Maman, maman, est-il possible que dans quelques minutes je te verrai !

Il courut et arriva à une petite boutique de mercerie, il y entra et y trouva une femme aux cheveux gris, portant des lunettes.

— Que voulez-vous mon enfant? demanda-t-elle en espagnol.

— N'est-ce pas ici la boutique de François Merelli? balbutia-t il.

— François Merelli est mort, répondit la dame en italien.

L'enfant reçut comme un coup en pleine poitrine.

— Depuis quand est-il mort?

— Eh! depuis quelques mois, répondit la dame. Après avoir fait de mauvaises affaires, il se sauva, on dit qu'il a été à Bahia Blanca, très loin d'ici et qu'il est mort à peine arrivé. La boutique est à moi.

L'enfant pâlit. Puis dit rapidement :

— Merelli connaissait ma mère. Elle était ici en service chez le senor Mequinez, lui seul pouvait me dire où elle habite. Je suis venu d'Italie en Amérique à la recherche de ma mère. Merelli lui envoyait nos lettres... Il faut que je retrouve ma mère...

— Pauvre enfant, répondit la dame, moi je ne sais rien. Je peux demander au garçon qui faisait les courses pour Merelli. Peut-être saura-t-il dire quelque chose.

Elle alla au fond de la boutique et appela ; un garçon arriva aussitôt.

— Dis-moi un peu, lui dit la marchande, te rappelles-tu si Merelli te faisais quelquefois porter des lettres à une servante placée chez des *fils du pays?*

— Chez le senor Mequinez? répondit l'enfant, oui madame, j'y allais souvent. Au bout de la rue de *Los artes.*

— Oh! merci, mon ami! cria Marco, veuillez me dire le numéro?... vous ne le savez pas? Voulez-vous m'accompagner? J'ai encore quelques sous.

Marco dit cela avec tant de chaleur, que sans attendre l'ordre de la mercière le garçon répondit : — Allons — et sortit le premier.

Presque en courant, sans se dire un mot ils allèrent au bout de la rue, très longue, et s'arrêtèrent devant l'entrée d'une maison blanche, entourée d'une grille de fer d'où l'on entrevoyait une petite cour pleine de vases de fleurs.

Marco tira la sonnette. Une jeune fille parut.

— C'est ici qu'habite la famille Mequinez n'est-ce pas? demanda l'enfant avec anxiété.

— Elle a habité ici en effet, répondit la jeune fille avec un fort accent espagnol, à présent nous y habitons nous, jeune homme.

— Et où sont allés les Méquinez? demanda Marco, le cœur haletant.

— Ils sont allés à Cordova.

— Cordova! exclama Marco, où est Cordova? Et la domestique qu'ils avaient? ma mère? la domestique était ma mère! l'ont-ils emmenée avec eux?

La jeune fille le regarda et répondit :

— Je ne sais pas. Mon père le saura peut-être, il a

connu les Mequinez au moment de leur départ. Attendez un instant.

Elle disparut et revint peu après suivie de son père, un homme grand, à la barbe grise. Celui-ci regarda fixement ce type sympathique de petit marin gênois, aux cheveux blonds, au nez aquilin et il lui demanda en mauvais italien : — Ta mère est gênoise ?

— Oui, répondit Marco.

— Eh bien, la domestique Gênoise est allée avec les Mequinez, j'en suis sûr.

— Et où sont-ils allés ?

— A Cordova.

L'enfant poussa un soupir.

— Alors j'irai à Cordova, dit-il avec résignation.

— *Ah! pobre nino!* (pauvre enfant), s'écria l'Espagnol d'un air de pitié, Cordova est à cent lieues d'ici !

Marco devint pâle comme un mort et s'appuya chancelant à la grille.

— Voyons, voyons, dit alors le vieux senor ému de compassion, viens un instant, nous allons voir si je puis faire quelque chose pour toi.

Il fit entrer Marco, lui offrit un siège et l'engagea à raconter son histoire. Il l'écouta avec beaucoup d'attention, resta pensif puis dit résolument :

— Tu n'as pas d'argent, n'est-ce pas ?

— J'en ai encore... très peu, balbutia Marco.

Le senor réfléchit un moment puis se mit à son secrétaire où il écrivit une lettre, la ferma, et la tendant à Marco, lui dit :

— Ecoute, mon petit italien, va avec cette lettre à la Boca (c'est une petite ville à demi-Gênoise non loin d'ici, deux heures de chemin au plus). Tout le monde saura t'indiquer la route, une fois arrivée, tu cher-

cheras le sênor auquel est adressée cette lettre, il est
connu comme le loup blanc, porte-lui mon message et
il te fera partir demain pour la ville de Rosario, et te
recommandera là à quelqu'un qui aura soin de te faire
continuer ton chemin jusqu'à Cordova. A Cordova tu
trouveras la famille Méquinez et ta mère. En attendant, prends ceci.

Il lui mit dans la main quelques francs.

— Va, et aie courage! ajouta-t-il, tu trouveras ici de
tous côtés des compatriotes qui ne t'abandonneront
pas. Adios.

Marco murmura *merci* sans trouver d'autres paroles.
Il sortit, sa valise à la main, congédia son petit guide
et se mit à suivre lentement le chemin à travers la
grande cité bruyante qui conduisait à Boca, le front
triste, le cœur serré...

Tout ce qui lui arriva, à partir de ce jour jusqu'au
soir du lendemain, lui resta confusément dans la mémoire comme un cauchemar fiévreux, tant il était fatigué et découragé.

Le jour suivant, vers le crépuscule, après avoir passé
une nuit dans une petite chambre d'auberge de la Boca,
à côté d'un portefaix du port, et sa journée assis
sur un monceau de poutres, à demi-éveillé, regardant
des milliers de bâtiments, de barques et de remor-
queurs, il se trouva à l'arrière d'une grande barque à
voile, chargée de fruits, qui partait pour Rosario, conduite par trois robustes gaillards gênois bronzés au
soleil. La voix de ses compatriotes parlant, le dialecte
aimé de sa ville natale lui remit un peu de baume dans
le cœur.

Ils partirent. La traversée dura trois jours et quatre
nuits, qui furent un étonnement pour le pauvre petit

voyageur. Trois jours et quatre nuits naviguant sur ce fleuve merveilleux, le Parana, auprès duquel le Pô est un ruisseau, et dont la longueur, dépasse de quatre fois celle de toute l'Italie. La grande barque allait doucement, luttant contre cette masse d'eau démesurée, et passant non loin d'îles, plantées d'orangers et de saules, pareilles à des bosquets flottants, repaires de serpents et de tigres... Plus loin on se trouvait dans d'étroits canaux dont on aurait cru ne pouvoir sortir, et qui menaient à de vastes étendues d'eau ayant l'aspect de grands lacs tranquilles. Puis c'était encore des îles, les détroits d'un archipel, bouquet énorme de végétation luxuriante. Il régnait partout un silence profond, ces rives et cette eau solitaires donnaient l'idée d'un fleuve inconnu sur lequel la barque à voile eut été la première à s'aventurer. Plus on avançait et plus ce fleuve monstrueux épouvantait Marco. il s'imaginait que sa mère se trouvait aux sources du Parana et que la navigation devait durer des années. Deux fois par jour, le petit voyageur mangeait un peu de pain et de viande salée avec les bateliers, qui, le voyant triste ne lui adressaient jamais la parole.

La nuit Marco, se reveillait de temps à autre, frappé par la clarté limpide de la lune qui blanchissait les eaux immenses et les rives lointaines. Son cœur se serrait alors : Cordova ! — Il répétait ce nom — Cordova ! Comme le nom d'une de ces cités mystérieuses des contes de fées. Puis il pensait : — Ma mère a passé par ici, elle a vu ces îles, elle a vu ces rives...

Et alors les pays étrangers lui semblaient moins solitaires en pensant que sa mère les avait vus.

La dernière nuit, un des bateliers chanta. C'était une chanson avec laquelle sa mère l'endormait lorsqu'il

était petit. En l'entendant, Marco se mit à sangloter.
Le batelier s'interrompit.

— Allons, courage, *filliot!* lui cria-t-il, que diable! un
gênois qui pleure parce qu'il est loin de chez lui, fi!...
Les gênois font le tour du monde glorieux et triom-
phants!. .

A ces paroles, Marco se secoua, sentit la voix du sang
gênois, leva le front avec fierté et frappant du poing
le timon :

— Devrais-je, moi aussi, faire le tour du monde,
voyager encore pendant des années et faire des centaines de lieues à pied, j'irai en avant, jusqu'à ce que je
retrouve ma mère. Dussé je arriver mourant et expirer
à ses pieds, mais que je la voie une seule fois et je serai
content !

Encouragé de la sorte il arriva à l'aube d'un beau
matin à la ville de Rosario, située sur la rive haute du
Parana, où se miraient dans les eaux les drapeaux de
cent bâtiments de tous pays.

Aussitôt débarqué, il parcourut la ville, sa valise à la
main, cherchant un senor argentin pour lequel son
protecteur de Boca lui avait donné une carte de visite
avec quelques mots de recommandation En entrant à
Rosario, Marco crut retrouver une ville déjà connue,
c'étaient les mêmes rues interminables, droites, bordées
de maisons blanches et basses, traversées dans toutes
les directions, au-dessus des toits, par de grandes bandes de fils télégraphiques et téléphoniques, qui paraissaient d'énormes toiles d'araignées. Puis un grand
mouvement de gens, de chevaux et de charrettes. La
tête de Marco se brouillait, il crut être rentré à Buenos-
Ayres où il cherchait une autre fois son cousin. Il alla
de droite et de gauche pendant près d'une heure,

croyant presque être toujours dans la même rue. A
force de demander il trouva la maison de son nouveau
protecteur. Il tira le cordon de sonnette. Un gros
homme blond, à l'aspect rude, avec l'air d'un intendant,
apparut à la porte d'entrée; il demanda brusquement à
Marco ce qu'il désirait. L'enfant lui nomma son maître.

— Le maître? répondit l'intendant, il est parti hier
pour Buenos-Ayres avec toute sa famille.

Le pauvre petit, resta muet de surprise, puis il
balbutia :

— Mais moi... Je ne connais personne ici! Je suis seul!
Et il tendit la carte de visite.

L'intendant la prit, la lut, et lui dit durement :

— Que veux-tu que j'y fasse? Je lui donnerai cela
dans un mois, quand il reviendra.

— Mais je suis seul! J'ai besoin de son aide! s'écria
l'enfant d'une voix tremblante de larmes.

— Allons, marche! dit l'autre, il n'y a peut-être pas
assez de les compatriotes à Rosario? Va t'en mendier
en Italie !

L'intendant ferma la grille et l'enfant resta là, pétrifié.

Enfin il reprit sa valise et sortit le cœur plein d'angoisse, l'esprit assailli de mille pensées tumultueuses.

— Que faire? — Où aller? De Rosario à Cordova il y
avait une journée de chemin de fer. Marco n'avait plus
en poche que quelques francs. En prélevant ce dont il
avait besoin pour sa journée il ne lui restait presque
plus rien. Où trouver l'argent pour payer son voyage?
Il pouvait travailler... Mais comment? A qui demander
de l'ouvrage? Tendre la main? Ah! non, être repoussé,
insulté, humilié comme il venait de l'être par cet intendant, non jamais, plutôt mourir!

A cette idée, et en revoyant devant lui la longue rue qui se perdait dans la plaine infinie, il sentit son courage lui échapper une autre fois. Il jeta sa valise sur le trottoir, s'assit dessus, les épaules au mur, et pencha son visage entre ses mains, sans pleurer, mais dans une attitude désolée.

Les gens affairés le heurtaient du pied en passant ; les charrettes roulaient avec bruit, des enfants s'arrêtaient à le regarder. Et Marco restait toujours terrassé par le découragement.

Il fut tout à coup réveillé de sa torpeur par une voix qui lui demandait, moitié en italien, moitié en lombard :

— Qu'as-tu, mon petit garçon?

Marco leva les yeux et aussitôt bondit sur ses pieds en jetant une exclamation de surprise :

— Vous, ici !

C'était le vieux paysan lombard avec lequel il s'était lié pendant sa traversée de Gênes à Buenos-Ayres.

La surprise du paysan égala celle du garçonnet, qui ne lui laissa point le loisir de l'interroger et raconta rapidement ses déceptions.

— Maintenant je suis sans le sou ; voilà, acheva-t-il, il faut que je travaille, trouvez-moi de quoi m'employer pour mettre de côté quelques francs. Je ferai le métier qu'on voudra : portefaix, balayeur, commissionnaire, même des travaux d'agriculture, je me contente de vivre de pain noir, mais que je puisse partir vite, que je puisse retrouver enfin ma mère! Faites-moi cette charité, du travail, trouvez-moi du travail. Pour l'amour de Dieu, car je n'en puis plus !

— Diable, diable, fit le paysan regardant autour de lui et se grattant le menton, quelle affaire ! Travailler !

c'est vite dit. Voyons un peu s'il n'y a pas moyen de
trouver trente francs parmi tant de compatriotes.

Marco le regardait, réconforté par ce rayon d'espérance.

— Viens avec moi, dit le paysan.

— Où ça? demanda l'enfant en prenant sa valise.

— Viens avec moi.

Le paysan se mit en marche. Marco le suivit. Ils
firent un long bout de chemin ensemble, sans parler.
Le lombard s'arrêta devant la porte d'une hôtellerie
qui avait pour enseigne une étoile avec cette inscription : l'étoile d'Italie.

Le paysan après avoir regardé dans l'intérieur se
tourna vers Marco et lui dit d'un ton allègre :

— Nous arrivons au bon moment.

Ils entrèrent tous deux dans une grande pièce où se
trouvaient des hommes attablés, buvant et parlant fort.
Le vieux lombard s'approcha de la première table, et
de la façon dont il salua les six convives qui s'y trouvaient on comprenait qu'il venait à peine de les quitter.
Ils étaient rouges et faisaient bruire leurs verres en
riant et en chantonnant.

— Camarades, dit sans préambule le lombard, restant debout et présentant Marco, voici un pauvre
enfant, notre compatriote, venu seul de Gênes à Buenos-Ayres pour chercher sa mère. A Buenos-Ayres on
lui dit : — elle n'est pas ici, elle est à Cordova. Il vint
en barque à Rosario — trois jours et quatre nuits —
avec deux lignes de recommandation à un senor. L'enfant présente sa carte, on le rembarre. Le pauvre n'a
pas un centime, il est seul ici et désespéré, — c'est un
enfant plein de cœur. Voyons un peu... Ne pour-
rions-nous trouver entre nous tous de quoi payer son

billet pour aller rejoindre sa mère? devons-nous le
laisser comme un chien?

— Jamais de la vie, par Dieu! Cela ne sera pas! crièrent tous les buveurs en frappant la table du poing. —
Un compatriote — viens ici petit! — Nous sommes là
nous, les émigrants! — regardez ce beau gamin? —
allons ouvrez la bourse, camarades!

— Tu es venu seul? bravo! tu as du cœur! — N'aie
pas peur, nous te ferons retrouver ta mère...

Et un des émigrants lui pinçait le menton, un autre
mettait sa main sur son épaule, un troisième le débar-
rassait de sa valise. D'autres ouvriers se levèrent des
tables voisines et s'approchèrent. L'histoire de Marco
fit le tour de la salle, il accourut d'une chambre voisine
trois pratiques Argentines: en moins de dix minutes le
paysan lombard, qui tendait son chapeau, reçut 40
francs.

— Tu as vu? dit-il en se tournant vers l'enfant, comme
cela se fait vite en Amérique?

— Bois à la santé de ta mère, dit un émigrant en lui
tendant un verre.

— A la santé de ta mère! firent les ouvriers en éle-
vant leurs verres.

Marco répéta : à la santé de ma...

Mais un sanglot de joie l'empêcha de continuer, et
ayant posé son verre sur la table il se jeta au cou de
son vieil ami.

Le matin suivant, à l'aube, Marco était en chemin
pour Cordova, radieux et l'esprit hanté de pressentiments heureux. Mais il n'est point de joie qui résiste à
certains aspects sinistres de la nature. Le temps était
lourd et gris, le train, à peu près vide, courait à travers une immense plaine déserte. Marco se trouvait

seul dans un wagon très long, pareil à ceux où l'on
dépose les blessés en temps de guerre. Il regardait à
droite et à gauche et ne voyait qu'une solitude sans fin,
semée de loin en loin de petits arbres déformés, rabou-
gris.

L'herbe, de couleur foncée, rare et triste, donnait
à cette plaine l'apparence d'un cimetière interminable.
Marco sommeillait pendant une demi-heure et se prenait à regarder ce spectacle uniforme. Les stations du
chemin de fer étaient solitaires comme des cabanes
d'ermites, et quand le train s'arrêtait on n'entendait
pas une voix s'élever. Marco se croyait seul dans le
train, perdu, abandonné au milieu d'un désert.

Le pauvre enfant s'imaginait que chaque station devait être la dernière et qu'après cela on pénétrerait
dans les pays mystérieux et terrifiants des sauvages.
Une brise glacée mordait son visage. En l'embarquant,
à Gênes, vers la fin d'avril, son père n'avait pas pensé
qu'en Amérique il trouverait l'hiver, et on l'avait vêtu
comme pour l'été. Après quelques heures de voyage,
Marco commença à souffrir du froid. Au froid s'ajouta
la fatigue des jours précédents, pleins de commotions
violentes, de nuits d'insomnies et d'inquiétude. Il s'endormit, dormit longtemps, se réveilla transi, se sentant
malade. Alors il fut pris d'une autre terreur : la peur
de tomber malade, de mourir en voyage, d'être jeté là,
dans cette pleine désolée où son cadavre eut été dévoré
par les chiens et les oiseaux de proie, comme certaines
carcasses de chevaux et de bœufs qu'il voyait de temps
à autre et dont son regard se détournait avec horreur.

Dans ce malaise et cette inquiétude, au milieu de ce
sombre silence de la nature, son imagination s'excitait
et broyait du noir. Était-il sûr de trouver sa mère à

Cordova? Et si elle n'y était pas ? Si le senor de Buenos-Ayres s'était trompé ? Si elle était morte? Il s'endormit de nouveau dans ces tristes pensées, rêva qu'il était arrivé la nuit à Cordova et que de toutes les portes et de toutes les fenêtres des voix lui criaient :

— Elle n'y est pas ! elle n'y est pas !

Il se réveilla en sursaut, et vit au fond du wagon trois hommes barbus, enveloppés dans des châles de différentes couleurs, qui le regardaient en parlant bas entre eux. Un soupçon traversa l'esprit halluciné de Marco. Peut-être ces hommes étaient-ils des assassins qui voulaient le tuer et le voler.

Au malaise qu'il éprouvait déjà se joignit la peur. — Les trois hommes le regardaient toujours fixement.
— Un d'eux se leva, et vint à lui.

Alors, perdant le raison, Marco courut au devant de l'inconnu les bras ouverts en criant : — je n'ai rien, je suis un pauvre enfant venu de l'Italie pour retrouver maman. Je suis seul. Ne me faites pas de mal !

Les étrangers comprirent de suite l'erreur de l'enfant, ils en eurent pitié, le rassurèrent de mieux qu'ils purent en espagnol, et voyant que ses dents claquaient de froid, ils lui mirent un de leurs châles sur les épaules et le laissèrent s'endormir de nouveau. Quand Marco se réveilla, on était à Cordova.

Ah! avec quel soupir de soulagement, avec quel élan il se jeta hors du wagon ! Il demanda à un employé de la station l'adresse de l'ingénieur Mequinez, celui-ci nomma une église. La maison était près de cette église.

L'enfant se mit en marche. Il faisait nuit. Il entra dans la ville, et il sembla à Marco qu'il revoyait Rosario avec ses maisons basses et blanches encadrant des rues longues et droites. Mais il y avait peu de monde,

à la clarté de réverbères très espacés, il rencontrait
des visages étranges, d'une couleur inconnue, entre le
noirâtre et le verdâtre, et, en levant la tête, il apercevait
des églises d'architecture bizarre qui se dessinaient,
énormes et noires, sur le firmament. La ville était obscure et silencieuse. Mais auprès de l'immense désert
qu'il venait de traverser en chemin de fer, cette ville
lui parut gaie.

Il interrogea un prêtre qui passait, trouva l'église,
la maison voisine, et tira la sonnette d'une main tremblante. Son cœur battait à coups redoublés qui montaient jusqu'à sa gorge.

Une vieille vint ouvrir, une lumière à la main.

L'enfant ne pouvait trouver une parole.

— Qui cherches-tu? demanda celle-ci en espagnol.

— L'ingénieur Mequinez dit Marco.

La vieille croisa les bras sur la poitrine et dit en
branlant la tête :

— Toi aussi, tu cherches l'ingénieur Mequinez! il
me semble qu'il serait temps d'en finir! Voilà trois
mois qu'on nous ennuie. Il ne suffit donc pas que les
journaux l'aient dit, faut-il faire imprimer à tous les
coins de rues que le senor Mequinez est allé demeurer
à Tucuman!

L'enfant eut un geste désespéré, un éclat de colère :

— c'est donc une malédiction! s'écria-t-il. Je devrai
mourir dans la rue sans trouver ma mère! Je deviens
fou... Je veux en finir, mon Dieu !

— Comment s'appelle le pays dites-vous? où est-il? à
quelle distance?

— Eh, mon pauvre garçon, dit la vieille apitoyée,
une bagatelle! il y a quelque chose comme quatre ou
cinq-cents milles d'ici à Tucuman.

L'enfant se couvrit le visage de ses mains et demanda dans un sanglot :

— Et maintenant? que faire?...

— Que veux-tu que je te dise, pauvre enfant? reprit la femme, je ne sais pas...

Tout à coup une idée lui vint, et elle ajouta:

— Écoute, maintenant j'y pense, fais une chose: Tourne à droite dans la rue, tu trouveras à la troisième porte une grande cour. Il s'y trouve un *capataz*, un commerçant, qui part demain matin pour Tucuman avec ses chars et ses bœufs. Va voir s'il veut te prendre avec lui, fais-lui tes offres de service, il te donnera peut-être une place sur le char. Va vite.

L'enfant saisit sa valise, remercia et se sauva.

Deux minutes après il se trouvait dans une vaste cour éclairée par des lanternes, où des hommes étaient occupés à charger de sacs de froment sur un véhicule énorme, semblables à ceux des saltimbanques, avec le toit arrondi et les roues très hautes. Un homme grand et barbu, enveloppé dans un espèce de manteau à carreaux noirs et blancs, dirigeait le travail. L'enfant s'approcha de lui et lui fit timidement sa demande, ajoutant qu'il venait d'Italie et allait rejoindre sa mère.

Le *capataz* (ou maître conducteur de ce convoi de chars) le regarda des pieds à la tête et lui dit sèchement : Il n'y a pas de place.

— J'ai quinze francs, reprit l'enfant d'une voix suppliante, je vous les offre et durant la route je travaillerai, j'irai chercher l'eau et le fourrage pour les bestiaux, je ferai tout ce qu'on me demandera. Un peu de pain me suffit. Donnez-moi une toute petite place, senor!

Le *capataz* le regarda encore et répondit moins durement.

— Il n'y a pas de place... et puis... nous n'allons
pas à Tucuman, nous allons à une autre ville, Santiago
del Estero. A un certain endroit nous devrions te laisser et tu aurais encore un long trajet à faire à pied.

— Ah ! j'en ferais le double ! exclama Marco.

— Réfléchis, il s'agit d'un voyage de vingt
jours ?...

— Qu'importe !

— C'est un voyage dur.

— Je supporterai tout.

— Tu devras voyager seul.

— Je n'ai peur de rien pourvu que je retrouve ma
mère. Ayez pitié de moi !

Le *capataz* approcha une lanterne du visage de l'enfant et le regarda.

— C'est bien, dit-il après cet examen.

L'enfant lui baisa la main.

— Cette nuit tu dormiras dans un char, ajouta le
capataz, en le laissant, demain matin à quatre heures,
je te réveillerai. *Buenas noches* (bonne nuit!)

Le matin à quatre heures, à la clarté des étoiles, la
longue file de chars se mit en mouvement avec bruit.
Chaque char était tiré par six bœufs, suivi d'un grand
nombre d'animaux de rechange. L'enfant réveillé fut
mis dans un des chars, sur des sacs, où il se rendormit
de suite profondément.

Quand il se réveilla, le convoi s'était arrêté dans un
lieu solitaire, et les hommes — les *péones* — étaient
assis en cercle autour d'un quartier de veau qui cuisait
en plein air, enfilé dans une haute pique plantée en
terre, à côté d'un grand feu agité par le vent. Ils de-

vaient manger tous ensemble, dormir et repartir. Le
voyage continua ainsi, réglé comme une marche de
soldats. On se mettait en route chaque matin à cinq
heures, on s'arrêtait à neuf heures, on repartait à
cinq heures du soir, on s'arrêtait de nouveau à dix
heures. Les *péones* allaient à cheval à côté des chars et
stimulaient les bœufs en les piquant avec de longs ai-
guillons. Marco, lui, allumait le feu pour le rôti, donnait à manger aux bêtes, nettoyait les lanternes, portait l'eau à boire.

Les pays passaient sous ses yeux comme des visions
indistinctes : vastes bosquets de petits arbres bruns,
hameaux semés de rares maisons aux façades rouges,
crénelées ; espaces immenses, anciens lits de grands
lacs salés, tout blancs de sel à perte de vue.

De tout côté et toujours la monotonie de la plaine,
de la solitude et du silence. Parfois on rencontrait deux
ou trois cavaliers, suivis par un troupeau de chevaux
en liberté, qui passaient en galopant pareils à un tourbillon. Les jours se suivaient uniformes, pareils à ceux
que Marco avait passés sur mer, dans un ennui sans fin.
Le temps était beau. Seulement les *péones*, devenaient
de jour en jour plus exigeants, comme si l'enfant eût été
leur serviteur ; quelques uns le traitaient durement, le
menaçaient, tous se faisaient servir sans égard pour
l'âge et les forces de l'italien. On lui faisait porter
d'énormes charges de fourrage, on l'envoyait chercher
de l'eau à de grandes distances, et Marco, rompu de
fatigue, ne pouvait même pas dormir la nuit, secoué
qu'il était par les violentes cahots du char et le grince-
ment assourdissant des roues et des essieux de bois.
Pour comble, le vent s'étant élevé, une poussière fine,
roussâtre et grasse, s'infiltrait partout, pénétrait dans

les chars, sous les vêtements, brûlant les yeux et la bouche du malheureux enfant, lui enlevant la vue et oppressant son souffle, continuellement, d'une façon insupportable.

Accablé de fatigue et d'insomnie, grondé et malmené du matin au soir, ses habits salis et déchirés. le pauvre garçon se décourageait chaque jour et il aurait perdu tout à fait courage si le *capataz* ne lui avait adressé de temps à autre quelque bonne parole. Souvent, étant seul dans un coin du char, il pleurait, le visage caché contre sa valise, laquelle ne contenait plus que des haillons : chaque matin, Marco se levait plus faible et plus découragé. En regardant la campagne, et ces plaines interminables comme un océan de terre il se disait : — je n'arriverai pas jusqu'à ce soir, je mourrai en chemin ! — Les fatigues et les mauvais traitements redoublaient. Un jour, parce qu'il n'avait pas apporté l'eau à temps, on profita de l'absence momentanée du *capataz* pour le secouer. Un des hommes lui donna un soufflet en disant : — attrappe cela, vagabond ! — Porte ceci à ta mère ! fit un autre en lui donnant un coup de pied.

Le pauvre petit n'y tint plus, Il tomba malade.

Il resta trois jours dans le char, grelottant la fièvre sous une couverture, ne voyant personne que le *capataz* qui venait lui donner à boire et tâter son pouls.

Marco se crut perdu. Il invoqua sa mère avec désespoir : Oh ! maman, maman, je ne te verrai plus ! viens à mon secours, maman, viens au devant de moi, je me meurs ! Tu me trouveras mort dans le chemin !

Il croisait ses mains sur sa poitrine et priait. Grâce aux soins du *capataz*, il guérit. Mais avec la guérison arriva le jour le plus terrible de son voyage, celui où il

devait le continuer seul. Depuis plus de deux semaines
on était en route. Quand on arriva au point où de la
route de Tucuman se détache celle qui va à Santiago
del Estero, le *capataz* lui annonça qu'ils devaient se
séparer. Il lui donna quelques indications sur le chemin
à parcourir, lui attacha la valise sur les épaules de
façon à ce qu'elle ne l'empêchât pas de marcher, et
coupant court, comme s'il craignait de s'attendrir,
il lui dit adieu. L'enfant eut à peine le temps de saisir
son bras et de l'embrasser. Les autres hommes qui
l'avaient maltraité si durement, parurent éprouver de
la pitié à le laisser seul et lui firent un signe d'adieu
en s'éloignant.

Marco rendit le salut de la main, regarda le convoi
aussi loin qu'il put le voir se perdre au loin derrière les
nuages de poussière rouge... Puis il se mit en chemin
tristement.

Une chose, cependant, le réconfortait un peu, même
depuis le commencement du voyage : c'était de voir à
l'horizon une chaîne de montagnes bleues, aux cimes
élevées et blanchies qui lui rappelaient la chaîne des
Alpes et semblaient par cela même le rapprocher de
son pays.

Or, ces montagnes n'étaient point les Alpes mais les
Andes, l'épine dorsale du continent Américain, la
chaîne immense qui s'étend de la terre de feu jusqu'à
la mer glaciale du pôle arctique, à travers cent dix
degrés de latitude.

Ce qui le réconfortait aussi, c'était de sentir l'atmosphère s'adoucissait, et cela venait de ce que, remon-
tant vers le septentrion, il se rapprochait des régions
tropicales.

A de grands intervalles, Marco trouvait de petits

groupes de maisons et une misérable boutique où il
achetait un peu de nourriture. Il rencontrait de temps
à autre, des hommes à cheval, et voyait des femmes et
des enfants assis par terre, immobiles et graves, avec
des figures tout à fait étranges, couleur de terre,
les yeux obliques, les lèvres avancées, qui le regardaient fixement et le suivaient du regard en tournant lentement la tête comme des automates. C'étaient
des Indiens.

Le premier jour Marco marcha jusqu'à ce que ses
forces se fussent épuisées et dormit sous un arbre. Le
second jour il marcha moins longtemps et avec moins
de courage. Il avait les souliers troués, les pieds déchirés, l'estomac affaibli par les privations. Vers le soir il
commença à avoir peur. Il avait entendu dire en Italie
que dans ces pays-là il y avait des serpents. Il crut les
entendre ramper, s'arrêta, reprit sa course, ayant des
frissons dans la moelle des os.

Quelquefois il avait une grande compassion de lui-
même, pleurait en silence tout en marchant et se disait :

— Oh ! combien maman souffrirait s elle connaisait
ma peur !

Cette pensée lui redonnait un peu courage. Puis,
pour se distraire de la peur, il se rappelait toutes sortes
de choses touchant sa mère. Ses dernières paroles en
quittant Gênes, et la façon dont elle bordait ses couvertures, presque sous le menton, quand il était au lit.
Et lorsqu'il était petit, elle le prenait quelquefois dans
ses bras en disant :

— Viens un peu ici près de moi.

Marco marchait ainsi en évoquant le souvenir de sa
mère chérie et des jours heureux. Il se disait en lui-
même : — Te reverrai-je un jour, chère maman?

arriverai-je au terme de mon voyage, dis, maman?

Et il marchait, marchait, à travers les arbres au feuillage inconnu, les plantations de cannes à sucre, les prairies sans fin, ayant toujours devant les yeux ces hautes montagnes d'azur profilant sur le ciel limpide leurs cônes immenses. Quatre, cinq jours, une semaine se passèrent. Les forces de l'enfant s'épuisaient, ses pieds étaient ensanglantés. Enfin, un soir, on lui dit :
— Tucuman est à cinquante milles d'ici.

Marco jeta un cri de joie et pressa le pas, cet espoir lui donnait une nouvelle vigueur. Mais ce fut une brève illusion. Ses forces l'abandonnèrent tout à coup et il tomba sur le bord d'un fossé, exténué. Son cœur battait de joie cependant. Le ciel parsemé d'étoiles ne lui avait jamais paru si beau. Il le contemplait doucement de l'herbe où il s'était couché pour dormir, et en pensant que sa mère regardait peut-être le ciel au même instant il murmura. — Maman où es-tu? que fais-tu en ce moment, penses-tu à ton fils qui est si près de toi?

Pauvre Marco, s'il avait pu voir dans quel état se trouvait sa mère, à cet instant, il aurait fait un effort surhumain pour marcher encore, pour arriver près d'elle quelques heures plus tôt.

La gênoise était malade au lit, au rez-de-chaussée d'une belle maison où habitait la famille Mequinez. Cette famille avait pris en affection la pauvre servante et la soignait de son mieux. Elle était déjà souffrante quand l'ingénieur Mequinez dût quitter brusquement Buenos-Ayres, et elle n'avait pu se remettre au bon air de Cordova.

Puis, ne recevant plus de réponse aux lettres envoyées à son mari et à son cousin, elle pressentait qu'il était arrivé quelque malheur aux siens. L'anxiété dans laquelle, elle vivait, incertaine entre un départ ou une continuation de séjour, avait augmenté de beaucoup son mal. Dans ces derniers temps, un accident grave s'était produit chez elle, une hernie intestinale étranglée. Depuis quinze jours elle ne se levait plus du lit, et une opération chirurgicale était nécessaire pour lui sauver la vie.

Juste au moment où Marco l'invoquait, le maître et la maîtresse de la maison étaient à son chevet, la raisonnant avec beaucoup de douceur pour la décider à se faire opérer, et elle persistait dans son refus en pleurant.

Un médecin de Tucuman était déjà venu la semaine précédente inutilement.

— Non, chers maîtres, disait la gênoise, je n'ai plus la force de résister, je mourrais sous le fer du chirurgien. Il vaut mieux me laisser ainsi. Je ne tiens plus à la vie, tout est fini pour moi. Il est préférable que je meure avant d'apprendre ce qui est arrivé à ma famille.

Les Mequinez la reprenaient avec patience, lui disant d'avoir du courage, qu'elle recevrait une réponse aux lettres envoyées directement à Gênes, mais qu'elle se laissât opérer par amour pour ses fils. La pensée de ses enfants ne faisait qu'aggraver ses angoisses et son découragement. En les entendant invoquer, la malheureuse éclata en sanglots.

— Ah! mes enfants, mes enfants! disait-elle en joignant les mains, ils n'existent sans doute plus! Il vaut mieux que je meure, moi aussi. Je vous remercie mes bons maîtres, je ne guérirais même pas si on me faisait l'opération j'en suis sûre. Merci de vos bontés, chers maîtres, il est inutile que le docteur vienne après-demain, je veux mourir. C'est mon destin de mourir ici.

Et ceux-ci tâchaient de la consoler encore, lui prenaient les mains et la priaient de se laisser faire. La malade alors fermait les yeux, épuisée, tombant dans un assoupissement qui ressemblait à la mort.

Les Mequinez restaient à garder cette mère admirable qui, pour le salut de sa famille, était venue mourir à six mille milles de sa patrie, mourir après avoir tant souffert, la pauvre femme! si bonne, si honnête et si malheureuse!

Le jour suivant, de bon matin, sa valise sur le dos, courbé et boitant, mais plein de courage, Marco entrait à Tucuman, une des plus jeunes et des plus florissantes villes de la République-Argentine. Il sembla à l'enfant revoir Cordova, Rosario, Buenos-Ayres. C'étaient les mêmes rues droites et longues, les mêmes maisonnettes blanches et basses, mais de tous côtés une végétation nouvelle et magnifique, un air parfumé, une lumière éclatante, un ciel limpide et profond, comme il n'en avait jamais vu, même en Italie.

En marchant dans les rues, Marco fut repris de l'agitation fébrile qui l'avait envahi à Buenos-Ayres. Il regardait les fenêtres et toutes les portes des maisons, toutes les femmes qui passaient, dans l'espoir de rencontrer sa mère. Il aurait voulu interroger tout le monde et n'osait arrêter personne. On regardait et on se retournait sur ce pauvre garçon en guenilles, couvert de poussière, qui paraissait venir de bien loin. Et lui, regardait dans la foule un visage qui inspirât de la confiance pour lui adresser sa demande. Les yeux de Marco tombèrent sur l'enseigne d'une boutique où était écrit un nom italien, dans le magasin se trouvait un homme à lunettes et deux femmes. Il s'avança lentement vers la porte et prenant sa résolution, il demanda :

— Sauriez-vous me dire, monsieur, où habite la famille Mequinez?

— La famille de l'ingénieur Mequinez? demanda le boutiquier.

— Oui, de l'ingénieur Mequinez, répondit l'enfant avec un fil de voix.

— La famille Mequinez, dit le boutiquier, n'habite point Tucuman.

Un cri de désespoir aussi poignant que le cri d'un blessé à mort, répondit à ces paroles. Le boutiquier et les femmes se levèrent, quelques voisins accoururent.

— Qu'est-ce? qu'as-tu mon enfant? dit le boutiquier attirant Marco chez lui et le faisant asseoir. Il n'y a pas à se désespérer, que diable! Les Mequinez ne sont pas ici mais aux environs, à quelques heures de Tucuman !

— Où cela? où cela? cria Marco, se levant comme un ressuscité.

— A une quinzaine de milles d'ici, continua l'homme, sur les rives du Saladillo où l'on est en train de construire une fabrique de sucre... Il y a là un groupe de maisons parmi lesquelles se trouve celle de l'ingénieur Mequinez, tout le monde saura te l'indiquer et tu y arriveras en quelques heures.

— J'y suis allé moi, il y a quelques semaines, dit un jeune homme qui était accouru au cri poussé par Marco.

Marco le regarda de ses grands yeux dilatés et lui demanda vivement en pâlissant :

— Avez-vous vu la domestique de M. Mequinez, l'italienne?

— La gênoise? Je l'ai vue.

Marco éclata en sanglots convulsifs, entre les pleurs
et le rire.

Puis avec élan, pris d'une résolution violente :

— Par où va-t-on ? vite ! le chemin ! je pars de suite,
indiquez-moi le chemin !

— Mais il y a une journée de marche, dit-on autour
de lui, tu es fatigué, petit, tu dois te reposer, tu par-
tiras demain...

— Impossible ! impossible ! répondit le garçon, dites-
moi le chemin, je n'attends plus un moment dussé-je
mourir en route !

En le voyant décidé irrévocablement on ne le retint
plus « Dieu t'accompagne ! » lui dit-on.

— Fais attention au chemin dans la forêt !

— Bon voyage, petit italien !

Un homme l'accompagna hors la ville, lui indiqua
le chemin, lui donna quelques conseils et le regarda
partir. Au bout de quelques minutes l'enfant boitant,
son sac sur le dos, disparut derrière les arbres épais
qui bordaient le chemin.

. . . .

Cette nuit-là fut terrible pour la pauvre malade. Elle
souffrait de douleurs atroces qui lui arrachaient des cris
épouvantables et lui donnaient le délire.

Les femmes qui l'assistaient perdaient la tête. Sa
maîtresse arrivait de temps à autre, toute déconcertée.
On commença à craindre que, même si elle se décidait
à se laisser opérer, le médecin qui devait venir le lendemain matin, n'arrivât trop tard. Dans les moments
où le délire cessait on comprenait que son mal le plus
terrible venait encore moins du corps que de la pensée,
toujours tendue vers la famille éloignée.

Anéantie, défaite, le visage méconnaissable, elle

s'arrachait les cheveux avec désespoir en criant :

— Mon Dieu, mon Dieu, mourir si loin, mourir sans
les revoir! mes pauvres enfants! orphelins! et mon
petit Marco qui est encore si jeune! lui si dévoué, si
affectueux! Vous ne savez pas Madame quel bon garçon
il est! Je ne pouvais le détacher de mon cou lorsque je
suis partie, il sanglotait à faire peine, on eût dit qu'il
comprenait qu'il ne devait plus revoir sa mère! pauvre
Marco! mon pauvre enfant. Oh! si j'étais morte alors,
lorsque je leur disais adieu; sans mère, pauvre petit, que
fera-t-il? il devra aller mendier, lui, mon Marco! tendre la main! O Dieu éternel, non, je ne veux pas mourir! le médecin! appelez-le de suite, qu'il vienne, qu'il
me déchire mais qu'il me sauve la vie! Je veux guérir,
je veux vivre, partir demain! au secours! au secours!

Les femmes qui la soignaient lui prenaient les mains
et lui parlaient de Dieu et d'espérance. Et alors la
pauvre malade retombait dans un abattement mortel,
pleurait, les mains dans ses cheveux gris, gémissant
comme un enfant :

— Oh! Gênes, ma ville natale! ma maison! Toute
cette mer... oh! mon Marco, mon pauvre Marco
qui sait où il est à cette heure, mon pauvre enfant!

Il était minuit et son pauvre Marco, après avoir
passé plusieurs heures sur le rebord d'un fossé, marchait alors à travers une forêt immense, ombragée
d'arbres gigantesques, aux troncs énormes, semblables
à des piliers de cathédrale, qui entrelaçaient leur cime
argentée par la lune. Vaguement, dans la demi-obscu-
rité Marco voyait des troncs de toutes les formes : droits,
inclinés, contournés, croisés, ayant l'aspect étrange
et menaçant; quelques arbres, renversés, comme des
tours tombées, se couvraient d'une végétation abondante

et confuse, d'autres, serrés en groupe comme un faisceau de lances dont les pointes toucheraient le ciel, s'élevaient droits et superbes; partout, enfin, une grandeur majestueuse, un désordre naturel d'une prodigieuse beauté, le spectacle le plus terrible et le plus grandiose que la végétation terrestre eut jamais offert aux regards.

Parfois Marco était saisi de stupeur, mais aussitôt son cœur se raffermissait en s'élançant vers sa mère. Exténué, les pieds en sang, seul au milieu de cette forêt formidable où l'on ne voyait qu'à de longs intervalles de petites habitations humaines, aux pieds de ces grands arbres, elles semblaient des nids de fourmis.

Marco exténué ne sentait pas la fatigue, il était seul et n'avait pas peur. La grandeur de la forêt épanouissait son âme, le voisinage de sa mère lui donnait la force et l'assurance d'un homme. Les souvenirs de l'océan traversé, des désillusions, des douleurs souffertes et vaincues, des fatigues subies lui faisaient relever le front. Son sang génois, noble et fort, refluait à son cœur d'une onde fière et hardie. Et une chose nouvelle survint à lui: jusque là il n'avait pu évoquer qu'une image obscure de sa mère, image effacée un peu par les deux années d'absence. maintenant cette image devenait claire et distincte, il revoyait nettement son visage, comme depuis longtemps il ne l'avait vu, il le revoyait près de lui, illuminé, frappant, il revoyait les mouvements les plus subtils de ses yeux et de ses lèvres, ses gestes et ses attitudes.

Poussé par ses souvenirs, Marco pressa le pas, une nouvelle tendresse croissait dans son cœur, faisant couler sur son visage des larmes douces, tranquilles, et, à travers les ténèbres, il prononçait les paroles qu'il allait bientôt murmurer à l'oreille de sa mère bien-aimée.

— Me voici... mère chérie, me voici, je ne te laisserai plus, nous retournerons ensemble chez nous, je serai toujours près de toi sur le bâtiment, et personne ne me détachera de toi plus jamais, jamais !

Et Marco ne s'apercevait pas que, sur la cime des arbres gigantesques, les lueurs argentines de la lune s'éteignaient pour faire place aux blancheurs délicates de l'aube naissante...

A huit heures, ce même matin, le médecin de Tucuman, un jeune Argentin, était déjà au lit de la malade, assisté d'un aide, tentant une dernière fois de la persuader à se faire opérer. Mais les instances du docteur et celles de ses maîtres étaient inutiles, la pauvre femme se sentant très faible n'avait plus foi dans l'opération, elle était certaine de mourir entre les bras du chirurgien, après avoir souffert des douleurs plus atroces que celles qui devaient la tuer.

Le docteur lui répétait : mais le succès de l'opération est certain, je vous sauverai la vie si vous avez un peu de courage ; si vous refusez, votre mort est sûre. Paroles perdues. — Non, répondait la malade d'une voix étouffée, j'ai encore assez de courage pour mourir, mais non pour souffrir inutilement, merci docteur, laissez-moi mourir tranquille.

Le médecin découragé n'insista plus. Alors la servante se tourna vers la maîtresse et lui fit ses dernières recommandations.

— Ma bonne maîtresse, dit-elle avec effort, vous enverrez mes effets et mes pauvres économies à ma famille, par l'entremise du consul... J'espère que tous les miens sont en vie. Je sens dans mon cœur cette espérance, vous me ferez la grâce d'écrire... que j'ai

toujours pensé à eux... toujours travaillé pour eux....
pour mes enfants... et que ma seule douleur est de ne
plus les revoir... que je suis morte avec courage, rési-
gnée... en les bénissant... et que je recommande à mon
mari, à mon fils aimé... le plus petit. — Mon petit
Marco auquel j'ai pensé jusqu'au dernier moment ..

Puis s'exaltant tout d'un coup elle cria en joignant
les mains : ô Marco, mon enfant, ma vie !

Mais en tournant ses yeux en pleurs, elle vit que sa
maîtresse n'était plus là. On était venu la demander
furtivement. Elle chercha des yeux le senor Mequinez,
il avait disparu. Il ne restait plus que les deux infir-
mières et l'aide-chirurgien.

On entendait dans la pièce voisine un bruit de pas
pressés, un murmure de voix rapide et bas, d'exclama-
tions contenues. La malade fixa sur la porte ses yeux
voilés, attendant.

Quelques minutes après elle vit apparaître le docteur ;
il avait une expression étrange, puis le senor et la
senora Mequinez, eux aussi, le visage troublé. Tous
trois la regardaient avec une expression singulière,
échangeant quelques mots à voix basse. Il sembla à
la malade que le docteur disait à sa maîtresse : — mieux
de suite. — Elle ne comprenait pas.

— Josepha, dit la senora Mequinez, d'une voix tremblante, j'ai une bonne nouvelle à vous donner. Prépa-
rez votre cœur à une bonne nouvelle.

La malade la regarda attentivement.

— Une nouvelle, continua la dame toujours plus
agitée, qui vous fera éprouver une grande joie.

Les yeux de la servante se dilatèrent.

— Préparez-vous, poursuivit la senora, à voir une
personne... que vous aimez beaucoup.

Josepha leva sa tête par un mouvement énergique et commença à regarder tour à tour la porte et sa maîtresse avec des yeux enflammés.

— Une personne, ajouta la senora, arrivée ici, à présent, d'une façon inattendue...

— Qui est-ce? demanda la femme d'une voix entrecoupée, comme celle d'une personne épouvantée. Un instant après, elle jeta un grand cri, assise sur son lit, elle restait immobile, les yeux démesurément ouverts, les mains à ses tempes comme devant une apparition surhumaine.

Marco déchiré et poudreux était debout sur le seuil de la porte. Le docteur le retint par un bras.

La femme cria trois fois: — Dieu, Dieu, mon Dieu!!

Marco s'élança, et elle lui tendit ses bras amaigris, le serrant sur son sein avec la fureur d'une tigresse, éclatant dans un rire violent, rompu de sanglots profonds, sans larmes, qui la firent retomber suffoquée sur le coussin. Mais elle se remit aussitôt et folle de joie, en couvrant de baisers la tête de Marco:

— Comment es-tu ici? dit-il. Pourquoi? Comme tu as grandi! qui t'a conduit? tu es venu seul? Tu n'es pas malade? c'est toi Marco? Ce n'est pas un songe? parle-moi...

Puis changeant de ton tout à coup:

— Non, tais-toi, attends.

Et se tournant vers le docteur, précipitamment:

— Vite, docteur, je veux guérir. Je suis prête, ne perdez pas un instant. Conduisez Marco dehors pour qu'il n'entende pas. Marco chéri, ce n'est rien, va, tu me raconteras tout. Encore un baiser... va... Me voici, docteur.

On emmena Marco. Le senor et la senora sortirent

avec lui, le chirurgien et l'aide fermèrent la porte.

Le senor Mequinez tenta de mener Marco dans une chambre éloignée, mais ce fut impossible. Il semblait cloué au plancher.

— Qu'y a-t-il? demanda l'enfant, qu'est-ce que ma mère a? qu'est-ce qu'on lui fait?

L'ingénieur cherchait doucement à l'entraîner:

— Je te le dirai, viens... ta mère est malade, il faut lui faire une petite opération, je t'expliquerai tout cela, viens avec moi.

— Non, je veux rester ici, dit l'enfant, expliquez-moi cela ici.

L'ingénieur tâchait de le rassurer en l'entraînant et l'enfant commença à avoir peur et à trembler.

Tout à coup un cri aigu, comme le cri d'un blessé à mort, retentit dans toute la maison.

L'enfant répondit par un cri désespéré.

— Ma mère est morte !

Le médecin parut sur le seuil et dit:

— Ta mère est sauvée.

L'enfant le regarda un moment, puis se jeta à ses genoux en sanglotant :

— Merci, merci, docteur!

Mais le docteur le releva d'un geste en disant :

— Lève-toi ; pauvre enfant héroïque, c'est toi qui as **sauvé ta mère !**

L'ÉTÉ

Mercredi 24.

Marco, le gênois, est l'avant-dernier petit héros avec lequel nous faisons connaissance cette année. Il n'en reste plus qu'un pour le mois de juin. Il n'y a plus que deux examens mensuels, vingt-six jours de leçons, six jeudis et cinq dimanches. On sent déjà la fin de l'année scolaire qui s'approche : les arbres du jardin, touffus et fleuris, forment une belle ombre sur les agrès de la gymnastique. Les écoliers ont des vêtements d'été. La sortie des classes est toute différente des mois précédents. Les chevelures qui descendaient sur les épaules n'existent plus. Toutes les têtes sont tondues.

On voit jambes et cous nus, chapeaux de paille de toutes les formes avec des bouts de rubans qui descendent jusque dans le dos. Chemises et cravates de toutes couleurs. Les plus petits ont des cravates ou n'importe quoi de bleu ou de rouge à leur vêtement; fantaisie de mères, des plus riches aux plus pauvres, qui ont voulu les parer. Beaucoup viennent à l'école nu-tête, comme s'ils s'étaient sauvés de la maison. Quelques-uns portent le costume blanc de la gymnastique. Il y a un élève de la classe de Mlle Delcati qui est vêtu de rouge des pieds à la tête comme un homard cuit. Quelques-uns portent des costumes marins. Mais le plus beau c'est le « petit maçon » qui est coiffé d'un énorme chapeau de paille, sous lequel il ressemble à une bougie couverte de son abat-jour! C'est à mourir de rire de le voir faire le *museau de lièvre* sous les bords de ce chapeau-là! Coretti a ôté son béret de peau de chat et a mis à la place une vieille casquette de voyage en soie grise. Votini a une espèce de vêtement à l'Ecossaise, très attifé; Crossi montre sa poitrine nue, Precossi disparaît dans une cotte bleue de forgeron. Et Garoffi? Maintenant qu'il a dû abandonner son grand pardessus qui cachait sa marchandise, ses poches gonflées restent à découvert, laissant voir un tas d'objets d'où émergent des listes de loterie.

On aperçoit des éventails faits avec des journaux, des tuyaux de roseau, des traits pour lancer aux oiseaux etc., etc.

Les élèves arrivent le matin avec des bouquets pour leurs institutrices. Les institutrices aussi sont habillées de couleurs claires, excepté la « religieuse » qui est toujours en noir. La maîtresse à la plume rouge a le même chapeau et un nœud de ruban rose au cou un peu froissé et sali par les caresses de ses petits écoliers qui la font rire... et courir.

C'est la saison des cerises, des papillons, de la musique en plein air et des promenades à la campagne. Beaucoup d'élèves de quatrième s'échappent déjà pour aller faire une *pleine eau* dans le fleuve. Tous aspirent aux vacances. Chaque jour on sort de l'école plus impatient et plus content que le jour précédent. Ce qui me fait peine seulement c'est de voir Garrone en deuil et ma pauvre maîtresse de première toujours plus faible, plus pâle et qui tousse toujours plus fort. Elle marche toute courbée maintenant, et le salut qu'elle me fait est si triste!...

POÉSIE

Vendredi 26.

Tu commences à comprendre la poésie de l'école, Henri. Mais l'école, à présent, tu ne la vois que de l'intérieur. Elle te paraîtra beaucoup plus belle et plus poétique dans trente ans, quand tu y retourneras accompagner tes fils, et que tu la verras du dehors, comme je la vois.

En attendant la sortie, je me promène dans les rues désertes qui entourent l'édifice et je jette un regard aux fenêtres du rez-de-chaussée fermées seulement par des persiennes. D'une fenêtre j'entends la voix d'une institutrice qui s'écrie. — Oh! quel vilain jambage de *t*! cela ne va pas, mon enfant. Et que dira ton père? A la croisée voisine la grosse voix d'un professeur dicte lentement : — *J'ai acheté cinquante mètres d'étoffe... à quatre francs cinquante le mètre, je les revends...*

Plus loin, la maîtresse à la plume rouge lit à haute voix : *Alors Pierre Micca, la mèche allumée...*

De la classe à côté s'élève un murmure de voix enfantines qui me prouve que le professeur est sorti un moment. Je fais quelques pas et j'entends un enfant qui pleure. La voix de la maîtresse le gronde ou le console. Des autres fenêtres s'échappent des fragments de poésies, des noms d'hommes illustres et bons, des maximes sur la vertu, le courage, l'amour de la patrie...

Puis suivent des moments de silence où l'on dirait que l'école est vide et il semble impossible qu'elle contienne sept cents enfants.

On entend tout d'un trait, rompant le silence, des éclats de rire, provoqués par la plaisanterie d'un professeur de bonne humeur...

Les gens qui passent s'arrêtent pour écouter, et tous jettent un regard de sympathie à cet édifice qui contient tant de jeunesse et tant d'espérances!

On entend tout d'un coup un bruit sourd de livres et de cahiers resserrés, des piétinements, un bourdonnement se répand de classe en classe et de bas en haut comme à l'annonce inattendue d'une bonne nouvelle. C'est le portier qui porte de classe en classe le mot sacramentel : *finis*.

A ce bruit, une foule de femmes, d'hommes, de jeunes filles et de jeunes gens se bousculent aux portes attendant leurs enfants, leurs frères, leurs petits-fils, tandis que sortent des classes les tous petits, qui viennent chercher leurs manteaux et leurs chapeaux. Enfin les écoliers arrivent en longue file, battant des pieds, et les parents les accueillent par une pluie de demandes :

— As-tu su ta leçon? — Combien t'a-t-on donné de devoirs? — Qu'avez-vous pour demain? — Quand a lieu l'examen mensuel?

Les pauvres mères qui ne savent pas lire ouvrent tout de même les cahiers, regardent les problèmes et demandent les points :

— Huit seulement? — Dix avec éloge? — Neuf de leçons?

Et elles s'inquiètent et se réjouissent, interrogent les maîtres, parlent de programmes et d'examens.

Comme c'est beau l'instruction, comme c'est noble! et quelle immense promesse elle est pour le monde!

Ton Père.

LA SOURDE-MUETTE

Dimanche 28.

Je ne pouvais pas mieux finir le mois de mai que par la visite de ce matin. On sonne à la porte. J'entends la voix de mon père qui s'écrie sur un ton de surprise : — Eh quoi, c'est vous Georges!

Georges, notre jardinier de Chieri, dont la famille est à présent à Condore. Il arrivait de Gênes où il avait débarqué la veille venant de Grèce après y avoir travaillé trois ans aux chemins de fer. Georges portait un gros paquet entre les bras. Nous le trouvâmes un peu vieilli mais toujours jovial et le visage animé.

Mon père voulait le faire entrer, mais il s'y refusa et demanda de suite, avec une certaine anxiété :

— Comment va ma famille? comment va ma petite Luigia?

— Bien ; je l'ai vue tout récemment... répondit maman.

Georges poussa un soupir de soulagement.

— Oh! Dieu soit loué ! Je n'avais pas le courage de me présenter aux sourds-muets sans avoir des nouvelles de ma fillette. Permettez, je laisse mon paquet et je cours chercher ma Luigia. Il y a trois ans que je ne l'ai vue ma pauvre fille ! Trois ans que je n'ai vu aucun des miens !

— Accompagne Georges, me dit papa.

— J'ai encore un mot à vous dire, excusez-moi, fit le jardinier en s'arrêtant sur le palier.

Mon père l'interrompit.

— Et les affaires ?

— Elles ont bien marché, grâce à Dieu. Je rapporte quelques sous. Mais je voulais vous demander, monsieur, si ma pauvre petite sourde-muette a fait quelques progrès ? Je l'ai laissée dans l'état d'un petit animal, pauvre créature ! J'y crois très peu, moi, à ces institutions de sourds-muets, a-t-elle appris à faire les signes ? Ma femme m'écrivait : Luigia apprend à parler, elle fait des progrès. Mais je me disais à part moi, cela ne m'avance guère qu'elle apprenne à parler par signes, du moment que je ne les comprends pas ces signes ? Cela est bon entre ces pauvres sourds-muets ; comment la trouvez-vous ma Luigia ?

Mon père sourit et répondit :

— Je ne vous dis rien. Vous verrez vous-même. Allez, allez, ne perdez pas une minute de plus.

Nous sortîmes. L'institution des sourd-muets, est voisine. Chemin faisant le jardinier me parlait, tout attristé :

— Ah ? ma pauvre Gigia ! venir au monde accablée de cette disgrâce ! Dire que jamais je ne me suis entendu appeler *papa* par elle et qu'elle n'a jamais entendu que je la nommais *ma fille* ! Puisqu'elle n'a jamais prononcé ni entendu une parole !

Il est encore heureux qu'un bienfaiteur nous ait offert de la mettre à l'Institution... Il a fallu attendre qu'elle eut atteint sa huitième année... Voilà trois ans qu'elle y est, elle va avoir onze ans bientôt. Est-elle grandie, dites-moi un peu, monsieur Henri ? est-elle gaie !

— Vous allez voir, vous allez voir, lui répondis-je en pressant le pas.

— Mais où se trouve donc l'Institution ? Ma femme

a accompagné Luigia après mon départ, j'ignore où elle est...

Nous arrivâmes tandis qu'il parlait, et nous entrâmes dans le parloir. Un gardien vint au devant de nous.

— Je suis le père de Luigia Voggi, dit le jardinier, je veux voir ma fille, vite, vite.

— Les enfants sont en récréation, répondit le gardien, je vais avertir la maîtresse.

Et il sortit.

Le jardinier ne pouvait plus ni parler ni rester tranquille, il regardait les tableaux pendus au mur, sans les voir.

La porte s'ouvrit. Une maîtresse vêtue de noir entra tenant une fillette par la main.

Père et fille se regardèrent un moment, puis se lancèrent dans les bras l'un de l'autre en jetant un cri.

La fillette était vêtue d'une robe à petites raies blanc et rouge et d'un tablier gris. Elle est plus grande que moi. Elle pleurait en entourant le cou de son père de ses bras.

Le jardinier s'éloigna, se mit à regarder sa fille des pieds à la tête, les lunettes sur les yeux, essoufflé comme s'il avait fait une grande course et s'écria :

— Jésus ! a-t-elle grandi ! comme elle est devenue gentille ! Oh ! ma pauvre, ma chère Luigia, ma pauvre petite muette!... C'est vous, madame, qui êtes la maîtresse ? Dites donc à ma fille de faire quelques signes j'apprendrai peu à peu à les connaître... dites-lui qu'elle me fasse comprendre quelque chose...

La maîtresse sourit et dit à voix basse à la fillette.

— Quel est ce monsieur qui est venu te voir ?

— Alors la fillette, avec une grosse voix étrange,

celle d'un sauvage qui parlerait notre langue pour la première fois, mais prononçant avec clarté, et tout en souriant, répondit :

— C'est mon père.

Le jardinier recula, étonné, en criant comme un fou :

— Elle parle ! est-ce possible ! est-ce possible ! Elle parle ? Mais tu parles, ma fille, tu parles, dis-moi un peu ?

Il l'attira à lui et l'embrassa à trois reprises sur le front.

— Ce n'est donc pas par gestes que parlent les sourds-muets, madame, ce n'est pas avec les doigts. Qu'est-ce que c'est que cela ?

— Non, M. Voggi, répondit la maîtresse, ce n'est pas avec les gestes, qui est l'ancienne méthode. Ici on enseigne par la nouvelle méthode, la méthode orale. Vous ne le saviez pas ?

— Je n'en savais rien ! — répondit le jardinier confondu. Voilà trois ans que j'ai quitté l'Italie. On me l'aura écrit et je n'aurai pas saisi. J'ai la tête dure, moi, ô ma fille, tu me comprends donc ? tu entends ma voix ? réponds un peu : tu m'entends ? tu entends ce que je te dis ?

— Mais non, mon brave homme, dit la maîtresse, elle n'entend pas la voix, puisqu'elle est sourde ; mais elle comprend ce que vous dites par le mouvement de vos lèvres. Elle n'entend ni ce que vous dites ni ce qu'elle dit, elle prononce parce que nous lui avons enseigné, lettre par lettre, de quelle façon elle doit mouvoir les lèvres et la langue, et quel effort elle doit faire à l'aide de la poitrine et de la gorge pour émettre un son.

Le jardinier ne comprenait pas, et restait bouche béante. Il n'y croyait pas encore.

—Dis-moi, Luigia, demanda-t-il à sa fille, en lui parlant à l'oreille, es-tu contente que ton père soit revenu ?

Il attendait impatiemment sa réponse. La fillette le regarda pensive, mais ne répondit point, son père était fort troublé.

La maîtresse se mit à rire.

— Mon brave homme, dit-elle, Luigia ne vous répond pas parce qu'elle n'a pas vu les mouvements de vos lèvres : vous lui avez parlé à l'oreille ! Répétez-lui la demande en tenant votre visage bien en face du sien

Le père, regarda en face la fillette et répéta :

— Es-tu contente que ton père soit de retour ? qu'il ne s'en aille plus ?

La fillette qui avait regardé attentivement les lèvres de son père, répondit nettement :

— Oui, je-suis con-ten-te que tu sois re-ve-nu que tu ne nous quittes plus jamais.

Le jardinier l'embrassa avec impétuosité, puis, pour mieux se rendre compte du phénomène, incompréhensible pour lui, il l'accabla de demandes.

— Comment s'appelle ta maman ?

— An-to-nia.

— Comment s'appelle ta petite sœur ?

— A-dé-la-ï-de.

— Comment se nomme cette institution ?

— Des sourds-muets.

— Combien font deux fois dix ?

— Vingt.

Pendant que nous pensions voir le jardinier ravi, tout à coup il se mit à pleurer ; mais c'était de joie.

— Voyons, dit la maîtresse, vous devez vous réjouir

et non pleurer! vous faites pleurer aussi votre fillette...
Vous êtes donc satisfait?

Le jardinier saisit la main de la maîtresse et la baisa
en disant :

— Merci, merci, cent fois merci, mille fois merci,
chère dame ! Pardonnez-moi si je ne sais pas m'exprimer autrement...

— Mais Luigia ne parle pas seulement, dit la maîtresse, elle écrit, et sait compter. Elle connaît le nom
de tous les objets usuels. Elle sait un peu d'histoire et
de géographie. Elle est dans ce moment dans la classe
normale, quand elle aura suivi deux classes encore,
elle sera bien plus instruite. Elle sortira d'ici capable
d'embrasser une profession. Nous avons déjà placé des
sourds-muets dans des boutiques pour servir les clients
et ils se tirent d'affaire comme les autres.

Le jardinier demeura surpris encore une fois. Les
idées se confondaient, il regarda sa fille en se grattant
le front, il désirait une autre explication.

La maîtresse comprit, se tourna vers le gardien et
dit :

— Amenez une enfant de la classe préparatoire.

Le gardien revint peu après avec une sourde-muette
de huit à neuf ans, entrée depuis peu de jours à l'institution.

— Cette enfant, dit la maîtresse est une de celles à qui
nous enseignons les premiers éléments. Voici comment
on s'y prend. Je veux lui faire dire *e*, faites attention.

La maîtresse ouvrit la bouche, comme on l'ouvre
pour prononcer la voyelle *e*, et fit signe à l'enfant de
l'ouvrir de la même manière. L'enfant obéit. Alors la
maîtresse lui fit signe qu'elle émit sa voix. La fillette
émit sa voix mais au lieu de *e* elle prononça *o*.

— Non, dit la maîtresse, ce n'est pas cela.

Et prenant les deux mains de l'écolière, elle s'en appliqua une sur le gosier, l'autre sur la poitrine et répéta *e*. L'enfant ayant senti avec ses mains le mouvement du larynx et celui de la poitrine de la maîtresse, rouvrit la bouche et prononça très bien *e*.

De la même façon la maîtresse lui fit dire *c* et *d* tenant toujours les deux petites mains sur sa poitrine et sur sa gorge.

— Avez-vous *compris maintenant* ? demanda-t-elle. Le jardinier avait compris. Mais il semblait plus émerveillé que lorsqu'il ne comprenait pas.

— Vous enseignez à parler comme cela ? demanda-t-il après un moment de réflexion en regardant la maîtresse. Vous avez la patience d'enseigner à parler comme cela peu à peu, à chaque élève ? tous les jours ? pendant des années ?... Mais vous êtes des saintes ! mais vous êtes des anges du paradis ! Mais il n'existe pas au monde une récompense assez grande pour vous indemniser ! Que puis-je dire !... Ah ! laissez-moi un peu seul avec ma fillette, laissez-la moi cinq minutes.

Et, s'étant assis à l'écart, il commença à interroger la sourde-muette, et celle-ci répondait, ce qui faisait *rire le jardinier, dont les yeux brillaient de bonheur.* Il battait joyeusement des mains ses genoux et regardait sa fille, hors de lui, dans le bonheur de l'écouter comme si cette voix venait du ciel.

— Pourrais-je remercier le directeur ? demanda-t-il à la maîtresse.

— Le directeur n'y est pas, mais il y a une autre personne que vous devriez remercier : Il est d'usage ici que les petites filles soient confiées à une compagne plus âgée qui leur tient lieu de sœur, de mère. La

vôtre est confiée à une sourde-muette de dix-sept ans,
fille d'un boulanger, qui est très bonne pour Luigia
et l'aime beaucoup. Depuis deux ans c'est elle qui
l'aide à s'habiller, qui la coiffe qui lui apprend à coudre, arrange ses robes, lui tient compagnie. Luigia,
comment s'appelle ta maman de l'institution?

— Cate-rina Gior-dano, répondit la fillette en souriant puis elle ajouta -- très très bon-ne.

Le gardien, qui était sorti sur un signe de la maîtresse, revint presqu'aussitôt avec une sourde-muette
blonde, robuste, au visage ouvert, vêtue elle aussi de
rouge et blanc et du tablier gris. La jeune fille s'arrêta
sur le seuil et rougit, puis baissa la tête en souriant.
Elle était grande comme une femme et semblait une
enfant. La fille de Georges courut à elle, la prit par le
bras et l'amena à son père en disant de sa grosse voix :

— Cate-rina Gior-dano.

— Ah ! la brave fille ! s'écria le jardinier en lui prenant la main, que Dieu la bénisse, qu'il lui accorde
tous ses bienfaits, toutes ses grâces, qu'il la rende heureuse. elle, et tous les siens ! c'est un honnête ouvrier,
un pauvre père de famille qui le souhaite de tout cœur ;
mon enfant !

La jeune fille caressait Luigia en tenant toujours son
visage baissé. Quant au jardinier il continuait à la regarder comme une madone.

— Vous pouvez emmener aujourd'hui votre fille, dit
la maîtresse.

— Je l'emmène à Condore et je la ramène demain.
La fillette courut s'habiller.

— Demandez-moi un peu si je n'ai pas envie de l'emmener ! continua le jardinier, depuis trois ans que je
ne l'avais vue et maintenant elle parle !... Je la con-

duis d'abord par toute la ville de Turin, pour la faire
voir à mes amis, afin qu'ils l'entendent parler. Ah ! la
belle journée ! voilà ce qui s'appelle une heureuse surprise ! Viens à mon bras, fillette.

Liugia qui venait d'arriver avec un mantelet et un
petit bonnet donna le bras à son père.

— Et merci à tous... dit le jardinier sur le seuil.
Merci à tous de toute mon âme. Je reviendrai vous remercier encore !

Il demeura un instant pensif, puis se détachant
brusquement de la fillette, il revint sur ses pas et
fouillant d'une main fiévreuse dans son gilet, il
cria :

— Eh bien, je ne suis qu'un pauvre diable mais je
veux laisser un louis d'or à l'institution, une belle
pièce neuve !

Il donna un grand coup sur la table et y jeta une
pièce d'or.

— Non, non, brave homme, dit la maîtresse toute
émue, reprenez votre argent, je ne puis l'accepter. Reprenez-le. Cela ne me regarde pas. Vous reviendrez
quand le directeur sera là. Mais il n'acceptera rien
soyez-en sûr. Vous avez assez travaillé pour gagner
cela... pauvre homme, on vous sera reconnaissant
tout de même.

— Non, non, je laisse l'argent, dit le jardinier entêté !... et puis... on verra.

Mais la maîtresse remit l'argent dans le gilet de
Georges sans lui laisser le temps de repousser sa
main.

Il se résigna en baissant la tête, salua vivement la
maîtresse et la jeune fille, et reprenant le bras de
Liugia, il s'élança dehors en disant :

— Viens, viens, ma fille, pauvre petite muette, mon trésor !

Et la fillette s'écria de sa grosse voix :

— Oh ! — quel — beau so-leil !

JUIN

32 DEGRÉS

C'était le 3 juin la fête nationale. Elle a été retardée de sept jours à cause de la mort de Garibaldi, et depuis cinq jours que les fêtes sont passées la chaleur a augmenté de 3 degrés.

Nous sommes en plein été à présent. On commence à être fatigué et on perd les belles couleurs qu'on avait au printemps. Les cous et les jambes fléchissent, les têtes s'inclinent et les yeux se ferment. Le pauvre Nelli, souffre beaucoup de la chaleur, il a le visage tout pâle et quelquefois il s'endort profondément la tête sur son cahier. Garrone est toujours attentif à mettre devant lui un livre ouvert, posé debout, afin que le professeur ne le voie pas. Crossi a une telle façon d'appuyer sa grosse tête à cheveux roux sur son pupitre qu'il semble l'avoir détaché du corps. Quant à Nobis il se plaint que nous sommes trop nombreux et que nous absorbons l'air. Ah ! que d'efforts il faut faire maintenant pour étudier !... De nos fenêtres je vois les beaux arbres qui font un ombrage épais sous lequel on courrait si volontiers ! et je m'attriste et m'enrage en pensant qu'il faut aller s'enfermer à l'école. Mais je prends patience pour ma bonne mère qui me regarde avec inquiétude quand je sors de l'école, s'inquiète si j'ai pâli et qui me demande à chaque page que j'écris. — Tu n'es pas trop fatigué ? Et en me réveillant à six heures pour ma leçon elle me dit : — courage ! tu n'as plus que tant de jours et puis tu te reposeras à la campagne.

Elle a bien raison de me rappeler qu'il y a des enfants qui travaillent dans les champs sous un soleil de feu, ou sur le gravier blanc des grands fleuves, ou dans ces fabriques de verrerie où on a le visage continuellement penché sur une flamme de gaz. Tous ces enfants-là se lèvent avant nous et n'ont point de vacances. Du courage, donc ! Le premier de nous, même à nous en donner l'exemple, c'est encore Derossi, lequel ne souffre, ni de la chaleur, ni du sommeil, et qui est toujours vif, allègre avec ses boucles blondes, été comme hiver.

Il étudie sans fatigue et tient tout le monde alerte autour de lui, comme s'il rafraîchissait de sa voix l'air qui l'environne.

Il y a encore deux écoliers toujours éveillés et attentifs : cet entêté de Stardi, qui se pique le nez pour ne pas s'endormir, (car plus il fait chaud, plus il est fatigué et plus il serre les dents et ouvre les yeux, comme s'il voulait dévorer M. Perboni.) Et ce faiseur d'affaires de Garoffi, très occupé à fabriquer des éventails de papier rose, ornés d'enluminures prises aux boîtes d'allumettes, qu'il vend deux centimes chacune. Le plus courageux est encore Coretti, ce pauvre Coretti qui se lève à cinq heures pour aider son père à porter du bois ! à onze heures, il ne peut plus tenir ses yeux ouverts, et sa tête retombe sur sa poitrine. Cependant il se secoue, il se frappe sur la nuque, demande la permission de sortir pour se laver le visage et se fait pincer par ses voisins ; ce matin, n'en pouvant plus, il s'est endormi d'un sommeil de plomb. Le professeur l'appela fort : — Coretti !

Il n'entendit pas.

M. Perboni irrité, répéta : — Coretti !

Alors le fils du charbonnier qui habite près de chez lui se leva :

— Coretti a porté des fagots depuis cinq heures du matin, dit-il.

Le professeur le laissa dormir et continua la leçon pendant une demi-heure. Puis il alla doucement au pupitre de Coretti et en soufflant sur son front, il le réveilla.

En voyant devant lui M. Perboni, Coretti se recula effrayé. Mais celui-ci prit la tête de l'enfant dans ses mains et l'embrassant sur les cheveux.

— Je ne te gronde pas, mon fils, dit-il. Ton sommeil n'est pas celui du fainéant, mais celui du travailleur.

MON PÈRE

Samedi 17.

Non certes ton camarade Coretti, ni Garrone, ne répondraient jamais à leur père comme tu lui as répondu hier soir, Henri ! Est-ce possible ? Il faut que tu me jures que cela ne t'arrivera plus tant que je vivrai.

Chaque fois qu'après un reproche de ton père une méchante réponse flottera sur tes lèvres, pense à ce jour — qui viendra irrévocablement — où il t'appelera à son lit de mort pour te dire : *Henri, je te dis adieu*. Oh! cher enfant, quand tu entendras la voix de ton père pour la dernière fois, et même longtemps après tu te demanderas comment tu as pu lui manquer de respect ! Tu comprendras qu'il a toujours été ton meilleur ami et que lorsqu'il était obligé de te punir il en souffrait plus que toi, qu'il ne t'a jamais fait pleurer que pour te corriger de tes défauts. Alors tu pleureras, tu te repentiras, tu baiseras la table sur laquelle il n'écrira plus et où il a usé sa vie pour ses enfants ! Ton père te cache tout, excepté sa bonté et son amour. Tu ne comprends pas que, parfois il est si accablé de fatigue qu'il croit n'avoir plus que quelques jours à vivre, et qu'il ne s'inquiète alors que de te laisser seul et sans protection ! Et, combien de fois, en pensant à cela, ton père entre dans ta chambre pendant que tu dors, et reste là, à te regarder, la bougie à la main, puis, fatigué et triste fait un effort et reprend son travail ! Et tu ne sais pas non plus qu'il te recherche, lorsqu'il a au cœur une de ces amertumes, une de ces désillusions comme il en arrive à tous les hommes ? Pour se réconforter et oublier il a besoin, ce pauvre père, de se réfugier dans ton affection, où il puise la sérénité et le le courage ! Pense quelle douleur ce doit être pour lui quand au lieu de trouver en toi de la tendresse il ne découvre que froideur et irrévérence ? Ne te rends plus jamais coupable de cette horrible ingratitude ! Réfléchis que rien n'est stable en cette vie et que tu peux perdre ton père tandis que tu es encore enfant... dans deux ans, dans trois mois, demain peut-être...

Ah ! mon pauvre Henri comme tout changerait alors autour de toi ! comme la maison te semblerait vide avec ta pauvre mère vêtue de noir ! Và, mon fils, va trouver ton père : il est dans son cabinet de travail : entre sur la pointe des pieds, mets ton front sur ses genoux et demande-lui qu'il te pardonne et qu'il te bénisse.

TA MÈRE.

A LA CAMPAGNE

Lundi 19.

Mon bon père m'a pardonné encore cette fois, et m'a laissé aller à la partie de campagne projetée mercredi avec le père de Coretti, le marchand de bois. Nous avions tous besoin d'une bouffée d'air pur. Ce fut une fête. Nous nous trouvâmes hier à deux heures, place du Statut, Derossi, Garrone, Garoffi, Precossi, et Coretti père, Coretti fils et moi, avec des provisions de fruits, de saucisson et d'œufs durs. Nous avions des verres en cuir et des bouteilles en fer-blanc. Garrone portait une calebasse remplie de vin blanc. Coretti avait en bandoulière la gourde qui servait à son père lorsqu'il était soldat ; elle était pleine de vin rouge. Quand au petit Precossi, avec sa cotte de forgeron, il tenait sous son bras un pain de deux kilos. On prit l'omnibus jusqu'à la station appelée : *Mère de Dieu*, et puis à pied et vivement, à courir sur les collines ! C'était frais ! vert ! ombré ! Nous nous roulions dans l'herbe, nous rafraîchissions notre front aux ruisseaux

nous sautions à travers les haies!... Coretti père nous
suivait de loin, sa veste sur l'épaule, tout en fumant
sa pipe et de temps en temps il nous menaçait de la
main pour que nous ne fissions pas de trous à nos
pantalons. Precossi sifflait — Je ne l'avais jamais entendu siffler — Coretti fabriquait un tas de choses à
l'aide de son couteau, des roues de moulin, des four-
chettes, des seringues. Avec cela il voulait porter les
affaires de tout le monde et se mettait en nage, toujours leste comme un chevreuil.

Derossi s'arrêtait pour nous dire le nom des plantes
et celui des insectes. Je ne sais comment il fait pour
savoir tout cela !... Garrone mangeait son pain en silence, mais il ne le mordait plus avec ce joyeux ap-
pétit d'autrefois... depuis qu'il a perdu sa mère, il est
tout changé, ce pauvre Garrone! C'est toujours lui, cependant, bon comme le pain qu'il aime tant ! quand
un de nous prenait son élan pour sauter un fossé il courait du côté opposé nous tendre les mains, et comme
Precossi a peur des vaches — parcequ'il en a reçu des
coups de corne étant petit — chaque fois qu'il en passait une, Garrone se mettait devant lui. Nous allâmes
ainsi jusqu'à Sainte-Marguerite, et nous descendîmes
les pentes en sautant, en gambadant, en faisant la
culbute...

Precossi en enjambant une haie fit un accroc à sa
cotte et resta là, honteux, le lambeau pendant... Heureusement Garoffi qui a toujours des épingles sur lui,
épingla si bien l'accroc qu'on le voyait à peine tandis
que Precossi murmurait selon son habitude : *excusez-
moi, excusez-moi*, et il se remit à courir.

Garoffi ne perdait pas son temps : il ramassait de
la salade et chaque pierre qui reluisait un peu il la met-

tait dans sa poche, pensant peut-être qu'elle contenait de l'or ou de l'argent.

Et en avant à courir. à grimper, à glisser, à l'ombre, au soleil, sur tous les accidents de terrain : jusqu'à ce que nous fussions exténués et essoufflés à la cime d'une colline où nous nous assîmes pour goûter sur l'herbe. On avait de là un panorama splendide : une plaine immense s'étendait à nos pieds, et bien loin les Alpes bleues, coiffées de neige.

Nous mourrions de faim et le pain fondait entre nos bouches affamées. Coretti père nous tendait nos portions de saucisson, sur des feuilles de courge en guise d'assiettes. Tout en mangeant nous parlâmes tous ensemble des maîtres, des camarades qui n'avaient pu venir, et des examens. Precossi avait honte de manger et Garrone lui mettait de vive force les meilleurs morceaux dans son assiette de feuillage. Coretti était assis près de son père les jambes croisées. Ils paraissaient plutôt deux frères que père et fils, à les voir ainsi l'un près de l'autre, roses et souriants, avec leurs dents blanches. Le père buvait avec plaisir en nous disant :

— Les marchands de bois ont plus besoin de boire que les écoliers auquel le vin fait du mal ! Puis prenant son fils par le nez il ajoutait :

— Aimez celui-ci qui est une fleur de gentillesse c'est moi qui vous le dis !

Et nous rions tous, excepté Garrone.

— Dommage ! soupira Coretti père, dire que nous sommes tous ensemble de brave camarades aujourd'hui et qui sait dans quelques années, Henri et Derossi seront avocats ou professeurs, et vous autres quatre, ouvriers, boutiquiers, à tous les diables! Et alors bonsoir la camaraderie !

— Comment ? répondit Derossi, pour moi Garrone sera toujours Garrone, Precossi sera toujours Precossi et les autres de même, dussè-je devenir empereur de toutes les Russies ! N'importe où ils seront, j'irai.

— Bravo ! s'écria Coretti père, en levant son verre, voilà qui est bien parlé ! Touchez-là, braves camarades ! et vive l'école qui fait une seule famille de ceux qui ont et de ceux qui n'ont pas !...

Nous trinquâmes tous avec lui.

— Vive le carré de 1849 ! cria-t-il encore, et si jamais enfants, on vous met en bataillon carré, vous aussi, tâchez de tenir dur comme nous avons tenu, nous autres !

Il était déjà tard. Nous descendîmes en courant et en chantant, nous tenant sous le bras, et nous arrivâmes au bord du Pô dont les flots s'assombrissaient et sur lesquels volaient déjà des milliers de lucioles.

Nous nous séparâmes place du Statut après être convenus de nous retrouver tous, dimanche à la distribution des prix aux élèves des cours du soir.

Quelle belle journée, et comme je serais rentré content à la maison si je n'avais pas rencontré ma pauvre maîtresse ! Je la croisai dans les escaliers obscurs. Elle me prit les deux mains et me dit à l'oreille — Adieu Henri, souviens-toi de moi !

Je m'aperçus qu'elle pleurait. Je montai et dis à maman que j'avais rencontré ma maîtresse.

— Elle allait se mettre au lit, répondit maman les yeux rouges, et elle ajouta avec grande tristesse en me regardant :

— Ta pauvre maîtresse... est très mal.

LA DISTRIBUTION DES PRIX AUX OUVRIERS

Dimanche 25.

Ainsi que nous en étions convenus, nous sommes tous allés au théâtre Victor-Emmanuel, assister à la distribution des prix des ouvriers.

Le théâtre était plein comme au 14 mars, mais cette fois le public presque tout entier appartenait à la classe ouvrière. Le parterre était occupé par les élèves de l'école de chant choral. Ils chantèrent un hymne dédié aux soldats morts en Crimée, hymme si beau que lorsqu'il fut achevé tout le monde se leva en battant des mains et en criant : *bis!* il fallut recommencer le morceau.

Tout de suite après, les lauréats commencèrent à défiler devant le maire, le préfet et beaucoup d'autres personnages, qui donnaient des livres, des livrets de caisse d'épargne, des diplômes et des médailles.

Je vis dans un coin de la salle le « petit maçon » assis près de sa mère, puis un peu plus loin notre directeur, et derrière lui la tête à cheveux rouges de mon professeur de seconde.

Nous vîmes défiler les lauréats des écoles de dessin : des orfèvres, des ciseleurs, des lithographes, et même des menuisiers et des maçons, puis ceux des écoles de commerce, ceux des écoles de musique, parmi lesquels se trouvaient quelques jeunes filles et des ouvriers en habit de fête. On les applaudissait à outrance et ils en paraissaient heureux. Enfin arrivèrent les élèves des écoles élémentaires du soir.

C'était vraiment beau de voir passer ces hommes de

tous les métiers vêtus de mille façons. Des hommes à
cheveux gris, des enfants d'ouvriers, des ouvriers à
grande barbe noire,

Les jeunes gens étaient dispos, les hommes âgés un
peu embarrassés. Le public applaudissait les jeunes et
les vieux.

Mais personne ne riait comme à nos prix, tous les
visages étaient attentifs et sérieux.

Beaucoup d'entre les lauréats avaient leur femme et
leurs enfants au parterre, et certains petits mioches,
en voyant leur père sur la scène, l'appelaient tout haut,
le suivant du doigt et riant fort.

Il passa des paysans, des portefaix, entr'autres un
décrotteur que mon père connaît et auquel le préfet
donna un diplôme. Je vis venir après lui un géant que
j'avais déjà vu quelque part... c'était le père du « petit
maçon » qui obtenait le second prix. Je me rappelai
alors le soir où je le vis dans sa mansarde, au lit de son
fils moribond, et je cherchai aussitôt des yeux le « petit
maçon ». Pauvre petit ! Il regardait son père d'un air
attendri et pour cacher son émotion lui faisait le *museau de lièvre*...

En ce moment une explosion d'applaudissements attira mon attention sur la scène où se trouvait un petit
ramoneur, le visage lavé, mais portant ses habits couleur de suie. Le maire lui parlait en lui tenant la main.

Après le ramoneur, ce fut le tour d'un cuisinier, puis
un balayeur de rues vint prendre la médaille que lui
accordait l'école Raineri.

Je me sentais un je ne sais quoi au cœur, comme un
grand respect et une grande sympathie pour tous ces
travailleurs, pères de famille, en pensant combien ces
prix avaient dû ajouter d'occupations à leurs travaux,

de fatigues à leurs fatigues, combien d'heures prises au sommeil dont ils ont tant besoin ! et aussi que d'efforts pour leur intelligence peu habituée à l'étude et leurs mains endurcies au travail !

Dans ce défilé passa un apprenti, à qui son père avait prêté sa redingote ; cela se voyait à ses manches trop longues qu'il dût relever sur la scène pour prendre son prix. Quelques rires se firent entendre, bientôt couverts par des applaudissements. Après lui vint un vieillard chauve à barbe blanche, des soldats d'artillerie — dont quelques-uns venaient aux cours du soir à notre section — puis des douaniers et des gardes municipaux, de ceux qui gardent nos écoles. Enfin les élèves de chant entonnèrent encore l'hymne aux soldats de Crimée, cette fois avec tant d'élan et tant d'émotion que l'on osa à peine applaudir et qu'on sortit ensuite avec émotions, lentement, sans bruit.

En peu d'instants la rue fut encombrée, Devant la porte du théâtre se tenait le petit ramoneur ; son livre rouge sous le bras, entouré de messieurs qui lui parlaient avec intérêt. Beaucoup de gens se saluaient : ouvriers, enfants, gardes, professeurs. Mon maître de seconde sortit accompagné par deux soldats d'artillerie, mais le plus touchant était de voir des femmes d'ouvriers, dont les enfants portés au bras, tenaient entre leurs petites mains le brevet du père et le montraient fièrement aux passants.

LA MORT DE MON INSTITUTRICE

Mardi 27.

Tandis que nous étions au théâtre Victor-Emmanuel, ma pauvre institutrice se mourait. Elle est morte à deux heures, sept jours après sa visite chez ma mère. Le directeur nous a annoncé hier matin la triste nouvelle, il a ajouté :

— Ceux de vous qui furent ses élèves savent combien elle était bonne et combien elle aimait les enfants ; elle était une mère pour eux.

Elle n'est plus !... une terrible maladie la consumait depuis longtemps. Si elle n'avait pas dû travailler pour gagner son pain elle aurait pu se soigner et se guérir peut-être : elle aurait pu prolonger sa vie de quelques mois en demandant un congé. Mais elle a voulu rester avec ses élèves jusqu'au jour où ses forces la trahirent. Samedi 17, au soir, elle prit congé d'eux avec la triste certitude de ne plus les revoir. Elle leur donna encore de bons conseils, les embrassa tous et se sauva en sanglotant. Vous ne la reverrez plus désormais. Souvenez-vous d'elle, enfants.

Le petit Precossi qui avait été son élève en première pencha la tête sur son pupitre et se mit à pleurer. Hier soir, après la classe, nous allâmes tous à la maison mortuaire pour accompagner le convoi à l'église. Le char funèbre stationnait déjà dans la rue et beaucoup de gens attendaient, tout en se parlant à voix basse.

Le directeur était là avec les professeurs et les insti-

tutrices de l'école et beaucoup d'autres, de sections
diverses où la défunte avait professé jadis. Presque
tous les élèves de sa classe étaient présents, conduits
par leurs mères. Une cinquantaine d'élèves de la section Baretti apportaient une grande couronne et d'autres des bouquets de roses, on avait déjà déposé
beaucoup de fleurs sur le char auquel était pendue une
grande couronne avec cette inscription : *A leur institu-*
trice les élèves de 4° et sous cette couronne là, il y en
avait une plus petite apportée par les élèves de *pre-*
mière.

Arrivés à l'église, on couvrit le cercueil de fleurs et
on commença à dire les prières. Puis tout à coup, lorsque le prêtre eût dit le dernier *amen* les cierges s'étei-
gnirent, tout le monde sortit en hâte, et la pauvre
morte resta seule.

Pauvre maîtresse, si bonne pour moi, et qui eut tant de
patience, et se donna tant de mal pendant des années!
Elle a laissé ses livres à ses élèves ; à un, son encrier,
à un autre, un petit tableau, tout ce qu'elle possédait.

Deux jours avant de mourir elle pria le directeur de
ne point permettre aux plus petits de suivre son convoi
afin qu'ils ne pleurassent pas. Elle a fait du bien, elle
a souffert, elle est morte. Pauvre maîtresse adieu !
adieu pour toujours ma bonne amie, triste et doux
souvenir de mon enfance!

REMERCIEMENTS

Mercredi 28.

Ma pauvre institutrice a voulu finir son année sco-
aire ; elle est morte trois jours avant que les leçons
fussent terminées.

Après-demain nous irons encore en classe pour entendre lire le dernier récit mensuel intitulé : un *nau-
frage* et puis... ce sera fini ! samedi, 1ᵉʳ juin, les examens. Voilà donc encore une année de passée, la
quatrième est terminée ! l'année eut été bonne sans la
mort de ma pauvre maîtresse.

Quand je pense à ce que je savais en octobre dernier
il me semble savoir beaucoup plus : j'ai tant de choses
nouvelles dans la mémoire ! J'écris et je dis mieux ce
que je pense. Je pourrais faire des comptes pour de
plus grands que moi et les aider dans leurs affaires. Je
comprends bien plus. Je comprends presque tout ce
que je lis. Je suis content !... Mais aussi comme on m'a
poussé à apprendre ! qui d'une manière, qui, de l'autre :
à la maison, à l'école, en chemin, partout où je suis
allé ! Je remercie tout le monde aujourd'hui... Je remercie d'abord mon cher professeur qui est si indulgent et si affectueux envers moi, et pour lequel chacun
de mes progrès a été marqué d'une fatigue...

Je remercie Derossi, mon bon camarade, qui par
ses explications vives et nettes, m'a si souvent fait
comprendre des choses difficiles, et surmonter les difficultés de l'examen ! Je remercie Stardi, brave et fort, qui
m'a montré comment une volonté de fer réussit en tout,

Garrone, bon et généreux ami, qui rend généreux et
bons tous ceux qui te connaissent ! et vous aussi Precossi et Coretti qui m'avez toujours donné l'exemple
du courage dans les peines et de la sérénité dans le
travail ! Mais c'est toi surtout que je remercie, mon bon
père ! toi mon premier maître, mon premier ami, toi
qui m'as donné tant de bons conseils et enseigné tant
de choses. Pendant que tu travaillais pour moi et que
tu me cachais tes tristesses, tu cherchais à me rendre
l'étude facile et la vie agréable ! à toi, ma bonne mère,
mon ange gardien aimé et béni, qui as partagé toutes
mes joies et toutes mes peines, qui as étudié, travaillé,
pleuré pour moi, me caressant d'une main et de l'autre
me montrant le ciel. Je m'agenouille devant toi comme
lorsque j'étais petit, et je vous remercie tous deux avec
la tendresse que vous avez mise en mon cœur en ces
douze ans de sacrifices et d'amour !

UN NAUFRAGE

(DERNIER RÉCIT MENSUEL)

Il y a quelques années, un matin du mois de décem-
bre, un grand bâtiment à vapeur sortait du port de
Liverpool. Il avait à son bord plus de deux cents personnes dont soixante hommes d'équipage. Le capitaine et presque tous les matelots étaient anglais.

Parmi les passagers se trouvaient plusieurs italiens :
trois messieurs, un prêtre, des musiciens. Le bâtiment
se dirigeait vers l'île de Malte. Le temps était mauvais.

A l'avant, on voyait au milieu des passagers de

3ᵉ classe un garçon italien d'une douzaine d'années,
petit pour son âge, mais robuste, ayant le visage sévère
et résolu des siciliens. Il était là, tout seul, assis sur
un monceau de cordes près d'une valise usée qui contenait ses vêtements et sur laquelle il appuyait sa main.
Le visage brun, les cheveux noirs bouclés descendant
jusque sur le cou ; ce pauvre enfant était vêtu miséra-
blement, et un châle mesquin couvrait ses épaules,
tandis que sa vieille gibecière de cuir passait sur son
épaule en bandoulière. Il regardait autour de lui, d'un
air inquiet, les passagers, le bâtiment, les marins qui
passaient en courant, et la mer mugissante. Cet enfant
avait l'aspect de quelqu'un qui vient de souffrir d'un
grand chagrin de famille : visage innocent et regard
attristé.

Peu après le départ, un matelot, italien à cheveux
gris, parut à l'avant conduisant une fillette par la
main ; il s'arrêta devant le petit Sicilien et lui dit :

— Je t'amène une compagne de voyage, Mario.

Et il s'éloigna.

La fillette s'assit sur le monceau de cordes auprès du
petit garçon.

Ils se regardèrent.

— Où vas-tu ? demanda le Sicilien.

— A Malte, par Naples, répondit la fillette.

Puis elle ajouta : Je vais retrouver mon père et ma
mère qui m'attendent. Je m'appelle Giulietta Faggiani.

Le garçon ne répondit rien.

Quelques moments après, il tira de sa gibecière du
pain et des fruits secs, la fillette avait des biscuits. Ils
mangèrent.

— Gaiement ! cria le marin italien en passant, on va
commencer à danser !

Le vent soufflait plus fort, le navire roulait horriblement, mais les deux enfants qui ne souffraient pas du
mal de mer n'y faisaient pas attention.

La fillette souriait. Elle avait à peu près l'âge de son
compagnon, mais était plus grande que lui ; brune de
teint elle aussi, frêle, ayant pâti, vêtue plus que modestement. Ses cheveux bouclés étaient coupés courts sur
un mouchoir rouge, et à ses oreilles pendaient deux
petits cercles d'argent.

Les deux enfants se racontèrent leur histoire. Le
garçonnet était orphelin ; son père, un ouvrier, était
mort à Liverpool quelques jours auparavant, et le
consul d'Italie, sachant l'enfant seul, l'avait renvoyé
dans son pays, à Palerme, où il comptait trouver
quelques parents éloignés.

La fillette avait été conduite à Londres l'année précédente, par une tante qui l'aimait beaucoup et à
laquelle ses parents, très pauvres, l'avaient confiée
quelque temps sur la promesse de la constituer son
héritière. Peu de mois après la tante était morte écrasée
par un omnibus sans laisser un centime. Le consul
d'Italie l'avait, elle aussi, embarquée pour le pays. Les
deux enfants étaient recommandés au marin italien.

— Comme cela, acheva la fillette, mon père et ma
mère qui croyaient me voir revenir riche me retrouve-
ront pauvre comme devant. Mais ils m'aiment tant que
je serai quand même la bienvenue! Et mes frères quelle
joie ils auront de me voir ! J'en ai quatre, tout petits.
Je suis l'aînée. J'habille les marmots... Quelle fête, à
mon retour ! J'entrerai sur la pointe du pied... La mer
est mauvaise.

Puis elle demanda à son petit compagnon :

— Et toi, tu vas retrouver tes parents...

— Oui... S'ils veulent bien de moi... répondit-il.

— Ils ne t'aiment point ?

— Je ne sais pas.

— J'aurai treize ans à Noël, dit la fillette.

Ils parlèrent encore de la mer et des gens qui les entouraient. Toute la journée ils restèrent l'un près de l'autre échangeant de temps à autre quelques paroles. Les passagers crurent qu'ils étaient frère et sœur. La fillette tricotait un bas, le garçonnet était pensif, la mer devenait de plus en plus houleuse.

Le soir, au moment de se séparer de son compagnon pour aller dormir, la fillette dit à Mario :

— Dors bien...

— Personne ne dormira bien, mes pauvres enfants ! fit le matelot italien qui passait en courant, appelé par le capitaine.

Mario voulait répondre « bonne nuit » à sa petite amie, quand l'écume d'une vague l'inonda tout à coup en le jetant contre un banc.

— Mon Dieu ! tu es blessé ! s'écrit la fillette en s'élançant vers lui.

Les passagers qui descendaient en hâte ne prirent pas garde aux enfants. La fillette s'agenouilla auprès de Mario, resté étourdi sous le coup, essuya son front ensanglanté et enlevant le mouchoir rouge qui couvrait ses cheveux elle en banda le front de son compagnon. En serrant la tête de Mario pour attacher le mouchoir, une goutte de sang tacha sa robe jaune.

Mario reprit ses sens et se releva.

— Te sens-tu mieux ? demanda-t-elle.

— Ce n'est plus rien, répondit-il.

— Dors bien, fit Giulietta.

— Bonne nuit, dit Mario.

Et ils descendirent à leur dortoir.

Le matelot avait prédit juste. Les enfants n'étaient pas encore endormis, qu'une tempête se déchaîna. Ce fut comme un assaut furieux qui, en peu de temps, brisa un mât et emporta trois barques, suspendues aux palans, en dehors du bâtiment, ainsi que trois bœufs qui se trouvaient à l'avant.

Une confusion indescriptible et une grande terreur régnèrent alors sur le bâtiment : c'étaient des cris, des pleurs, des prières à faire pitié. La tempête alla croissant toute la nuit ; à l'aube elle était dans toute sa rage : Les vagues formidables inondaient le bateau, tantôt en travers, tantôt en long, emportant avec elles et brisant tout ce qu'elles rencontraient. La plate-forme qui couvrait la machine fut effondrée et l'eau se précipita dedans avec un fracas terrible, éteignit les feux et mit en fuite les chauffeurs. Des torrents d'eau ruisselaient de toutes parts pénétrant partout. Une voix tonnante cria : aux pompes ! C'était la voix du capitaine. Les matelots s'élancèrent aux pompes ; mais un coup de mer inattendu, frappant le bâtiment à l'arrière, rompit les cordages et les portes et jeta à l'intérieur une trombe d'eau.

Les passagers, plus morts que vifs, s'étaient tous réfugiés dans la grande salle. A un certain moment le capitaine apparut.

— Capitaine ! capitaine ! crièrent-ils tous ensemble qu'y a-t-il ? Comment sommes-nous ? Y a-t-il de l'espoir ? Sauvez-nous !

Le capitaine attendit que l'on fît silence et dit froidement.

— Résignons-nous.

Une femme seule jeta ce cri : Pitié !

Personne ne put articuler un mot, la terreur avait glacé les malheureux. Un assez long temps se passa ainsi dans un silence de mort. On se regardait pâle et terrifié. A un moment donné le capitaine tenta de lancer une barque en mer. Cinq marins la montaient... la barque descendit... à peine avait-elle touché l'onde qu'une vague énorme la fit chavirer. Deux des marins qui la montaient se noyèrent, entr'autres, l'italien. Les autres réussirent, non sans grands efforts à rattraper les cordes et à remonter à bord.

Après cette épreuve les matelots eux-mêmes perdirent courage. Deux heures se passèrent... le bâtiment s'enfonçait dans l'eau jusqu'aux parapets.

Un scène terrible se passa alors sur le pont. Les mères serraient avec désespoir leurs enfants sur leur sein, les amis s'embrassaient et se disaient adieu. Quelques uns descendaient dans les cabines pour ne point voir la mer. Un des passagers se tira un coup de revolver et tomba dans l'escalier où il expira. D'autres malheureux se pressaient fiévreusement dans l'attente de la mort. Plusieurs s'agenouillaient autour d'un prêtre qui leur donnait l'absolution. On entendait un chœur de sanglots, de cris d'enfants, de voix aiguës, étranges, et on voyait çà et là des gens immobiles, stupéfiés, les yeux ouverts et sans regard comme ceux des fous. Les deux enfants Mario et Giulietta, embrassaient de leurs bras un des mâts du bâtiment, et regardaient la mer de leurs yeux fixes. La mer s'était un peu calmée, mais le bâtiment continuait à s'enfoncer lentement. Il ne restait plus que quelques minutes et il allait couler à fond.

— La chaloupe à la mer ! cria le capitaine. Une chaloupe, dernière embarcation qui restât, fut jetée à l'eau. Quatorze matelots et trois passagers y descendirent.

Le capitaine resta à bord.

— Descendez avec nous! lui cria-t-on d'en bas.

— Je dois mourir à mon poste, dit le capitaine.

— Nous rencontrerons un bâtiment, crièrent les matelots, nous nous sauverons. Descendez ou vous êtes perdu !

— Je reste.

— Il y a encore place pour une personne, une femme! crièrent les marins en s'adressant aux passagers.

Une femme s'avança soutenue par le capitaine, mais vu la distance où se trouvait la barque elle ne se sentit pas le courage de s'élancer et retomba sur le pont. Les autres femmes étaient évanouies ou à demi-mortes.

— Un enfant! crièrent les marins.

A ce cri, le petit sicilien et sa compagne qui étaient restés jusque-là pétrifiés, furent repris soudain par l'instinct de la conservation, et s'élancèrent au bord du bâtiment en criant :

— Moi! moi! et ils se repoussaient mutuellement comme deux fauves.

— Le plus petit! crièrent les marins, la barque est surchargée, le plus petit!

En entendant ces paroles, la fillette pétrifiée, laissa tomber ses bras et resta immobile, jetant sur Mario ses yeux mourants.

Mario la regarda un instant, vit la tache de sang sur sa robe, se rappela la bonne action de sa petite amie, et l'éclair d'une idée divine fit rayonner son visage.

— Le plus petit! crièrent en chœur les marins avec un accent d'impatience. Nous partons!

26.

Alors Mario cria d'une voix qui n'avait plus rien d'humain mais quelque chose de céleste :

— C'est elle la plus légère! à toi, Giulietta! Tu as encore ton père et ta mère, je suis seul... je te donne ma place... descends...

— Jette-la à la mer, crièrent les marins.

Mario saisit Giulietta par la taille et la jeta.

La fillette poussa un cri et fit un plongeon.

Un marin l'attrapa par le bras et la tira dans la chaloupe.

Le petit sicilien demeura debout sur le bord du bâtiment, le front haut, les cheveux au vent, immobile, et sublime.

La barque s'éloigna à temps pour éviter d'être entraînée par le tourbillon que produisait le bâtiment en s'enfonçant.

Alors Giulietta, qui jusque-là paraissait hors d'elle, leva les yeux vers Mario et éclata en sanglots.

— Adieu Mario! lui cria-t-elle à travers ses sanglots et en tendant les bras vers lui adieu! adieu! adieu!

— Adieu! répondit l'enfant en levant la main vers le ciel.

La barque s'éloignait vivement sur la mer agitée, le ciel était sombre. Personne ne criait plus sur le bâtiment, l'eau baignait déjà l'encadrement du pont.

Tout à coup Mario tomba à genoux, les mains jointes et les yeux levés dans une prière suprême.

Giulietta cacha son visage dans ses mains. Quand elle releva la tête et jeta un regard sur la mer, le bâtiment avait disparu!...

JUILLET

LA DERNIÈRE PAGE DE MA MÈRE

L'année est donc terminée, Henri? C'est vraiment une jolie clôture que l'histoire de cet enfant héroïque qui donne sa vie pour sa petite amie! Tu es bien près de te séparer de tes maîtres et de tes camarades, et je dois t'apprendre une triste nouvelle. La séparation ne durera pas trois mois, mais toujours.

Ton père, pour des raisons tenant à sa profession, doit partir de Turin et nous tous avec lui, bien entendu. Nous partirons l'automne prochain. Tu entreras dans une école nouvelle. Cela te fait de la peine, n'est-ce pas? Je suis certaine que tu aimes ta vieille école où pendant quatre ans, tu as eu la joie de travailler deux fois par jour? où tu as vu pendant si longtemps les mêmes écoliers, les mêmes maîtres, les mêmes parents, et ton père et ta mère qui t'attendaient en souriant? Ta vieille école où ton intelligence s'est ouverte, où tu as trouvé tant de bons amis, où chaque parole était prononcée pour ton bien! Les punitions t'ont également été utiles... Emporte ce souvenir en adressant un adieu du plus profond de ton cœur à tes camarades. Beaucoup d'entre eux éprouveront des malheurs, ils perdront peut-être de bonne heure leur père ou leur mère, d'autres mourront jeunes, d'autres peut-être verseront leur sang noblement sur un champ de bataille; presque tous seront de braves et honnêtes ouvriers, pères de famille travailleurs et dignes de respect, et qui sait si parmi tes camarades il n'y en aura pas un qui rendra de grands services au pays et illustrera son nom? Sépare-toi d'eux affectueusement, laisse un peu de ton âme dans cette grande famille où tu es entré petit enfant, d'où tu sors adolescent, et que ton père et ta mère aimaient tant, parce que tu y étais aimé! L'école est une mère, mon Henri. Elle t'a pris de mes bras quand tu parlais à peine et te rend à moi fort, bon, studieux. Qu'elle soit bénie, et toi, ne l'oublie jamais mon fils! Tu deviendras homme, tu voyageras autour du monde tu verras des cités immenses et de beaux monuments, mais tu te rappelleras toujours ce modeste édifice blanc, aux persiennes closes, au jardin ombragé, où germa la première fleur de ton intelligence, tu le verras jusqu'au dernier jour de ta vie, comme je me souviens, moi, de la maison bénie, où j'entendis ta voix pour la première fois...

TA MÈRE.

LES EXAMENS

Mardi 4.

Nous voici décidément aux examens. Dans les rues avoisinant l'école on n'entend pas parler d'autre chose,

examens, points, thèmes, etc.; enfants, pères, mères, gou-
vernantes, ont tous la même conversation.

Hier matin on a fait la composition, ce matin l'arithmétique. C'était émouvant d'entendre les parents donner de derniers conseils aux enfants qu'ils conduisaient
à l'école, et les mères accompagner les petits jusqu'à
leur banc essayant les plumes et se tournant au seuil
de la porte pour crier encore :

— Courage! attention!...

Notre maître assistant était M. Coatti, celui qui imite
la voix d'un lion pour gronder ses élèves et ne punit
personne.

Il y avait des enfants tout pâles d'appréhension.
Quand le professeur décacheta la lettre de la Préfecture
et en tira le problème, on n'entendait pas un souffle.
M. Coatti dicta le problème à haute voix en nous regardant tous tour à tour, avec des yeux sévères. On
devinait pourtant que s'il avait pu dicter la solution du
problème il l'aurait fait avec grand plaisir.

Nous nous mîmes au travail. Au bout d'une heure il
y avait beaucoup d'élèves qui commençaient à se dé-
courager parce que le problème était difficile. L'un
d'eux pleurait. Crossi se donnait des coups de poings
dans la tête.

Pauvres enfants! beaucoup d'entre eux n'étaient point
dans leur tort. Est-ce leur faute s'ils ont peu de temps
pour travailler et des parents qui ne s'occupent pas de
leurs devoirs? Heureusement la Providence était là sous
les traits de Derossi, Derossi qui se donnait une peine
inouïe pour venir en aide à ses camarades, pour leur
passer un chiffre ou leur suggérer une opération sans
que l'on s'en aperçut, attentif pour tous comme s'il eût
été, lui, notre professeur. Garrone qui est fort aussi en

arithmétique aidait qui il pouvait et vint en aide même a i fier Nobis, lequel se trouvant embarrassé était devenu très aimable. Stardi fut pendant plus d'une heure immobile, les yeux fixés sur son problème, le front appuyé sur ses poings fermés, puis tout à coup, il prit la plume et le résolut en cinq minutes.

Notre maître se promenait dans la classe en disant :

— Calmez-vous! Je vous recommande le calme!

Quand il voyait un écolier découragé, il le réconfortait en le faisant rire, ouvrant une grande bouche comme s'il allait le dévorer et imitant le rugissement du lion.

Vers onze heures, on voyait à travers les persiennes bon nombre de parents inquiets qui allaient et venaient dans la rue, impatients de connaître le résultat du problème. Il y avait le père de Precossi en cotte bleue. Il s'échappait de son atelier le visage encore tout noir de fumée. La mère de Crossi, la fruitière. La mère de Nelli tout agitée. Un peu avant midi, mon père arriva et leva les yeux vers ma fenêtre. Cher père. A midi tout était terminé. A la sortie, ce fut une véritable comédie. Les parents allaient au devant des enfants : demandant, feuilletant les cahiers, confrontant leurs devoirs avec ceux des camarades.

— Combien d'opérations? Quel est le total ?

— Et la soustraction? et le report? et la virgule des décimaux ?

Les professeurs s'entendaient appeler de tous côtés.

Mon père m'enleva des mains mon brouillon le regarda et dit : c'est bien.

Près de nous se trouvait le forgeron Precossi qui examinait aussi le travail de son fils. Il était un peu inquiet, et se tournant vers mon père :

— Voudriez-vous, monsieur, me lire le total?

Mon père le lui lut. Precossi regarda aussitôt le cahier de son fils. C'était juste.

— Bravo! mon petit! cria-t-il tout content. Mon père et le forgeon se regardèrent un instant unis par le même pensée : le succès de leur enfant. Ils se sourirent comme deux amis. Mon père tendit la main au forgeron qui la lui serra.

— A l'examen oral à présent, dit-il. On se sépara. Quelques instants après nous entendîmes une voix de fausset qui nous fit retourner la tête : c'était le forgeron qui s'en allait en chantant.

LE DERNIER EXAMEN

Vendredi 7.

Ce matin ont eu lieu les examens oraux. A huit heures nous étions tous en classe, et à huit heures un quart on commença à appeler quatre élèves à la fois dans la grand'salle. Autour d'une table couverte par un tapis vert le directeur et quatre professeurs étaient assis. Parmi ces quatre professeurs se trouvait le nôtre, M. Perboni. Je fus un des premiers appelés. Pauvre maître! On devinait de suite qu'il nous aime réellement! Il n'avait d'yeux que pour nous. Il se troublait quand nous étions incertains et il reprenait sa sérénité quand nous répondions bien. Il nous faisait des signes avec la main qui voulaient dire : c'est bien — non — soyez attentifs — plus doucement — courage.

Il nous aurait soufflé les réponses s'il avait pu! Si

à sa place se fut trouvé le père de l'élève interrogé, il
n'aurait point fait davantage. J'aurais voulu lui dire
mille fois merci.

Quand les professeurs me congédièrent en me disant : — allez, c'est bien. Ses yeux brillaient de joie.

Je retournai en classe attendre mon père. Presque
tous les élèves étaient encore là. Je m'assis à côté de
Garrone. J'étais triste en pensant que c'était la dernière fois que je m'asseyais près de lui ! Je n'avais pas
dit encore à Garrone que je ne devais pas faire ma
quatrième avec lui parce que nous quittions Turin. Il
ne savait rien. Et il était là, plié en deux sur son
pupitre à ornementer à la plume les marges d'une
photographie de son père, vêtu en mécanicien. Un
homme gros et fort qui a l'air bon et honnête comme
son fils.

Sous la chemise entr'ouverte de Garrone je voyais
la croix d'or que lui avait glissé la mère de Nelli quand
elle sût qu'il protégeait son pauvre enfant.

Je pris mon courage à deux mains et dis à mon
ami :

— Garrone, mon père doit prochainement quitter
Turin pour toujours.

Garrone me demanda si je partais avec lui, je lui répondis que oui.

— Tu ne feras pas ta quatrième avec moi ?

Il resta quelque temps sans parler, dessinant toujours, puis me demanda sans lever la tête :

— Te souviendras-tu de tes compagnons de *troisième* ?

— Oui, dis-je, de tous.., mais de toi plus que tous
les autres... qui peut t'oublier ?

Garrone me regarda fixement, d'un de ses regards

expressifs qui veulent dire mille choses. Mais il ne dit
rien, me tendit sa main gauche, faisant mine de continuer son dessin de l'autre, et je serrai à la briser cette
main loyale.

En ce moment, M. Perboni entra, le visage animé et
nous dit vivement à voix basse, mais d'une voix allé-
gre : — Bravo, jusqu'à présent tout va bien, que ceux
qui restent tachent de s'en tirer aussi bien que leurs
prédécesseurs, bravo, et courage, mes enfants, je suis
très content !

Et pour nous montrer sa joie et nous amuser, il fit
mine en sortant de glisser et de se retenir au mur
pour ne point tomber ! Lui, M. Perboni, que nous
n'avions jamais vu rire ! La chose parut si étrange,
qu'au lieu de rire nous restâmes tous ébahis.

Quant à moi, cette plaisanterie enfantine de mon
maître, me fit mal. N'était-ce pas là son seul instant
joyeux ? une compensation pour neuf mois de bonté,
de patience et de déplaisirs ? Pour ce moment-là il
avait tant travaillé, il était venu donner ces leçons
malade, triste, fatigué !... Que nous demandait-il en
échange de tant de peines et de tant de soins ? un sourire !

Il me semble que je me rappelerai toujours mon
maître, faisant cette glissade juvénile ; et si, quand je
serai un homme, M. Perboni vit encore, si j'ai le bonheur de le rencontrer, je lui dirai que cette action me
toucha au cœur, et je baiserai avec bonheur sa tête
blanche.

ADIEU !

A midi nous nous trouvâmes tous à l'école pour entendre le résultat des examens et prendre nos livres de promotions. La rue était pleine de parents qui avaient envahi jusqu'à la grand'salle, beaucoup même avaient pénétré dans les classes, près du bureau du professeur. Dans la nôtre, entre le mur et les bancs on voyait : le père de Garrone, la mère de Derossi, le forgeron Precossi, Coretti, Mme Nelli, la fruitière, le père du « petit maçon », le père de Stardi, beaucoup d'autres parents que je n'avais pas encore vus. Et on entendait partout des bruits de voix comme si on était sur une place publique.

Lorsque le maître entra, il se fit un grand silence. Il avait la liste en main et se mit à la lire aussitôt.

— Abatticci promu, Archini promu, le *petit maçon*, Crossi, promus, Derossi Ernesto promu avec premier prix.

Tous les parents qui étaient là le connaissaient, ils dirent : Bravo, bravo Derossi !

Quant à Derossi il inclina sa tête blonde, tout en cherchant les yeux de sa mère qui lui fit un signe de la main.

— Garrone, Garoffi, le Calabrais, promus.

M. Perboni lut trois ou quatre noms d'élèves qui devaient redoubler leur troisième, et l'un d'eux se mit à pleurer, voyant son père qui lui faisait un geste de menace.

Mais le professeur dit au père. — Non, monsieur, excusez-le, ce n'est pas toujours la faute des enfants, c'est quelque fois mauvaise chance, et celui-ci est dans ce cas.

Puis il reprit sa lecture : — Nelli, promu (sa mère lui envoya un baiser).Stardi promu. Le dernier promu fut Votini qui était venu bien habillé et bien coiffé.

Le professeur se leva alors et nous dit : — Enfants c'est aujourd'hui notre dernière réunion. Nous avons été un an ensemble et maintenant nous nous quittons bons amis n'est-ce pas?... Je regrette de me séparer de vous, mes enfants...

Il s'interrompit, puis reprit : — Si quelques fois la patience m'est échappée, si quelques fois sans le savoir j'ai été trop sévère excusez-moi...

— Non, non ! dirent les parents et les élèves, non jamais...

— Excusez-moi, continua-t-il, et aimez-moi. L'année prochaine nous ne serons plus réunis, mais je vous reverrai et vous resterez toujours dans mon cœur. Au revoir, mes enfants !

Cela dit M. Perboni s'avança au milieu de nous et tous nous lui tendîmes les mains, nous levant sur nos bancs et prenant son bras ou le bas de son habit, beaucoup d'entre nous l'embrassèrent, et une cinquantaine de voix crièrent : — au revoir maître ! merci ! portez-vous bien ! ne nous oubliez pas !

Quand M. Perboni sortit il paraissait très ému. Nous sortîmes tous, pressés, bousculés, en désordre. Parents et enfants disaient adieu aux professeurs et aux institutrices. La maîtresse à la plume rouge et la « religieuse » étaient assiégées littéralement par leurs petits écoliers. Beaucoup de gens entouraient Robetti qui marchait

pour la première fois sans béquilles. On entendait de
tous côtés — au mois d'octobre ! — à l'année prochaine !

Les camarades se disaient adieu, oubliant dans une
franche accolade les désaccords et les antipathies-

Votini qui avait toujours été si jaloux de Derossi fut
le premier à sauter à son cou. J'embrassai le « petit
maçon » au moment où il me faisait une dernière fois
le *museau de lièvre* ! Je serrai la main à Precossi, à
Garoffi, qui m'annonça que j'avais gagné un petit lot à
une de ses loteries et me remit un petit cornet déchiré.
Je dis adieu à tous les autres. Le pauvre Nelli s'accro-
chait à Garrone et l'embrassait en lui disant au revoir.
Tous les élèves entouraient Garrone et faisaient fête à
ce brave et loyal enfant. Le père souriait, étonné du
triomphe de son fils. Garrone fut le dernier que
j'embrassai dans la rue. Je ne pus m'empêcher de sangloter en lui disant adieu. Il m'embrassa sur le front,
puis courut saluer mes parents.

Mon père et ma mère me demandèrent : as-tu dit
adieu à tous tes amis ? S'il en est quelqu'un envers qui
tu as eu des torts il faut aller lui en demander pardon.
N'en est-il aucun ?

— Aucun ! cher papa.

— Alors, adieu ! fit mon père d'une voix tremblante
en jetant un dernier regard sur l'école.

Ma mère répéta — adieu !

Quant à moi j'étais si ému que je ne pus prononcer
une parole...

· FIN

TABLE DES MATIÈRES

Châteauroux. — Typ. et Stéréotyp. A. MAJESTÉ.

29 avril 47